은

닉

은닉

배명훈 장편소설

숨기려 해도 숨길 수 없는 마음

북하우스

"어떤 악마는 스스로 악마라는 사실을 깨닫지 못한 채 평생을 살아간다.
그래서 어떤 천사는 혹시 자신이 바로 그 악마가 아닐까 평생을 고뇌한다."

"내 안에 깃든 악마가 당신 안에 깃든 악마에게"

차례

1부

휴가 11

소환 36

디코이 저격수 56

거래 88

2부

전략무기, 악마 107

만약에 134

전술무기, if 144

작은 비행기들 171

3부

후계자의 계보 182

핵심부품 186

세상을 기울인 악마 213

천사의 취향 256

추錐 274

작가의 말
겨울을 빚어 만든 나라, 체코 297

1부

휴가

11년을 일하면 1년은 휴가다. 물론 휴가를 받았다고 남들처럼 따뜻한 바닷가에서 여유로운 시간을 보낼 수 있는 건 아니다. 그저 1년 동안 호출이 안 올 뿐이다.

남들이 보기에는 그냥 장기출장이나 다름없다. 여전히 연구를 계속해야 하고, 심지어 현지조사 같은, 보통 때 하던 것보다 훨씬 더 귀찮은 일들을 쉬지 않고 해야 하는 경우도 있다. 적어도 표면적으로는 그렇다는 말이다.

하지만 내가 느끼기에는 전혀 그렇지 않다. 호출이 안 온다는 것, 시커먼 사람들이 나타나지 않는다는 것, 그 말은 적어도 1년간은 나 역시 시커먼 사람이 될 필요가 없다는 뜻이었다. 시커먼 사람들이 없는 세상. 아무도 시커멓지 않아도 되는 세상. 그냥 평소보다 몸이 좀 고단하기만 하면 되는 시간. 남들이 지긋지긋하다고 말하는 그 일상. 나에게는 그게 곧 휴가였다.

"어떻게 살인을 밥 먹듯이 하면서 아무렇지도 않을 수 있지?"

휴가 전날 만난 '고객'이 그렇게 말했다. 차라리 분노라도 하는 게, 그래서 그 분노 때문에 흉기를 휘두르는 거라고 스스로를 합리화하는 게 나 자신에 대한 예의가 아니겠냐고. 사람의 영혼이라는 건 그렇게 아무 감정 없이, 아무런 내적 동기 없이 타인의 영혼을 지워버리지는 못하는 법이라고.

주제넘은 참견이었다. 나는 그에게 아무 대답도 하지 않았다. 대신 갈비뼈 사이로 칼을 찔러 넣었을 뿐이다. 칼자루를 통해 생생한 살인의 감각이 전해져왔다. 삶과 죽음 사이, 섬세하고 가늘게 떨리는 무언가. 세포의 떨림인지 피살자의 떨림인지 운명의 떨림인지 신의 떨림인지. 마지막 순간에 그가 말한 게 바로 그 떨림에 관한 이야기가 아닐까 싶었다. 사람의 영혼은 그 떨림을 아무 보호장치 없이 맨몸 그대로 마주해서는 안 된다는 말.

시커먼 사람일 때의 나는 화가 나서 누군가를 죽이는 게 아니었다. 그냥 일일 뿐. 그리고 나에게는 감정노동을 할 의무가 없었다. 만약 국가가 누군가에게 엄포를 놓아서 마음을 바꿀 생각으로 사람을 보내는 거라면 나 역시 그런 쪽으로 감정노동을 해야 했을지도 모른다. 공포를 심어주는 동시에 뜻하지 않은 곳에서 위안을 베풀어 그의 마음이 국가가 원하는 방향으로 향하게 만드는 행동들, 혹은 그렇게 보이는 감정들. 하지만 그 일은 내 일이 아니었다. 내가 알지 못하는 다른 누군가의 일이었다.

국가는, 연방은 그렇게 움직인다. 연방이 직접 사람들 앞에 모습을 드러낼 수는 없으므로, 누군가에게 연방의 무서움을 보여주려면 아무튼 누군가를 보내는 수밖에 없다. 하지만 그 누군가가 꼭 연방인 것은 아니다. 연방이 그렇게 행동하는 이유를 연방의 대리인이 반드시 내면화하고 있어야 하는 것도 아니다.

그러니 나한테 아무리 따지고 들어봐야 나는 모른다. 나는 연방이 아니다. 연방의 도구일 뿐이다. 변명처럼 들리겠지만 변명은 아니다. 나는 내 일에 대해 변명을 해야 할 이유가 없다.

누군가는 또 이런 질문을 던지기도 했다.

"당신한테 그 일을 시킨 게 연방이 맞기는 한 거야?"

모르겠다. 하지만 관심 없다. 연방이 아니라면 다른 시커먼 이름을 가진 무언가가 시켰을 것이다. 권력이든 음모든 조직이든 악당이든, 이름을 바꾼다고 본질이 달라지는 건 아니다. 시커먼 사람들이 갑자기 파래지지는 않을 테니까.

조직은, 그림자다. 거의 잔상에 가까운 그림자. 가끔은 조직의 명령이 너무 은유적이어서 정말로 지시를 받은 게 맞는지 헷갈릴 때도 있다. 그들이 시켜서 하는 일이 맞는지, 사실은 아무도 시킨 적이 없는데 나 혼자 착각하고 저지른 일들은 아닌지. 하지만 임무를 끝낸 다음 그 일이 어떻게 사람들의 기억 속에서 사라지는지를 보고 나면 그게 결코 망상이 아니라는 확신이 선다. 지시를 따르지 않을 경우 나 역시 그렇게 지워지리라는 생각과 함께.

연방은 분업체계다. 내놓고 이야기하는 경우는 없지만, 연방이 독점적으로 생산하는 품목 중에는 분명히 죽음도 포함되어 있다. 하지만 아무도 자기가 죽음을 생산하고 있다고 생각하지 않는 건 그 단계가 세분화되어 있기 때문이다. 세분화된 공정 어딘가에서 나사 하나를 조이는 일만 하루 종일 한 사람은 감히 자기가 만든 게 비행기라고 말하지 않는다. 죽음도 그렇다. 연방은 종종 죽음을 대량생산한다. 그건 어느 나라나 마찬가지다. 다만 가끔, 아주 소량의 죽음을 주문생산해야 할 때가 있는데, 세상 모든 정부가 그 주문을 다 받아주는 것은 아니다. 또한 분업 없이 수작업으로 처음부터 끝까지 그 일을 해낼 재래식 기술자를 어느 나라나 다 보유한 것도 아니다.

그런데 연방에는 그런 사람들이 있다. 나 또한 그들 중 하나다. 분업으로 은폐되지 않은 생생한 죽음을 날것 그대로 다루어야 하는 직업.

그러니까 그 일은 나에게도 역시 부담스러운 일이다. 일과 감정과 영혼 사이에 경계선을 확실히 그어두지 않으면 나에게도 역시 상처가 될 일이다. 그래서 휴가가 필요하다. 11년에 1년. 호출이 없는 1년.

휴가 5개월째, 나는 드디어 하얀 사람이 되었다. 그리고 행복해졌다. 집 안에 들어서자마자 환하게 불을 켜도 좋은 하얀 사람. 계속 그렇게 살고 싶었다. 물론 그럴 수 없다는 것은 잘 알고 있었다. 그래도 선택을 할 수는 있을 것이다. 시커먼 사람으로 돌아가든지, 아니면 하얀 사람으로서 마침표를 찍든지.

일광욕을 하듯 형광등 불빛 아래에 가만히 서 있었다. 그러니까 이 휴가는 마음을 다스리라고 주는 시간이 아니다. 결정을 내리라고 주는 시간이다. 남든지, 죽든지. 더 버틸 수 있는 사람인지 거기서 끝내야 하는 사람인지 스스로 판단하라는 의미일 뿐, 끝내야 할 사람이 버틸 수 있는 사람으로 바뀔 만큼 충분히 긴 시간은 아니었다. 치유가 아닌 자가진단. 속일 수도 돌이킬 수도 없는 솔직한 자기고백.

'나한테는 이게 여생일지도 모르겠구나. 일곱 달짜리 인생.'

시간이 아까웠다. 그리고 그 순간이 너무나 좋았다.

하지만 코트를 걸어두고 거실에 들어선 순간, 나는 그만 소파 위에 놓여 있는 흐릿한 물체를 발견하고 말았다.

"날씨가 춥군요. 여기는 보통 이런 날씨인가요, 아니면 오늘이 평소보다 좀 더 추운 건가요?"

시간이 멈췄다. 숨을 쉴 수가 없었다.

그 흐릿하고 검은 물체로부터 쇳소리가 들려왔다. 목소리였다. 목소리에서 가벼운 떨림이 느껴졌다. 삶과 죽음의 경계로부터 들려오는 소리.

사람이었다. 소파 위에 시커먼 사람이 앉아 있었다.

11년에 1년. 어쩌면 마지막일지도 모르는 소중한 휴가. 형광등 불빛이 바람에 흔들리는 것만 같았다. 발끝이 까매지는 느낌이 들었다.

12월의 체코는 뱀파이어가 숨어 있기 딱 좋은 곳이었다. 북위 50도, 4시 반만 되면 해가 지는 나라. 일찍 져버린 해는 다음 날 아침에도 좀처럼 고개를 내밀 줄 몰랐다.

1805년 12월 2일 나폴레옹이 오스트리아와 러시아 연합군을 격퇴하고 대륙의 패권을 거머쥐게 만든 아우스터리츠 전투의 마지막 장면은, 패주하던 연합군이 얼어붙은 호수 위에서 프랑스군의 포격을 받아 물속으로 빨려 들어가는 것으로 끝이 난다. 하지만 12월의 아우스터리츠를 겪어보지 않은 사람들은 왜 역사가들이 그 장면을 잔혹한 결말이라고 부르는지 이해하지 못한다. 한낮의 온기 따위는 거의 쬐어본 적 없는, 반사시킬 햇빛마저 희박한 아우스터리츠의 겨울 호수.

휴가 기간 내내 나는 바로 그 아우스터리츠를 연구할 계획이었다. 체코에서 두 번째로 큰 도시 브르노Brno 근교. 시커먼 국가가, 위대한 연방이, 시커먼 사람들을 호출할 이유라곤 없어 보이는 곳. 어디를 가도 눈이 쌓여 있는 나라. 한 1년간은 그 눈만 믿고 하얗게 살아도 좋은 세상. 그리고 지난 5개월간 그 계획이 어긋난 적은 단 한 번

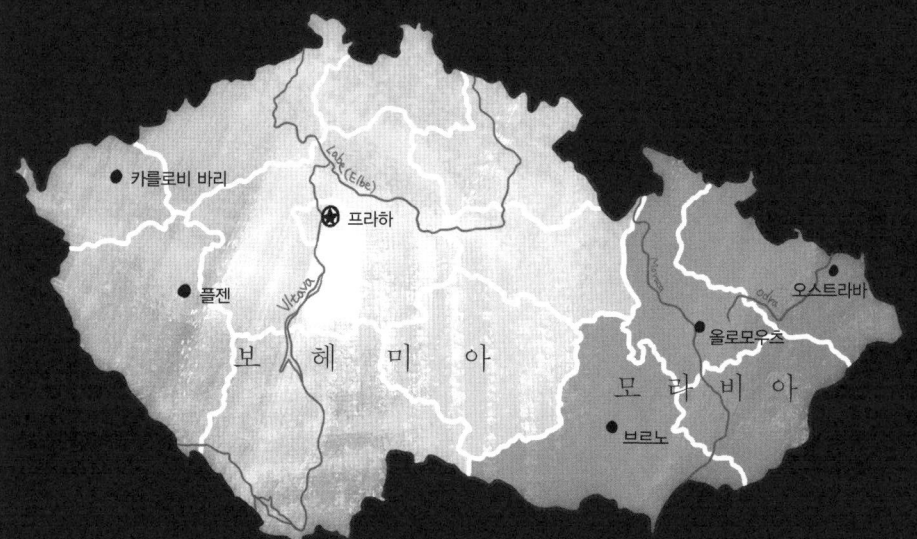

도 없었다. 예상치 못한 일정 하나가 불쑥 끼어들기 전까지는.

나는 애써 담담한 목소리로 이렇게 물었다.

"호출입니까? 아직 시간이 좀 남았습니다만."

그러자 소파 위에 놓여 있던 시커먼 사람이 대답했다.

"그렇게 경계하실 필요는 없습니다. 휴가를 방해할 생각은 없으니까요. 다만."

그는 한참이나 뜸을 들이더니 자리에서 일어나며 이렇게 말했다.

"꼭 만나봐주셨으면 하는 사람이 있습니다."

나는 아무 대답도 하지 않았다. 그러자 그가 다시 말을 이었다.

"좋군요. 지금처럼 과묵하게 처리해주시면 더 좋겠군요. 아, 물론 고객을 직접 만나서 이야기를 나누실 일은 없습니다. 그저 멀리서 잠깐 지켜보시기만 하면 됩니다. 그렇게만 해주시면 나중에 이쪽에서 다시 찾아오겠습니다. 그때 저에게 의견을 말씀해주시면 됩니다. 뭐가 보이셨는지. 눈에 들어온 대로 솔직하게 알려만 주시면 그 뒤에는 저를 다시 볼 일도 없을 겁니다."

그는 그렇게 말하면서 눈짓으로 탁자 위를 가리켰다. 봉투 하나가 놓여 있었다. 나는 아무 말도 하지 않고 고개만 살짝 끄덕였다. 그러자 그는 의미를 알 수 없는 표정을 짓고는 자리에서 일어나 문 쪽으로 걸어갔다.

"마음에 드실 겁니다."

그는 할 말을 마치고는 문밖으로 사라졌다. 나는 한 발짝도 따라나서지 않았다. 문이 혼자 그를 배웅했다. 멍하니 문을 바라보는 사이 어느새 얼굴이 까매지는 게 느껴졌다. 밖에서 문을 잠그는 소리가 들렸다.

그가 두고 간 봉투에는 티켓 한 장이 들어 있었다. 연극 티켓이었다. 장소는, 나폴레옹은 아마도 올뮈츠Olmütz라고 불렀을 오래된 부자 도시 올로모우츠Olomouc에 있는 작은 공연장이었다. 그뿐이었다. 언제나 그랬듯 더 자세한 설명은 들을 수가 없었다. 따로 조사하거나 직접 가서 확인하는 수밖에 없었다.

그리고 그날이 되자, 나는 완전히 시커먼 얼굴을 하고는 올로모우츠를 향해 달려가고 있었다. 올로모우츠는, 나폴레옹의 작전 지도에는 브륀Brün이라고 표시되어 있었을 브르노로부터 북동쪽으로 약 한 시간 거리에 위치했다. 버스를 타고 올로모우츠로 가는 길, 길가는 온통 눈으로 가득했다. 새하얀 눈밭 위에 거무스름한 줄 하나를 가늘게 늘어놓은 듯 아슬아슬한 도로 위. 그것도 모자라 살얼음마저 한 겹 위태롭게 내려앉은 모습이 아우스터리츠의 얼어붙은 호수를 연상시켰다. 언제 포격이 떨어질지 알 수 없는 적막한 퇴각로.

목적지에 거의 다다랐을 무렵 하늘이 잔뜩 어두워졌다. 버스에서 내려 트램으로 갈아타고 올로모우츠 중심가를 관통해 들어가는데 굵은 눈발이 날려 시야를 어지럽혔다. 중세 때부터 쭉 똑같은 모습으로 광장 주위를 빽빽하게 에워싸고 있었을 오륙 층짜리 고층건물들이 뽀족한 지붕을 이고 나를 내려다보았다.

지붕이 뾰족하다는 건 눈이 많이 쌓인다는 뜻이었다. 그리고 위에서 내려다보면 지붕까지 온통 하얗게 보인다는 의미이기도 했다. 하지만 시커먼 얼굴에 수염까지 기른 나는 그 계절에 그 동네를 여행하는 몇 안 되는 동양인임에도 불구하고 좀처럼 사람들의 눈에 띄지 않았다. 한곳에 조금만 오래 머물러 있어도 한기가 외투를 뚫고 곧

바로 뼛속까지 침투해오는 겨울나라 곳곳에는, 대낮에 외출한 뱀파이어가 잠깐 숨어들기에도 딱 좋을 만큼 음울한 지점들이 큰길가에 버젓이 널려 있었다. 아무리 좋게 생각해도 도저히 아늑하다고는 할 수 없는 곳. 그러나 모습을 감출 수 있다고 해서 안심해도 좋은 것은 아니었다. 내 일은 단점이 너무나도 많지만 그중에서도 가장 안 좋은 점은 종종 일터 어딘가 전혀 생각지도 못한 곳에서 진짜 악마와 마주치는 일이 일어나곤 한다는 것이었다. 어느 나라의 소유물도 될 수 없는, 어느 세계에도 속해본 적 없는, 비유가 아닌 진짜 실체를 가진 악마. 나 같은 공무원과는 비교조차 할 수 없는, 순수하고 까맣고 발이 없는 영혼들.

나는 그 음울한 지점들을 징검다리 삼아 티켓에 나와 있는 공연장을 찾아갔다. 〈랑페의 결백〉이라는, 어느 나라 원작인지조차 알 수 없는 밀실 추리극이었다. 나는 공연장 입구에 걸려 있는 포스터 앞에 멈춰 서서 한참 동안이나 주인공들의 사진을 가만 들여다보았다.

'뭘까. 도대체 뭘 보고 오라는 걸까. 보이는 대로 말하라니.'

그 말은 곧 내 말 한마디에 누군가의 영혼이 지워질 수도, 좀 더 오래 살아남을 수도 있다는 뜻이었다. 우리한테는 그 말이 딱 그런 의미였다. 삶과 죽음의 경계에 관한 이야기. 그런데 대체 그게 누굴까.

사전조사를 했지만 아무것도 알아내지 못했다. 줄거리도 등장인물도 무엇 하나 내 눈에 거슬릴 게 없었다. 연방의 시커먼 삶의 영역을 위협할 만한 것은 전혀 눈에 띄지 않았다는 뜻이다. 그저 먼 나라 사람들의 평범한 삶의 모습을 닮았을 뿐. 그것은 그냥 일상이었다. 소재가 밀실살인이라고 해도 마찬가지였다. 휴가처럼 지긋지긋한 누군가의 일상. 밀실에서 얼마나 많은 살인이 일어나는지를 너무나 잘 알고 있는 나 같은 사람에게는, 그것마저도 그냥 일상일 뿐이었다.
 나는 눈에 띄지 않게 조용히 내 자리를 찾아갔다. 뒤쪽 구석 자리였다. 객석이 대부분 채워져가고 있었다.
 객석에 앉아 있는 나를 바라보았다. 나는 관객이 아니라 연기자였다. 누군가가 지시한 대로 움직이는 사람. 보이지 않는 어둠 너머에 있는 누군가의 시선을 늘 의식해야 하는 사람. 나에게는 객석에 마련된 내 자리조차 객석이 아닌 무대로 느껴졌다. 그러니 저 앞에 있는 무대는 무대 속의 무대인 셈이었다. 저기로 숨으면 세상으로부터 두 번이나 달아나는 게 된다는 의미였다.
 잠시 후 무대가 밝아졌다. 밝아진 무대 위로 눈을 돌렸다. 남자 둘에 여자가 셋. 남녀 주인공에게로 먼저 눈이 갔다. 포스터 위쪽에 좀 더 큰 사진이 실린 배우들이었다. 몸짓이며 손짓, 표정 같은 것들을 자세히 들여다보았다. 하지만 이내 지루해지고 말았다. 일단 그들은 내 표적이 아니었다. 따로 설명하지 않아도 누구나 알 수 있는 표적. 내 표적은 그런 인물이어야 했다.
 다시 무대 구석으로 시선을 돌렸다. 남자 하나와 여자 둘, 조연이 세 사람이었다. 내 눈에는 주인공들보다 오히려 이들이 더 매력적으로 보였지만 그런 건 중요하지 않았다. 다시 한참을 들여다보았다. 하지만 역시 아무것도 건질 만한 게 없었다. 무엇보다 무대의 무게중심이 자꾸만 주인공들 쪽으로 쏠리는 바람에, 조연 배우들이 차지한 공간은 시선을 오래 잡아두는 것 자체가 어려웠다. 그러니 그쪽도 내 표적은 될 수 없었다. 딱 보면 한눈에 알 수 있는 대상이 아니었기 때문이다.
 그렇다면 누구란 말인가. 배역이라고는 그 다섯 사람이 다였다.

다섯 사람.

문득 그런 생각이 들었다.

'혹시, 사람을 보라는 게 아니었나? 그렇다면 소품 중에서?'

무대 왼편 한가운데에 놓여 있는 침대로 시선을 옮겼다. 그러자 정장 차림의 여자 조연 배우가 마치 내 시선에 끌려가기라도 하듯 그쪽으로 다가가더니, 침대를 가리키며 뭐라고 소리쳤다. 나는 침대 위에 시선을 고정시켰다. 무언가가 놓여 있었다. 그리고 그 물건 위에는 두꺼운 이불이 덮여 있었다.

'저게 뭐지?'

관객 모두가 똑같은 생각을 하고 있는 듯했다. 무대 위에 있는, 그러니까 무대 안의 무대에 있는 배우들도 모두 마찬가지였다. 아니, 마치 그런 것처럼 연기를 하고 있었다. 관객들과 마찬가지로 다음 순간에 무슨 일이 일어날지 아직은 전혀 모르겠다는 표정.

그때였다. 여자가 이불을 걷어냈다. 그러자 아까부터 거기에 놓여 있던 무언가가 모습을 드러냈다. 모두의 시선이 그쪽으로 쏠렸다. 다른 곳을 보고 있는 사람은 아무도 없었다. 그 공간에 들어차 있는 사람들 모두의 시선이 향한 곳. 바로 그곳에 놓여 있는 물건.

'저건?'

사람이었다. 알려지지 않은 또 하나의 배역. 포스터에서도 공연 팸플릿에서도, 그 어디에서도 언급되지 않았던 숨겨진 한 사람이었다. 사람이기도 하고 사람이 아니기도 한 사람. 굳이 포스터에 넣을 필요가 없는, 인물 아닌 인물. 아무리 조사해도 나오지 않는 게 당연한, 차라리 소품이라고 부르는 편이 나을 이상한 배역.

시체였다. 피를 흘리며 쓰러져 있는 반라의 여자였다. 시간이 얼버린 죽은 여자의 몸. 아마도 연출자나 미술감독이 세심하게 배치해 둔 상태 그대로, 생명을 완전히 포기했음을 가장 잘 표현할 수 있는 모습으로 팔다리를 늘어뜨린 채, 숨조차 크게 쉬지 못하고 정지해 있는 몸. 시체를 흉내 내는 육체, 죽음을 연기하는 삶.

  나는 그만 정신이 아득해지고 말았다. 그들이 보고 오라고 한 것이 무엇인지 알 것 같았다. 새하얀 피부, 검은 머리카락. 아는 사람이었다. 얼마 전에 의문의 죽음을 당한 연방 권력서열 3위의 실력자 장무권의 숨겨진 딸. 무대 속의 무대로 달아나야 했던 사람. 그렇게 달아나고도 여전히 바람 한 번만 크게 불면 금방 꺼져버릴 것 같은 가늘고 위태로운 생명의 불씨. 저렇게 축 늘어져 있지 않아도 시커먼 국가에 속한 사람이라면 누구나 다 아는, 사실상 이미 죽은 목숨인 여자.

  은경이였다.

  진짜로 죽은 것처럼 죽어 있는 은경이. 나는 문득 연출부 스태프 중에 살인을 해본 사람이 있는 게 아닐까 하는 생각이 들었다. 그렇지 않고서야, 그걸 직접 보지 않고서야 저렇게 생생하게 죽음을 표현할 수 있을 리가 없었다.

  '하지만 저건!'

  눈이 흔들렸다. 무대가 흔들리거나 세상이 흔들렸는지도 모르겠다. 아무튼 뭔가가 흔들렸다. 가늘고 여리게 살랑살랑. 떨림이었다. 삶과 죽음의 경계에서 종종 마주치곤 했던, 어쩌면 무시해도 좋을, 하지만 절대 무시한 적은 없는, 생명의 흔적. 무대 위에 놓인 시신이, 여자의 죽음이 미세하게나마 떨리고 있었다.

  살아 있었다. 은경이는 살아 있었다. 당연히 살아 있었을 것이다. 진짜로 사람을 죽여서 무대 위에 올려놓을 리가 없었다. 그 생존의 감각이 내 시선을 날카롭게 파고들었다. 살아 있다! 무대 속의 무대 속의 무대 속에서, 머나먼 세상의 끝 삶과 죽음의 경계가 손에 잡힐 듯 가까이 드리워진 무대 위에서, 은경이의 몸이 생존의 무게를 죽음의 동작으로 표현해내고 있었다.

'아직도 그대로야! 예전 모습 그대로.'

기억들이 떠올랐다. 기억 속에 묻어둔 은경이가 떠올랐다.

갑자기 손끝이 하얘지는 게 느껴졌다. 내 안에서부터 환하게 타오르는 그 무언가가.

황급히 두 손을 주머니에 찔러 넣었다.

일단은 공연장을 빠져나갔다. 그리고 시내에서 벗어나 브르노로 돌아가는 버스를 잡아탔다. 30분쯤 가자 눈밭 한가운데에 마을 하나가 나타났다. 버스가 가던 길을 벗어나 그쪽으로 들어서는 것을 보니 정류장이 있는 모양이었다. 나는 사람들을 따라 버스에서 내렸다. 기차역을 겸하는 꽤 큰 정류장이었다.

정류장 안으로 들어가 공중전화로 프라하에 있는 내 정보원에게 전화를 걸었다. 그도 역시 연방을 위해 일하는 사람이기는 했지만 나와는 달리 주로 연방의 남쪽 절반을 대리하는 조직에 속한 인물이었다.

통화는 길지 않았다. 그는 우리끼리만 아는 암호로 전화번호 하나를 알려주었다. 추적이나 도청을 피하기 위해서였다.

다시 버스를 잡아타고 브르노 방향으로 10분쯤 더 간 다음 또다시 이름을 알 수 없는 어느 마을의 버스 정류장에 내려 그가 알려준 번호로 전화를 걸었다.

"어쩐 일이십니까. 휴가 중이셨던 게 아닌가요?"

그의 목소리를 확인하자마자 나는 내내 마음속으로 되뇌었던 질문을 내뱉었다.

"김은경은, 어떻게 된 거죠? 이쪽에 와 있던데요."

"아. 역시 김은경 때문이군요. 이쪽도 그 일 때문에 한동안 좀 시끄러웠는데……."

"추방된 겁니까?"

"급하시긴요. 자 자, 일단 좀 가라앉히시고요. 마음을 좀 느긋하게 가지세요. 휴가 중에 일 이야기 하는 것만 해도 여간 짜증나는 일이 아닌데."

"어떻게 된 겁니까?"

"거참. 좋습니다. 단도직입적으로 갑시다. 그러니까 김은경은, 추방됐다기보다는 망명한 셈입니다. 출국이라도 하지 않으면 무슨 일을 당할지 모르는 상황이었으니까요."

"망명씩이나. 사태가 그 정도로 심각했나요?"

"뭐, 그렇죠. 장씨 성 가진 자식들은 다들 어떤 식으로든 숙청이 됐으니까요. 장무권 세력은 이제 거의 무력화됐다고 봐야죠. 적어도 정치적으로는."

"그런데 왜 이쪽 조직에서 김은경이를 추적하는 겁니까?"

"거야 뻔하죠. 보스를 제거하기는 했어도 그 보스가 올라앉아 있던 권력 자체가 제거된 건 아니니까요. 그건 시간이 좀 걸리지 않겠습니까. 누구든 다시 그 자리에 올라앉을 사람이 나타나기만 한다면 그쪽 세력이 되살아날지도 모른다는 건데, 네, 물론 망상이지요. 그쪽 VIP께서 요즘 좀, 허허. 뭐 그렇습니다."

"사태가 심각했군요. 그쪽에서도 알 정도면."

"직접 안 보신 게 다행이죠. 봐서 좋을 것도 없고. 아무튼 장무권이 남겨놓은 유산이 아직 흩어지지 않고 남아 있는 건 사실 아니겠습니까. 다른 건 몰라도 전넷 쪽은, 아마 자다가도 깜짝깜짝 놀랄 만큼 신경이 쓰이겠지요."

"전넷?"

"전략무기개발네트워크."

"그쪽은 장악이 안 된 겁니까?"

"그렇죠. 애초에 조직을 해외에다 마구 뿌려놔서 장무권 본인이 아니면 아예 조직도조차 파악이 안 되니, 그것 때문에 벌벌 떠는 게 영 과대망상이라고만 할 수도 없고요. 어느 날 웬 미친놈이 연방청사에 핵 가방이라도 하나 메고 들어가는 날에는 연방지도부가 말 그대로 하루아침에 증발할지도 모르니까요."

"핵 가방이요?"

"아니, 꼭 핵 가방이라는 게 아니라, 사실 그게 뭔지는 아무도 모르죠. 핵잠수함이라고도 하고. 아무튼 걔들이 만든 무기가 도대체 뭔지만 알고 있어도 최소한 어디로 도망가야 할지는 알 수 있을 텐데, 정보라고는 하나도 없으니. 결국 문제는 그걸 누가 상속받느냐 하는 건데, 장씨 성 가진 사람들 중에 똘똘해 보이는 놈들은 다 씨가 말랐고, 지금은 장씨 성 아닌 놈이라도 똘똘한 놈이면 다 무서워 보이는 때라고나 할까요. 그렇게 놓고 보니까 김은경이 딱 눈에 들어온 거겠죠."

"김은경이 그 정도까지 위협이 될까요? 위에서는 어떤가요? 그럴 수도 있다고 판단하는 분위기인가요?"

"글쎄요. 그쪽에서 어떻게 판단하는지는 알 수 없지만, 일단 김은경이 기기로 도망가 있는 것만 해도 그렇지 않겠습니까. 이렇게 알고 갔냐는 거지요. 멍청한 놈 같았으면 무슨 일이 일어나는지도 모르고 쥐도 새도 모르게 당했을 겁니다. 실제로 그랬고요. 그런데 김은경이가 해놓은 걸 보세요. 메시지가 분명하거든요. '나 없는 셈 치시오. 아무 연고도 없는 나라에 가서 조용히 살다 사라질 테니.' 그래도 당신네가 따라붙으니까 요즘은 아예 '나 죽었소' 하고 있다면서요. 하하. 거참. 옆에서 코치해줄 가솔들도 다 떠났을 텐데 그걸 어떻게 알고 그렇게 딱딱 맞게 해나가는지."

"그렇군요. 이쪽에서 오히려 당황했겠군요."

"그렇죠. 안 그렇겠습니까. 감이 안 잡히는 거죠. 놀리는 건가 싶기도 하고, 완전히 항복한 건가 싶기도 하고 말이지. 다른 말로 하면, 조직이 스스로를 의심하는 겁니다. 과대망상인가 아닌가. 아무것도 아닌 일을 가지고 너무 과민반응하고 있는 건 아닌지. 그러면서도 또 혹시나 하는 마음에 감시를 늦추지도 못하는 거지요. 조직 입장에서는 그게 참 민망한 겁니다. 조바심 내는 모양이 꼭 사춘기 소년 같지 않습니까. 여자애 하나 때문에 밤잠을 못 이루는 게. 아무것도 아닌 걸 메시지라고 해석하고 있는 걸지도 모르잖아요. 만약 그렇다고 밝혀지면 그거야말로 쪽팔리는 일이거든요."

"그걸 알고 싶은 거로군요. 진짜로 죽은 건지 아직 살아 있는 건지."

"궁금하겠죠. 그냥 아르바이트로 시체놀이를 하고 있는 건지 메시지를 전달하려고 일부러 그러는 건지."

"메시지로 확인이 된다면요?"

"그쪽 조직에 별다른 옵션이랄 게 있나요. 생사의 갈림길이겠지요. 우리한테 맡겼으면 몰라도. 그런데 우리 쪽에서는 벌써 완전히 손을 뗀 모양이던데요. 윗선에서는 관할 조정이 대충 끝난 눈치고요."

"……."

"그래도 요원님을 직접 호출하지는 않을 겁니다. 다행이라면 다행이지요. 개인적인 사정이야 더 묻고 싶지도 않지만."

개인적인 사정.

은경이가 떠올랐다. 은경이를 은경이라고 불러도 되던 시절의 기억.

은경이는 부잣집 딸이었다. 북쪽에서 전학 온 아이. 하지만 아무도 그 이야기를 꺼내지 않았다. 은경이에게만은. 그 아이 앞에서만큼은.

출신이 어디든 상관없었다. 은경이는 그냥 부잣집 아이였다. 그것도 어딘가 남다른 데가 있는 부잣집 아이였다. 뭐가 달랐을까. 북쪽 말씨, 혹은 북쪽 걸음걸이? 하지만 그게 다가 아니었다. 뭔가가 더 있었다. 누구나 한 번 더 바라보게 만드는 그 무언가. 물론 그게 정확히 뭔지는 알 수 없었다. 그때 내 나이 겨우 열네 살이었으니까.

그에 비하면, 나는 그냥 가난한 집 아이일 뿐이었다. 남쪽 말을 쓰고 남쪽 걸음걸이로 걷고 남쪽 아이처럼 생각했지만 그런 걸 기억해주는 사람은 아무도 없었다. 나는 그저 장학금과 보조금을 받지 않고서는 그 학교를 다니는 것조차 힘든 가난한 집 아이일 뿐이었다. 말끔하고 단정하고 똑똑해 보이는 것 말고는 다른 어떤 멋도 부려볼 수 없는, 6년제 연방영재학교의 촌스러운 남학생.

은경이는 그 학교에서 가장 특별한 아이였다. 일단 은경이는 영재가 아니었다. 사실 그 학교에 들어가서는 안 되는 아이였다. 하지만 아무도 문제를 제기하지 않았다. 은경이가 없었다면, 아니, 정확히 말해서 은경이 아버지가 없었다면 그 학교 자체가 만들어지지 않았을 것이기 때문이었다.

"그 정도 배경이면 그게 재능이지 뭐."

누군가가 말했다. 나도 고개를 끄덕였다. 물론 그런 건 하나도 중요하지 않았다. 그렇게 믿었다.

투명한 은경이. 성적조차 공개된 적 없는 이상한 장학생. 같은 공간에서 생활했지만 한 번도 우리와 경쟁한 적이 없는 아이. 은경이는 그게 미안했는지도 모른다. 그러나 은경이가 그 일을 어떻게 생각하는지 알고 있는 아이는 아무도 없었다. 워낙 말수가 적은 데다, 설령 친분이 생겼다 한들 그런 심각한 이야기를 쉽사리 화제에 올릴 수도 없는 일이었다.

'그게 내가 될 수는 없을까. 은경이에게 그런 이야기를 꺼낼지 말지 고민하게 될 사람이.'

은경이는 나를 바라보고 있지 않았다. 당연했다. 그래도 나는 늘 은경이를 보고 있었다. 보고 있지 않아도 보고 있었다. 언제나 신경이 그쪽으로 가 있었기 때문이다. 수백 명 사이에 섞여 있어도, 모두가 똑같은 교복을 입고 있어도, 은경이가 어디에 있는지는 금세 알아낼 수 있었다.

'어떻게 저럴 수가 있을까. 어떻게 저런 표정을 지을 수가 있지?'

나는 은경이가 고개만 살짝 흔들어도 정신이 아득해졌다. 아니, 은경이가 직접 움직일 필요도 없었다. 바람에 머리카락이 조금 날리는 걸로도 충분했으니까. 나는 그 아이의 작은 움직임 하나하나가 다 좋았다. 물론 움직이지 않는다고 덜 좋았던 건 아니지만, 그 작은 움직임들 전부가 내게는 커다란 사건이었다.

그때는 그게 사랑인 줄 알았다. 좋은 건 다 사랑인 줄 아는 나이였기 때문이다. 사람이 사람에 대해서 느낄 수 있는 수많은 감정들 중에서 표현할 수 없을 만큼 좋은 걸 발견하면 그저 이런 게 사랑인가 싶었다. 하지만 그건 사랑이 아니었다. 그런 감정이 아니었다. 소유할 수 없는, 어느 선 이상은 다가가서는 안 되는 무언가. 욕심을 내는 순간 그만 사라져버리고 마는 어떤 것. 가만히 두어도 조금씩 닳아 없어지는 은경이.

"뭐? 뭐래는 거니. 왜 내가 널 모를 거라고 생각하는데. 우리 1학년 때도 같은 반이었고 3학년 때는 바로 옆 반이었잖아. 어어어? 또 봐. 왜 그래? 넌 내가 무섭니?"

영재학교 4학년, 열일곱 살이던 해 어느 날 학교 도서관 대출창구 앞에서 은경이가 나에게 말을 건넸다. 나는 아무 대답도 하지 않고 책을 내밀었다. 그러자 은경이는 바코드 리더기로 책 정보를 읽어낸 다음 다시 나에게 돌려주었다.

"거봐. 너 맞잖아. 학생증 안 갖고 와도 돼, 아는 사람은. 근데 너는 뭐 이런 책을 보냐? 완전 모범생인 줄 알았는데 소녀 취향이네."

나는 조용히 책을 받아들고는 도서관을 빠져나갔다. 그리고 며칠 뒤에 다시 도서관을 찾아갔다.

일단은 파우스트를 빌렸다. 그다음에는 헤겔을, 그다음에는 칸트를 빌렸다. 막스 베버를 빌리러 간 날 드디어 은경이가 입을 열었다.

"너 솔직히 책 빌리러 온 거 아니지? 혹시 나 보러 온 거야? 아, 미안. 농담이야. 표정 보니까 아니구나."

멋쩍게 웃고 있는 은경이.

마음이 열렸다. 어쩌면 은경이가 닳아 없어지지 않을지도 모른다는 생각이 들었다.

"미안해. 인상 좀 펴. 사람 무안하게."

그해 가을 어느 날, 은경이를 보기 위해 굳이 칸트 같은 걸 빌릴 필요가 없게 된 무렵에, 옆에서 걷고 있던 은경이를 돌아보며 나는 이렇게 말해주었다.

"너 말이야. 그 보라색 테 안경 쓰고 도서관 대출창구에 앉아 있으면 굉장히 지적으로 보이거든. 근데 막상 이야기해보면 또 별로 안 그렇더라."

그 말에 은경이는 표정이 굳어졌다. 시간이 멈췄다. 숨을 쉴 수가 없었다. 투명한 은경이. 성적이 한 번도 공개되지 않은 신비한 장학생. 우리 둘 사이에 놓인 살얼음처럼 아슬아슬한 경계.

은경이가 갑자기 웃음을 터뜨렸다. 나는 은경이가 왜 그렇게 배를 잡고 웃는지 정확히 이해할 수 없었다. 그래도 기분은 좋았다. 나도 따라 웃었다.

그리고 이듬해 봄날 체육관 옆 수돗가에서, 은경이가 장난스러운 얼굴로 그날 내가 한 말을 떠올리며 이렇게 말했다.

"너 그때 그거 나름 고백이랍시고 한 거였지? 얘가 무슨 이야기를 하려고 저렇게 뜸을 들이나 엄청 긴장했는데, 히히, 막상 네 입에서 나 멍청하다는 이야기가 나오는 거 보고 한참 웃었잖아. 그거 맞지? 너무 고민하다가 말이 꼬인 거지? 그치? 어, 아닌가. 미안. 내가 착각이 좀 심해서."

너무나 갑작스러운 말이어서 나는 아무 대답도 하지 못했다. 그러자 은경이가 말을 이었다.

"미안하다고. 미안. 하여튼 있잖아, 너무 뻔한 소리 같기는 한데, 이 학교에서 나 멍청하다고 말한 건 네가 처음이잖아. 농담 아니야.

진짜. 웃기지?"

나는 은경이를 가만히 바라보았다. 눈빛을 들킬까 봐 일부러 눈을 작게 뜬 채로.

내 눈에 비친 은경이. 그건 사랑이 아니라 경이로움이었다. 세상에 태어나 그 나이가 될 때까지 내 눈에 비친 것들 중 가장 경이로운 존재. 그 전까지 봐오던 세상이 완전히 다른 세상으로 바뀌는 경계. 그 경계에 서 있는 이정표 같은 사람. 처음부터 아예 몰랐으면 모를까, 그런 게 있다는 걸 알게 된 이상 도저히 그쪽으로 가지 않을 수 없는 삶의 새로운 단계.

그러니까 그 마음은 사랑이든 뭐든 다른 이름으로 대체할 수 있는 게 아니었다. 그걸 원래 의미 그대로 표현할 수 있는 말은 세상에 오직 하나밖에 없었다. 은경이. 은경이라는 이름 그 자체. 그뿐이었다.

하지만 은경이는 나를 보고 있지 않았다. 은경이의 시선을 받는 대상은 늘 다른 사람들이었다. 그건 사랑이었을까. 은경이의 마음은 무엇으로 채워져 있었을까. 도무지 알 수가 없었다. 그리고 그게 그렇게 중요한 것도 아니었다.

은경이는 언제나 복잡했다. 나와 은경이 사이를 가로막고 있는 건 누가 누구를 바라보고 있는지 하는 따위의 사소한 장벽들이 아니었다. 누군가의 계획, 애초에 잘못 들어선 길, 피할 수조차 없는 운명, 아무리 평온해 보여도 신호만 떨어지면 곧 모든 것을 버리고 피신해야만 할 것 같은 불안한 일상. 공식적으로는 단 한 번도 이름조차 불리지 않는 은경이네 아버지.

은경이 주위에는, 아직 스무 살도 안 된 소년이 감당하기에는 너무나 복잡하고 불길한 징후들이 늘 음울한 그림자처럼 짙게 드리워 있었다. 그리고 나는 스스로 빛을 내지 못했다. 그 짙은 그림자를 헤치고 은경이에게로 한 발 더 다가서기에는, 내가 가진 빛 따위는 너무나 보잘것없었다. 빛은 내가 아니라 은경이였다. 나는 그저 은경이가 내는 빛을 반사할 뿐이었다. 은경이로 인해 만들어진 학교에 다니고, 은경이로 인해 열린 길을 잠시 기웃거리다 사라질 뿐. 그것도 어느 날 갑자기 은경이가 그 어두운 그림자 뒤로 완전히 모습을 감추는 순간까지만. 나는 그날이 그리 멀지 않으리라는 것을 잘 알고 있었다. 은경이는 늘 닳아 없어지고 있었다.

졸업을 앞둔 무렵, 모두가 진로를 정하느라 한창 바쁘던 시기에도 은경이는 우리와 동떨어진 곳에서 조용히 혼자만의 세상을 살아가고 있었다.

"은경. 너는 진로 정했어?"

"나? 뭐, 알아서 되겠지. 갈 데 없으면 뭐든 하나 나 갈 만한 데가 새로 만들어질 테고. 참 한심하다 그치?"

그 말대로였다. 은경이는 아무것도 준비하고 있지 않았지만 그걸 걱정하는 사람은 아무도 없었다.

문제는 나였다. 어디로 갈지조차 알 수 없는 은경이를 따라나설 수도 없고, 내 살 길을 찾아서 앞만 보고 달려갈 용기도 없던 나. 그 이야기를 듣고 은경이가 말했다.

"뭐? 네가? 네가 고민 같은 걸 하고 있다고? 말도 안 돼. 넌 말이야……."

수화기 너머에 있는 남쪽 정보원에게 사소한 것들을 몇 가지 더 확인한 다음 전화를 끊었다. 다시 버스를 타고 브르노로 돌아가는 길에, 은경이의 목소리가 귓가를 맴돌았다.

"너는 있잖아, 여기 있는 사람들 다 합친 것보다 더 똑똑해. 그래서 나는 네가 좋아."

네가 좋아.

집으로 돌아갔다. 형광등 대신 컴퓨터를 켰다. 책상 앞에 웅크리고 앉아 할 말을 정리했다. 조직이 나에게 보고 오라고 한 게 정확히 뭐였는지 알 것 같았다. 다른 사람은 볼 수 없는 것. 내 눈에만 보이는 것.

그것은 바로 은경이의 그 특별함이었다. 다른 사람이 아닌 나를 보냈다는 건, 은경이에게 성이 다른 아버지의 유산을 상속할 의사가 있는지 없는지를 보고 오라는 의미가 아니었다. 그 경이로움이 여전히 남아 있는지 보고 오라는 뜻이었다.

'그렇군. 본인 의지와 상관없이 여전히 빛나고 있기만 하다면 장무권 쪽 세력이 알아서 은경이를 찾아올 거라는 계산이로군. 구심점만 남아 있다면 어떻게든 보복을 감행할 거라고 판단하는 건가.'

그날 시키먼 사람이 했던 말이 떠올랐다. 본 대로 솔직하게만 말하면 다시 볼 일이 없을 거라는 말.

아마도 조직은 이미 다른 사람들을 보내봤을 것이다. 그리고 그들은 분명히 뭔가를 보고 돌아왔을 것이다. 다만 조직의 입장에서는 그들이 보고 온 게 진짜인지 아닌지 확신이 들지 않았다. 원래 행정 조직이라는 건, 미학적인 판단을 스스로 내리는 법이 없으니까. 아름다운 것이건 추한 것이건 단지 그렇게 말해주는 전문가의 소견을 침부할 뿐, 조직이 직접 감탄히지는 않는 법이니까.

다시 말해서 그들에게 필요한 건 내 평가가 아니라 확신이었다. 제대로 본 게 맞다는 전문가의 승인. 하지만 그걸 그렇게 쉽게 내줄 수는 없었다. 아니, 절대 안 내줄 생각이었다. 언젠가는 그들도 확신 따위 상관없이 행동에 들어가겠지만 그때까지는 조금이라도 시간을 끌어야 했다. 그다음이 어떻게 될지는 알 수 없었다. 그 일은 아무래도 내 몫이 아닌 듯했다.

내 역할은 단순했다. 누군가 적당한 사람이 그 일을 떠맡을 때까지 이 아슬아슬한 기회를 조금 더 연장하는 것.

아무래도 그 시커먼 사람을 다시 보아야 할 모양이었다.

옷장을 뒤졌다. 깊숙한 곳에 처박아둔 검은 가방을 끄집어냈다. 그리고 검은 비밀번호를 눌러 검은 잠금장치를 열었다. 가방을 여는 순간, 온 방 안에 검은색이 피처럼 튀었다. 절대로 닦아서 지울 수 없는 색이었다.

가방 안에는 권총 한 정, 단검 한 자루가 검은색과 함께 놓여 있었다. 그 검은색 안으로 손을 쑥 집어넣어 권총 손잡이를 감싸 쥐었다. 낯선 감각이었다. 어떻게 이런 게 익숙하다고 느끼고 살아왔을까. 그 익숙하지 않은 느낌이 반가워 가방 속을 더듬다가 단검 손잡이에 손끝이 닿았다. 익숙한 감각이 온몸으로 퍼져나갔다. 역시 그게 내 무기인 모양이었다.

그 검은 가방의 의미를 알 것 같았다. 휴가 간 요원들에게 조직이 매달해주는 가방. 그건 빙어무기로 쓰라고 준 게 아니었다. 긴급호출에 대비한 기본장비 개념도 아니었다. 1년간 천천히 고민해본 다음 그래도 결론이 나지 않으면 무기와 함께 들어 있는 그 검은색에 일단 한번 손을 푹 담가보라는 의미였다.

'그래도 둘 중 하나는 내 무기가 맞는 걸 보면, 결국 나는 떠날 사람이 아니었단 말인가.'

판단이 섰다. 이제는 돌이킬 수가 없었다.

다음 날 밤에 시커먼 사람이 찾아와 문을 두드렸다. 뭘 봤냐고 묻기에 벌거벗은 시체를 봤다고 대답했다. 거짓말이었다.

"그뿐입니까?"

"그뿐입니다."

침묵이 흘렀다. 현관문 건너 침묵하는 사람 옆에 발이 없는 누군가가, 그래서 발소리를 낼 수도 없는 어두운 누군가가 나란히 서서 내 숨소리를 가만히 엿듣고 있는 것 같았다.

그리고 잠시 후에 그가 말했다.

"또 봅시다."

멀어져가는 발소리가 문 너머에서 들려왔다.

11년에 1년.

휴가가 끝났다.

소환

"도보 답사 예정. 1805년 11월 초부터 24일까지, 쿠투조프 장군이 이끄는 러시아군이 고속 행군하는 나폴레옹 군대의 추격을 뿌리치며 보급선을 따라 브륀을 거쳐 올뮈츠까지 후퇴한 경로에 대한 현지조사 및 연구. 연구 계획서 참조. 수행원 없음."

연구소에 메모를 남겼다. 내 휴가감시관도 똑같은 메모를 보게 되어 있었다. 그러니까 그 메모는 조직에 남기는 일종의 활동 계획 보고서였다. 길 위를 헤맬 생각이니 며칠쯤 연락이 안 되더라도 너무 이상하게 생각하지 말라는 뜻이었다.

물론 믿어주기를 바라고 남긴 메모는 아니었다. 이미 상황이 그렇게 돼버렸으니 당연히 의심이야 하겠지만, 굳이 대놓고 선전포고를 할 필요까지는 없었다. 의심을 하든 경계를 하든, 내가 먼저 행동에 들어가기 전까지 진짜 심각한 상황은 발생하지 않도록 해두는 편이 나았다. 조직의 전문요원 수십 명이 내 뒤를 쫓는 상황 같은 건.

믿을 만한 요원 둘을 호출했다. 독일과 프랑스에서 잠복 중인 현장 요원들이었다. 그들은 휴가 중이 아니었으니 그리 오래 붙들어둘 수야 없겠지만, 어차피 조직 일이라는 게 호출이 와봐야 한 달에 사나

홀 정도만 현장 일을 하면 나머지 시간 동안은 무슨 일을 하든 관여하지 않는 게 원칙이었으므로, 당장 내 의도가 조직에 노출될 일은 없을 것 같았다.

"사흘은 걸릴 텐데요."

두 사람 중 하나, 장준용이 그렇게 대답했다. 체코로 오기 전에 흔적을 감추고 알리바이를 만드는 데 걸리는 시간이 그 정도라는 뜻이었다. 나는 또 다른 한 사람, 김모은에게 연락해 장준용의 일정에 맞춰 합류하라고 지시했다. 그리고 이렇게 덧붙였다.

"미리 말해둘 게 있는데, 위험한 일이야."

"별말씀을. 그게 우리 직업인데요."

나에게 가장 절실한 건 시간과 정보였다. 정확히 뭘 해야 할지 안다면 시간은 충분히 극복할 수 있을 터였다. 그런데 정보가 없었다. 현지 정보원에게 들은 불확실한 정보만 가지고 해결될 문제가 아니었다. 뭘 해야 할까. 어디서부터 손을 대야 할까.

적어도 한 가지는 분명했다. 장무권의 전략무기개발네트워크가 은경이에게 접근하는 모습이 검은 조직의 눈에 들어가서는 안 된다. 그 순간 그들은 은경이를 지워버릴 것이다. 늘 하던 대로, 너무나 쉽고 간단하게.

대단한 증거 같은 건 필요하지도 않을 것이다. 그저 조그만 낌새만, 아주 사소한 징후 하나만 발견돼도 그대로 종료될 상황이었다. 은경이는 그만큼 위태로운 지경에 놓여 있었다.

'은경이는 그 사실을 알고 있을까. 자세히는 몰라도 눈치는 채고 있겠지. 절대 움직여서는 안 된다는 것쯤 잘 알고 있을 거야. 평생 그런 숨 막히는 공기에 둘러싸여 살아왔을 테니까.'

은경이를 계속해서 방치해둘 수는 없었다. 한순간이라도 빨리 내가 할 수 있는 일을 찾아야 했다. 아니, 해야 할 일만 정확하게 골라서 처리해버린 다음 아무 일 없었던 것처럼 사라져야만 했다.

그러기 위해서는 일단 정보를 확보하는 일이 급선무였다. 그것도 최고급 정보가 필요했다. 하지만 휴가 중인 요원이 그런 정보를 얻어낼 수 있을 리 만무했다. 휴가가 아니어도 마찬가지였을 것이다.

그러니 나로서는 방법이 없었다. 되든 안 되든 일단 그 사람을 불러보는 수밖에.

"이런 도형을 그리는 거야. 길 위에."

언젠가 그 사람이 해준 말이 생각이 났다. 아주 오래전 일이었다. 그 사람이 손에 든 공책에는 볼펜으로 그려놓은 그림 하나가 있었다. 내가 물었다.

"길에다 그리라고? 뭘로?"

"멍청하긴. 진짜로 그림을 그리라는 게 아니라 이런 모양으로 이동을 하라는 거야. 반경은 최소한 50미터는 넘어야 돼. 여기서 여기까지 거리를 기준으로 해. 그래야 알아볼 수 있어. 당연히 흔적은 남기면 안 되겠지. 알았어? 이게 신호야. 그럼 내가 연락할게."

"그냥 전화로 하면 되잖아."

"여태 뭐 들었냐? 비상연락망이라고 했잖아. 연락할 방법이 아무것도 없을 때 하라고. 연락할 사람도 없고 도움 받을 데도 없을 때. 궁지에 몰렸을 때 말이야."

"궁지? 그런 데 왜 몰려?"

"몰리게 돼 있어. 꼭. 이런 일 하다 보면 꼭 그렇게 돼."

나는 사람들의 눈에 띄지 않도록 느긋한 걸음걸이로 브르노 구시가를 걸어 다녔다. 헤매는 듯한 인상을 주지 않도록 자연스럽게 모퉁이를 돌아 다음 골목으로 들어선 다음, 다시 자연스러운 속도로 그다음 모퉁이로 향했다. 아무도 알아채지 못하도록, 혹시 미행이 붙었어도 눈치채지 못하도록, 세심하게 계획된 경로를 따라 오직 그 사람만 알아볼 수 있는 약속된 궤적을 그리며 낯선 골목길을 오갔다. 마치 신을 부르는 의식이라도 하고 있는 것 같았다. 신이 아니면 악마라도.

약속된 궤적을 모두 완성한 다음 제자리에 멈춰 서서 시계를 바라보았다. 그렇게 한참을 기다렸다. 역시 아무 일도 일어나지 않았다. 하늘을 올려다보니 구름이 잔뜩 끼어 있었다. 위성으로 지켜보고 있다면야 알아볼 수 있겠지만, 내가 무슨 발신기를 지니고 있는 것도 아니고 미리 약속된 장소에다 표시를 남기는 것도 아닌데, 저쪽에서 24시간 나를 감시하고 있는 게 아닌 한 그 사람이 나를 발견할 가능성은 높지 않아 보였다. 게다가 나는 휴가 중이 아니었던가.

'하긴, 죽었는지 살았는지도 확실하지 않은데 무슨 도움을 바라겠어. 자, 그럼 한번 움직여볼까.'

다시 광장 쪽으로 발걸음을 옮겼다. 올로모우츠 쪽으로 향하는 길. 아주 약간, 눈에는 잘 보이지 않는 경사가 느껴졌다. 내가 향하는 쪽이 내리막인 듯했다.

어디로 가야 할까. 무슨 일부터 해야 할까. 그리고 무슨 일을 하지 말아야 할까.

내 앞에서 걸어가던 체코 청년 하나가 어디에선가 걸려온 전화를 받는 모습이 보였다. 그는 서서히 발걸음이 느려지더니 내 앞 열 걸음쯤 떨어진 곳에서 우뚝 멈춰 섰다. 그리고 몸을 돌려 내 쪽을 돌아 보았다. 나는 재빨리 그를 지나쳐갔다.

그리고 1분이 채 안 돼서 다시 한 번 내 앞을 걸어가던 누군가가 전화기를 든 채 나를 향해 돌아서는 모습이 눈에 들어왔다. 그가 뭐라고 말을 건네는 듯했으나 무슨 말인지 알아들을 수가 없었으므로 돌아보지 않았다.

그때였다. 마침내 광장 맞은편 골목길 근처에 이르렀을 때, 누군가가 익숙한 말로 나를 불러 세웠다.

"저기요!"

우리말이었다. 나를 부른 게 확실했다. 그 광장에 그 말을 알아들을 수 있는 사람이 나 말고 또 누가 있었을까. 나는 제자리에 멈춰 서서 그쪽을 돌아보았다. 젊은 백인 여자 하나가 도대체 무슨 일인지 알 수 없다는 표정을 하고 내 쪽으로 다가와 전화기를 내밀었다.

"저요?"

내가 반문했지만 그 여자는 아무 대답도 하지 않았다. 우리말을 할 줄 아는 게 아닌 모양이었다. 그저 전화기 너머에서 시키는 대로 소리쳤을 뿐, 자기도 도무지 영문을 모르겠다는 얼굴이었다.

그쪽으로 다가가 전화기를 건네받았다. 그리고 귀에다 갖다 댔다.

"헬로."

내가 먼저 입을 열었다. 그러자 수화기를 통해 익숙한 언어가 들려왔다.

"어이, 불렀으면 전화를 받아야지 어딜 자꾸 도망가?"

소름이 돋았다. 그 목소리를 듣자마자 반사적으로. 어디에서 시작해서 어느 방향으로 뻗어가는지 미처 생각해볼 겨를조차 없는 순수한 소름.

"예?"

나도 모르게 그런 말이 튀어나왔다. 그러자 그 사람이 대답했다.

"예는 무슨 예? 어, 이것 좀 봐라. 이제 내 목소리도 몰라? 나다. 나. 나라고."

그 사람이 나타났다. 특급 정보분석가 조은수였다.

조은수의 생사를 아는 사람은 아무도 없었다. 나 역시 마찬가지였다. 전화 통화를 했다고 해서 달라질 건 없었다. 공식적으로 조은수는 조직에 의해 제거됐다. 다섯 번의 제거작전 끝에 내려진 결론이었다.

마지막 제거작전이 진행되는 동안 조은수는 일곱 개 나라에서 열세 개의 회선을 통해 열세 명의 검은 조직 요원들과 전화 통화를 하고 있었다. 작전이 완료되는 순간 조은수와 연결되어 있던 회선들도 모두 끊어지고 말았지만, 작전이 성공했다고 자신 있게 말할 수 있는 사람은 아무도 없었다. 실제로 제거하지도 못한 상황에서 섣불리 조은수가 죽었다고 선언했다가는, 오히려 달아나려고 안달인 미래의 적 하나를 감시 명단에서 영원히 삭제해주는 결과만 낳을 수도 있었다.

나는 바로 그 조은수와 통화를 한 셈이었다. 살아 있어도 살아 있지 않은, 죽어 있어도 죽어 있지 않은 사람. 삶과 죽음의 경계에서 들려오는 목소리.

전화를 끊고 조은수의 지시에 따라 30분을 더 걸었다. 그러자 누군가가 다가와 새 전화기 하나를 건네주었다.

전화가 걸려왔다. 전화를 받자마자 내가 먼저 말을 건넸다.

"친절해졌군."

"친절하긴. 귀찮아 죽겠구먼. 근데 너 휴가잖아. 휴가 때도 일하려고? 아르바이트 시즌이야?"

"그렇게 됐어."

"그렇게 되긴. 네가 저지른 짓이잖아. 모를 줄 아나. 그게 누가 시켜서 한 일이야, 어디? 그냥 잠자코 쉬고 있으면 좀 좋아. 그 좋은 휴가 기간에 뭐하는 짓이야."

말하자면 조은수는 살아 있는 뱀파이어였다. 죽었는지 살았는지 아무도 모르는, 본인조차도 그런 건 아무래도 상관없다는 말투. 진짜 조은수가 어떻게 생각했을지는 알 수 없지만 적어도 전화기 너머의 조은수는 분명 그런 말투로 말하고 있었다. 밝고 경쾌하게 들린다고 해서 반드시 긍정적인 뜻으로 해석할 수는 없었다. 어쩌면 밝을수록 더 서늘하게 들리는 목소리. 그게 바로 조은수의 말투였다.

나는 전화기를 귀에서 떼고 조은수의 잔소리가 어디까지 이어지나 들어보았다. 그리고 마침내 쏟아지듯 이어지는 조은수의 말 사이에 이런 말을 끼워 넣었다.

"너는 여전히, 뭐랄까, 산만하구나."

조은수가 한순간 말을 멈추었다. 그리고 그 침묵을 틈타 전화기 건너편 조은수가 살고 있는 공간의 소리가 아주 조금 흘러들어왔다. 숨소리 비슷한 소리가 들려왔다. 진짜일까, 진짜처럼 보이게 만든 가짜일까.

조은수가 말했다.

"걔 때문이지?"

"응?"

"너 휴가 반납하게 만든 거, 김은경이지?"

"아는 걸 왜 물어?"

"하긴."

"모르는 것만 물어."

"좋아. 모르는 거. 음, 그럼 이제 어쩔 생각이야?"

"그거 물어보려고 내가 널 부른 거잖아. 그건 네가 대답해. 이제 뭐부터 해야 되지?"

"웃기고 있네. 물어볼 거면 일 저지르기 전에 미리 물어보고 저질렀어야지, 이제 와서 나한테 그걸 물어보면 내가 무슨 단계별 옵션이라도 쭉 알려줄 줄 알았냐? 뭐부터고 자시고, 휴가 중간에 이탈했으니 일단 살 구멍부터 알아봐야지. 살아서 빠져나갈 생각은 있는 거야?"

"글쎄."

"어이구, 저걸 내가. 너 도망치기 전에 누구 만난 사람 있어? 찾아온 사람이라든지."

"있어."

"휴가감시관?"

"아니. 처음 본 사람인데 나도 잘 모르겠어."

"휴가감시관이 아니란 말이지. 그럼 누구지? 혹시 약간 키 작고 목소리에 쇳소리 섞여 있는 남자였어? 미간에 흉터가 대각선으로 나 있는?"

"그런 것 같은데. 어떻게 알았어?"

"최창수가 직접 찾아가다니, 벌써 그 단계까지 갔나? 그럼 좀 심각한데. 퇴로 같은 건 이제 없다고 봐야 해."

"그런데 최창수가 누구야?"

"북반구 현장총책임자. 그러니까 지금은 이 일이 북반구에서 제일 중요한 일이라는 뜻이야. 완전 악독한 놈인데, 너 그 인간 잘 모르지? 생각만 해도 아주 치가 떨린다."

"왜? 조은수가 무서워하는 사람도 있었어?"

"무섭긴. 지저분하니까 그렇지. 그 인간 그거, 나 거기서 한창 잘 나갈 때는 그렇게 친한 척을 하더니, 나중에 나 잡으러 올 때 보니까 아주 짐승이더라, 짐승. 짐승도 그런 짐승은, 아마 지구에는 안 사는 짐승일 거다. 너 이제 어쩔래?"

"몰라. 네가 어떻게 좀 해봐."

"뭐라냐. 나 너희 회사 완전히 그만뒀거든."

조은수는 말하자면 내 입사 동기였다. 같은 연방영재학교 출신이기도 했다. 심지어 첫 근무지까지도 같은 곳이었던 절친한 동기. 한 가지 차이점이 있다면 조직에 들어온 지 2년째 되던 해에 나는 그저 평범한 2년차 요원이 됐고, 조은수는 곧바로 나보다 직급이 세 단계나 높은 관리자급 분석요원으로 승진했다는 것이다. 다시 말해서 조은수는 진짜 영재였다.

연방영재학교는 명색이 영재학교이기는 했지만 진짜 영재들을 모아놓은 곳이라기보다는 선행학습을 열심히 한 부잣집 자식들이 반수 이상을 차지하는 곳이었다. 그래도 진짜 천재들이 없지는 않았는데, 그중에서도 조은수는 다섯 손가락 안에 꼽혔다. 영재학교가 아니라 체육학교나 도예학교 같은 곳에 있었어도 도저히 재능을 감출 수 없었을 진짜 천재.

"지금 상황이 대강 어떻게 돌아가는 거야? 장무권 쪽 사람들이 여기까지 와 있는 거야?"

내가 묻자 조은수가 대답했다.

"아마도. 어디 보자, 장무권, 장무권…… 그, 이름이 뭐였지, 전략무기개발네트워크…… 이게 아닌가. 약칭이 뭐더라. 그래, 전넷. 직원 코드가…… 아, 이거다. 그런 모양이네. 와 있어."

"많아? 작전수행요원이 들어와 있는 거야?"

"김은경을 빼돌릴 정도냐고? 글쎄. 지금 같아서는 저격할 정도는 돼도 데려갈 정도는 안 되지 않을까."

"알아내기 어려워, 너도?"

"그럼. 쉽지는 않지. 외부에 알려진 조직 규모로만 보면 작전을 수행할 정도는 아니야. 거기, 조직이 작아서 그런 큰일을 할 만한 기획자금 인력 풀은 빤하거든. 한 다섯 명 정도? 그중 셋이나 넷 정도가 동시에 움직이지 않으면 그만한 작업은 아예 할 수가 없어. 문제는, 공식적인 조직도만 가지고는 전략무기개발네트워크가 실제로 어떻게 생겨먹었는지 알 수가 없다는 건데, 아무튼 파악하는 데 시간은 좀 걸릴 거야. 하루나 이틀."

누구나 인정하는 천재였지만, 조은수는 대개 보통 사람처럼 일했다. 무리한 부탁은 거절했고, 불가능한 일을 억지로 떠맡지도 않았다. 자기 능력을 부풀려서 말하는 법이 없었기 때문에, 뭐든 맡겨달라는 자신에 찬 대답 따위는 전혀 기대할 수 없었다. 그저 여느 공무원들처럼 곤란하다는 말만 되풀이할 뿐이었다. 하지만 그런 태도만 보고 조은수의 일처리 능력에 의문을 제기하는 사람은 아무도 없었다. 남들은 팀 단위로 움직여야 겨우 처리할 일을 일하는 티도 내지 않고 혼자서 깔끔하게 해치워버리는 모습을 보고 나면 더 그랬다.

그리고 나는 현장요원이 되자마자 그런 특별한 재능을 가진 천재와 약 3년 반 동안을 파트너로 일했다. 일일이 말로 연락을 주고받지 않아도 언제나 서로가 서로를 위해 무슨 일을 해야 하는지를 정확히 꿰뚫곤 했던 최고의 팀워크.

가끔은 그런 우리를 닭살 커플이라고 부르는 요원들도 있었다. 속삭이듯 대화하는 버릇 때문이었다. 현장에 있는 나야 당연히 목소리를 낮춰서 말해야 하는 경우가 종종 생기곤 했지만, 본부 분석요원인 조은수는 그럴 이유가 전혀 없었는데도 유독 우리 두 사람이 짝을 이뤄서 임무를 수행할 때면 언제나 속삭이듯 낮은 목소리로 작전 지시를 내리곤 했다. 임무 수행에 별 도움이 되지 않는다며 주의나 경고를 받은 적도 있지만, 그래도 조은수는 그러기를 멈추지 않았다. 나 역시 마찬가지였다. 내 귀에는 그 어떤 정확한 작전지시보다도 그 속삭임이 오히려 더 편안하게 느껴졌다. 위로받고 있다는 느낌 때문이었다. 그런 조은수가 내 뒤에 있다는 생각에 나는 자연스럽게 마음이 놓였다.

다시 조은수가 말을 이었다.

"잘 들어. 지금 너한테 급한 건 장무권이 아니라 너희 회사야. 개편한 뒤로는 쎌cell 하나가 세 명이지? 지금 거기에 쎌이 몇 개나 가 있는지 알아? 열다섯 개야. 그중에 최소한 세 개는 너한테 따라붙게 돼 있어. 왜냐하면, 내가 그렇게 하라고 매뉴얼에 써놨거든. 하하. 아무튼 지금 당장은 따라오는 사람이 없을 거야. 미심쩍은 움직임은 안 보여. 하지만 곧 움직일 거야. 네가 만들어놓은 알리바이가 워낙 수상해서 말이야. 알아?"

"알아."

"대답은 잘해요. 내가 몇 번을 가르쳐줘야겠냐. 평생 내가 네 뒤를 봐줄 수는 없댔잖아. 미리 물어나 보고 저지르든가. 그리고 너, 부하들 불러냈지? 그거 어쩔 거야? 믿을 수 있는 애들이야? 거기까진 나도 책임 못 진다."

"잔소리는 좀."

"그래. 잔소리는 나도 사양이다. 잠깐 버틸 계획 정도는 세워놨겠지. 아무튼 돌아갈 길은 막혔어. 알지?"

"그래."

"휴가 끝이라고."

"알아. 휴가 끝."

"좋아. 정리해보자. 일단 제일 먼저 해야 할 일은 몸을 숨기는 거야. 어디에서도, 어느 쪽에도 발견되면 안 돼. 그다음은 장무권 쪽 사람들이 은경이한테 접근하지 못하도록 차단하는 것. 이것도 역시 들키면 안 돼. 네가 그쪽이랑 접촉한다는 의심이 들면 조직이 은경이를 제거할 수도 있어."

"그래."

"그리고 또 한 가지 문제는 장무권 쪽 사람이 누군지 모른다는 거야. 이쪽에서 먼저 찾아가서 제거할 수가 없다는 거지. 일단은 은경이 근처에서 기다리는 수밖에 없어 보여. 그런데 너희 회사에서도 그 사실을 잘 알고 있어. 매복하고 있을 거라고. 은경이 근처에서. 그러니까 너는 은경이 근처로 가지 말라는 거야. 한 점으로 집중돼 버리면 어느 쪽을 상대하든 네가 불리해. 밀도가 높아지니까. 무조건 넓은 곳으로 나가야 해."

"이해했어."

"좋아. 요격할 거야. 목표 지점에서 멀리 떨어진 곳에서. 네가 그렇게 나올 거라고는 생각을 못 할 거야. 게다가 장무권 쪽 사람들은 네가 이탈했다는 사실을 모르니까 거의 무방비일 테고. 그쪽이 훨씬 쉬워. 물론 제때 찾아내기만 한다면 말이야."

"응."

"그쪽 요원이 누구인지 알아내는 건 내가 할게. 그런데 이게 시간이 좀 걸려. 알지?"

"그래."

"그동안 다른 짓 하지 말고 침착하게 움직여."

"어."

"그리고 좀 좋은 무기를 구해야 할지도 몰라. 그런데 그 무기 구하는 루트도 감시당할 가능성이 있어. 누구나 상상할 수 있는 방법이라면 그냥 없는 걸로 쳐. 네가 부른 요원들 통해서 조달하는 건 꿈도 꾸지 말고. 무슨 말인지 알아? 네가 요원들을 불렀다는 사실 정도는 나도 알아낼 수 있다고."

"네가 알아낸다고 남들도 다 알아낼 수 있는 건 아니잖아."

"시끄럽고. 혹시 다른 루트 마련해둔 거 있어?"

"있긴 있는데, 안전할까?"

"남쪽 정보원?"

"어."

"거기 좀 위험해."

"그럼 없어."

"좋아. 내가 구해줄게."

"고마워."

"됐어."

그렇게 한참을 몰아친 다음에야 다시 침묵이 찾아왔다. 무슨 생각을 하고 있는 걸까 은수는. 무기 구할 데를 알아보고 있는 걸까.

어울리지 않는 침묵이었다. 한 번에 몇 가지 일을 하고 있든 은수는 좀처럼 말을 멈추는 법이 없었으니까.

현장에 나가서 폭풍처럼 쏟아지는 은수의 말을 한쪽 귀로 듣고 있다 보면 순간 정신이 아득해질 때도 있었다. 잔소리에, 농담에, 진짜 중요한 정보에, 목소리 톤만 가지고는 구별할 수 없는 이야기들이 시시각각 변하는 상황에 따라 쉴 새 없이 한바탕 몰아치고 나면 집중력을 잃거나 박자를 놓치는 경우도 종종 생기기 마련이었다.

그래서 은수의 침묵은 낯설게 들렸다. 뭔가 중요한 이야기를 놓치고 있다는 느낌마저 들었다.

문득 해야 할 말이 떠올랐다. 아까부터 내내 하고 싶었던 말이었다. 아니, 연락이 되고 난 직후부터가 아니라, 몇 년 전부터 쭉 묻고 싶었던 말이었을지도 모른다. 그동안은 기회가 없어서 할 수 없었던 말이기도 했지만, 어쩌면 기회가 있었다 해도 절대 입 밖에 낼 수 없었을 짧고 간단한 질문.

"조은수."

내가 먼저 침묵을 깼다.

"왜 이래? 목소리는 왜 깔아?"

"너 살아 있는 거 맞아?"

아무 대답도 들려오지 않았다. 역시 대답할 수 없는 질문이 모양이었다. 나는 도대체 무슨 대답을 기대하고 있었던 걸까. 살아 있기를 바란 걸까, 아니면 그 반대일까.

다시 공백이었다. 숨소리조차 감춰버린 완전한 공백. 살아 있는 사람의 반응. 아니, 죽은 사람의 그림자니까 할 수 있는 반응.

확신이 없었다. 나는 조은수를 그렇게까지 잘 알지는 못하는 모양이었다. 조은수 식으로 충실하게 살아 있는 척을 하고 있는 죽은 조은수와, 살아 있으면서도 죽은 척하고 있는 조은수. 그 둘을 구분하는 방법을 알 수가 없었다. 조은수라는 생명체의 가장 본질적인 부분이 무엇인지를 모르기 때문이었다. 그것도 모르는 주제에 다른 건 어떻게 안다고 생각할 수 있었을까.

"전화기는 버려. 흔적 지우고. 일단 올로모우츠로 가서 기다려. 교육받은 대로."

조은수가 말했다.

"그래. 교육받은 대로."

나도 그렇게 짧게 대답하고는 그만 화제를 넘겨버렸다. 더는 대화를 진행시킬 수가 없을 것 같아서였다.

하지만 그건 언제까지나 미뤄둘 수 있는 대화는 아니었다. 언젠가는 반드시 들어야 할 대답이었다. 나를 위해서나 은경이를 위해서나.

그렇게 시간이 흘렀다. 마치 아무 일도 없었던 것처럼 지루한 시간이었다. 실제로 아무 일도 하지 않았으니까. 아무도 만나지 않았으니까.

밤이든 낮이든 잠이 들면 나는 악몽을 꾸곤 했다. 현장 어딘가에서 진짜 악마와 스쳐 지나간 기억. 증명할 수는 없지만 반사신경으로,

몸에 남은 감각으로 분명히 기억해낼 수 있는 또렷한 느낌. 내가 하는 일이 이미 악마의 작업장에 접근해 있는 게 아닌가 하는 섬뜩한 깨달음. 고래를 연구하기 위해 심해로 들어간 연구자가 어느 순간 자기 옆을 무심하게 헤엄쳐 지나가는 식인상어를 발견하듯, 킬러가 일터 어딘가에서 아무렇지도 않게 진짜 악마와 스쳐 지나가는 일. 그리고 그 일에 익숙해지는 것.

훨씬 구체적인 기억도 있다. 12년차 휴가를 맞기도 전에 조직의 눈을 피해 달아난 요원이 있었다. 추적이 시작되고 불과 사흘 만에 발각돼 현장에서 목숨을 잃은 요원의 시체. 발치에 쭈그리고 앉아 그의 얼굴을 바라보았다. 저게 미래의 내 모습일까. 그때는 내 발치에 또 누가 와서 이렇게 쭈그려 앉아 있게 될까.

표정 없는 얼굴. 누군가가 다가가 눈을 감겨주었다. 피가 흥건히 바닥을 적셨다. 그의 얼굴이 아닌, 죽음의 얼굴. 살아 있었을 때의 얼굴을 기억하고 있기 때문에 좀 더 또렷하게 보이는 죽음의 표정. 아니 인상.

죽음이란, 순간의 감정에 일일이 반응해서 표정을 짓기보다는 표정이 요구되는 순간들 모두에 대답할 수 있는 단 한 개의 표정만을 짓고 있겠지. 그래서 인상이라고밖에 말할 수 없는 얼굴이 된 거겠지. 한순간에 그대로 고정되어버린, 더 이상은 생명이 될 수 없는 얼굴. 하지만 시간 자체가 완전히 멈춰버린 건 아니라는 의미를 지닌 복잡한 표지.

그때였다. 그런 생각을 하고 있을 때였다. 바로 그때 무슨 일인가가 일어났다.

나는 그 순간을 분명히 기억한다. 죽은 그가, 분명히 죽어 있던 그가 갑자기 눈을 번쩍 뜨고는 자리에서 벌떡 일어나던 순간을.

앉은 채로 고개를 앞으로 숙인 그의 시체가 나와 정면으로 눈을 마주쳤다. 초점이 전혀 없었기 때문에 정말로 우리가 서로 마주보고 있었는지 어땠는지는 알 수 없다. 아무튼 그는 분명히 눈을 뜨고 있었고 어딘가를 뚫어져라 쳐다보고 있었다. 그 시선 어딘가에 내 얼굴이 놓여 있었다. 나는 그저 그의 시선 어딘가에 살짝 끼어들어 있었는지도 모른다.

놀라운 광경이었다. 경이감이 드는 장면은 전혀 아니었지만 전율이 일기에는 충분한 순간이었다. 내 뇌의 좀 더 원시적인 부분을 강하게 자극하는 그 무언가. 아마도 공포, 혹은 무작정 달아나고 싶은 본능.

하지만 나는 뒤로 물러나지 않았다. 대신 그의 얼굴을 빤히 들여다보았다.

이건 악몽일까 기억일까.

그는 분명히 죽어 있었다. 그리고 꼭 죽어 있는 사람처럼 움직였다. 죽은 사람이 어떤 식으로 움직이는지는 알 길이 없었지만, 죽음이 표정을 짓고 몸을 움직여 누군가 살아 있는 사람을 바라본다면 꼭 그런 식으로 행동할 것만 같았다.

처량하다는 생각이 들었다. 죽음을 각오하고 달아났지만, 그래서 결국 죽음을 맞이했지만, 여전히 안식에 들지 못하고 계속해서 죽음을 살아내야 하는 그의 몸이.

그리고 그가 말했다. 나는 분명히 그의 목소리를 들었다. 나 말고는 아무도 들은 사람이 없다고 했지만, 그래서 그게 기억인지 악몽인지 아직도 헷갈리지만, 나는 틀림없이 그 소리를 들었다.

"버린 자."

그가 그렇게 말했다. 들릴 듯 말 듯 애매하게 속삭인 게 아니라 성대를 울려 정확히 발음했다. 낮고 단호하고 자신 있는 목소리로 '버린 자'라고 또렷하게.

버린 자라니. 그게 무슨 말일까. '버린'과 '자' 사이의 간격이 너무나 분명해서, 듣는 순간 '버림받은 자'를 저렇게 말한 게 확실하다는 생각이 들었다.

"버림받았어?"

그렇게 묻고 싶었다. 하지만 그럴 시간이 없었다. 근처에 서 있던 또 다른 시커먼 사람 하나가 그의 머리에 또 하나의 총알구멍을 만들었기 때문이다.

그의 몸이 다시 풀썩 쓰러지는 모습. 목숨이 끊어지는 순간과는 확연히 다른, 죽음이 죽는다고 표현하는 게 더 정확할 것 같은 기묘한 순간.

그러자 이상한 공간이 나를 감쌌다. 죽음을 죽일 수 있는 건 검은 사람들이 아니었기 때문이다. 그건 악마였다.

죽음을 죽이는 일 같은 건 연방이 나에게 부여한 임무가 아니었다. 아니, 애초에 연방 공무원의 직무범위 안에 들 수 있는 성질의 일이 아니었다. 세상 어느 정부가 죽음의 영역에까지 국경을 확장시키려고 할까. 아니, 그러고 싶다고 해서 할 수나 있는 일일까. 세상 어느 정부가. 어느 정부가.

"뭐 하냐?"

은수의 목소리가 들렸다. 꿈과 현실의 경계에서 들려오는 목소리

꿈이었나. 가위에 눌린 모양이었다. 장난기 가득한 해맑은 목소리. 하지만 뭔가를 긁고 지나온 것 같은 칼칼한 음성. 왜 그 순간에 은수의 목소리가 들렸을까. 죽은 사람이 다시 살아나던 순간의 기억이 전화기 너머로 들려오는 은수의 목소리와 비슷하게 느껴졌기 때문일까.

다시 은수를 떠올렸다. 가장 힘이 되는 파트너. 하지만 사실 나는 은수가 마냥 편하지만은 않았다. 길모퉁이에 서 있다 불쑥불쑥 튀어나오곤 하던, 아무렇지도 않아 보이지만 사실은 그 어떤 암살자의 매복 지점보다 훨씬 더 섬뜩했던, 전혀 예상조차 할 수 없었던 은수의 매복 지점이 떠올랐다. 손에 볼펜 하나만 쥐여 있었어도 너무나 치명적인 일격이 될 수 있었을 위치.

물론 은수가 나에게 살의를 보인 적은 없었다. 그저 그런 식으로 사람들을 놀래곤 했을 뿐. 하지만 그 순간 나는 이런 생각을 하곤 했다. 만약에 이게 장난이 아니었다면. 이 사람이 내 적이고, 나를 암살하기 위해 회사 복도가 아닌 어느 낯선 나라의 좁고 어두운 골목길에서 지금 이 각도로 슥 접근해온 거라면. 그 순간 나는 죽은 목숨일 게 분명했다. 이 사람이 내 적이라면.

잠이 완전히 달아났다. 그리고 그 악몽 끝에 나는, 이참에 연방이 삶과 죽음 사이에 그어져 있는 그 모호한 경계선의 정확히 어느 지점까지를 자기 영역으로 삼을지 확정지으려 한다는 사실을 깨달았다. 연방은 이미 죽음의 영역 어딘가에 이르기까지 영토를 확장해놓은 게 분명했다. 그만한 능력과 의지와 인력은 이미 충분히 확보한 상태였다. 하지만 어디까지 개입하고 어디부터 개입하지 않을지는 아직 결정을 내리지 못한 눈치였다.

그러니까 연방은 선례를 만들 셈이었다. 바꿔 말하면, 아직은 선이 그어지지 않은 상태라는 뜻이기도 했다. 물론 은경이 때문이었다.

그 영역 밖으로 은경이를 밀어낼 수만 있다면. 그러면서도 죽음의 낭떠러지로 완전히 굴러떨어지지 않게만 할 수 있다면. 그럴 수만 있다면 나는 죽은 사람과 다시 손을 잡아도 좋았다. 그게 누구든, 또 그 일이 어떤 결과를 낳는다 해도.

디코이 저격수

　　　　　　　　　그렇게 사흘이 지났다. 그 사흘간 나는 조은수의 지시대로 올로모우츠 외곽의 어느 평범한 호텔에 몸을 숨기고 있었다. 교육받은 대로였다. 평범한 것을 고르는 눈. 그 속에 들어가서 모습을 감추는 법. 사실은 그것조차도 조은수에게서 받은 교육이었다. 나는 온전히 조은수에게 의지하고 있었다. 반납해버린 휴가 전체를, 그렇게 해서 얻게 된 내 진짜 삶을, 그리고 어쩌면 은경이의 목숨까지. 하나같이 아슬아슬한 것투성이였다. 조은수 자신도 마찬가지였다. 생사조차 불분명한 조언자의 어깨. 그 위에 놓인 두 사람 몫의 짐.

　하지만 믿어도 좋을 것만 같았다. 조은수라면. 알맹이가 다 증발해버리고 껍데기밖에 남지 않은 조은수여도 마찬가지였다. 나는 그 사람의 마음을 알고 있었으니까.

　사실 그건 좀 치사한 위안이었다. 사랑. 상대의 마음을 알고 있으니 나는 마음을 놓아도 된다는 생각. 하지만 그래도 상관없었다. 내 생각 따위는 아무리 치사해도 좋았다. 은수의 마음이 치사하지 않았으니까. 정말이지 은수는 치사하지 않았다. 뭘 하든 완전하지 않은 것은 내놓지 않는 사람이었다.

어느 날은 조은수에게서 디코이를 선물 받았다. 가짜 나였다. 아주 오래전, 조은수가 분명히 살아 있던 시절의 일이었다.

"디코이? 그게 뭔데? 가짜 신분 같은 거야?"

"가짜 신분 같은 걸 만드는데 이 귀하신 몸이 직접 나서주셨겠냐? 그냥 보안행정실 가서 하나 받아오면 되지. 아무튼 선물이야. 받아."

"뭘 주기나 하고 받으라고 해라. 뭘 줬는데? 난 아무것도 못 받았다."

"이미 줬어. 너는 그냥 하던 대로 하면 돼."

"뭘 줬다는 거야?"

"너 TV 보지?"

"당연하지."

"전화도 하지?"

"하지."

"카드도 쓰고 인터넷도 하고, 길거리도 막 돌아다니고 그러지."

"그러겠지."

"누군가가 너에 대해서 알아내려면 말이야, 크게 두 가지 접근 방법이 있어. 네가 아니라 어느 누구라도 마찬가지야. 하나는 사람들이 정면 돌파라고 생각하는 방법인데, 너에 관한 자료가 모여 있는 곳을 뚫고 들어가는 거야. 해킹이든 절도든 좌우간에. 다른 하나는 비교적 간접적인 방법이야. 구하기 힘든 자료를 억지로 가져오는 게 아니라 아무도 애써 보호하려 하지 않는 자료들을 그냥 주워오는 거지. 기본 개념은 이래. 예를 들어 누가 너한테 열 명의 여자를 소개시켜줘. 그리고 너한테 평가를 하라고 해. 너는 좋아하겠지. 자신이 평가하는 위치에 있다고 생각하니까. 그래서 신나게 평가를 해요.

그 열 명 중에서 누가 좋고 누가 싫은지. 그런데 그 순간 바보가 되는 건 너야. 왜냐하면 너의 취향이 드러나거든. 평가받는 건 그 여자들이 아니라 너였던 거야. 이건 생각보다 훨씬 쉬운 방법이야. 사람들은 그런 정보들을 많이 흘리고 다니거든. 선택의 흔적들 말이야. 꼭 이성을 보는 눈이 아니어도 마찬가지야. 광고만 열 개 보여줘도 정보가 쌓이니까. 인터넷 클릭 패턴만 긁어모아도 그렇지. 그런데 이 경우에는 자료가 집중되어 있지 않다는 단점이 있어. 너에 관한 자료만 뚝 떨어져 있는 게 아니라 다른 사람의 정보와 함께 섞여 있는 경우도 많고. 그래서 손이 많이 가. 그냥 많이 가는 정도가 아니라 엄청나게 많이 가지."

"그래서?"

"그런데 기계의 도움을 받으면 이 일이 좀 쉬워지거든. 주워온 자료에서 굳이 너에 관한 것만 분리해낼 필요가 없으니까. 그냥 모든 사람에 관한 자료를 다 주워다가 모든 사람에 관한 정보를 다 가지고 있는 거야. 백만 명, 천만 명 단위로. 그런 건 사람한테 갖다줘봐야 아무 의미 없는 잡음이지만, 컴퓨터가 보면 그렇지 않거든. 아무리 양이 많아도 필요한 정보만 쏙쏙 골라볼 수가 있어요. 그러면 아주 재미있는 일이 일어나. 이것 봐. 이게 어제 네가 휴대전화로 들여다본 인터넷 페이지 목록이야. 이건 또 어떻게 입수했냐고 묻고 싶겠지만 네가 나한테 그걸 묻는 건 좀 실례인 것 같고. 이런 데이터가 이천만 명 분량이 있거든. 그중에서 네가 본 것과 비슷한 것을 본 사람들을 찾는 거야. 명단이 이렇게 쭉 줄어드는 게 보이지. 게다가 이거랑 똑같은 방식으로 네가 본 TV 프로그램 목록을 분석해서 또 너 같은 사람을 찾아내는 거야. 그런 다음 이 두 개의 데이터를 합치는 거지. 이제 거의 셀 수 있을 만큼 명단이 줄어들지? 이렇게 골라낸 사람들은 말이야, 너랑 거의 비슷한 행동 패턴을 가지고 있어. 이 사람들이 어떻게 움직이는지 관찰하면 네가 어떻게 움직일지를 알 수 있게 되는 거야. 예를 들어 이런 거지. 그래, 이거 좋다. 네가 어제 TV를 끄기 직전에 보고 있던 프로그램은, 바로 이게 되는 거지. 어때? 이거 맞지? 어라, 그런데 제목이 뭐 이러냐. 아이란 별장의 여름밤? 야한 영화냐?"

"예술영화거든."

"이게? 설마!"

"어디 가서 그런 소리 하지 마라. 너 정보분석가 아닌 줄 안다. 무식한 거 확 티나."

"그래? 그런가? 아무튼 맞췄잖아. 그치? 그런 거거든. 네가 뭘 할지 알 수 있다는 거야. 네가 어떤 사람인지, 너의 그 배배 꼬인 내면에 대해서 고찰하지 않고도 네가 다음에 어떻게 행동하게 될지, 그리고 네가 뭘 좋아하는지까지 알아낼 수 있다는 뜻이지."

"너 그런 일 하는 거야, 여기서?"

"아니. 이건 내가 만든 기술도 아니야. 요새는 아무나 다 하는 거고. 아무튼 이건 너 같은 현장요원한테는 치명적이거든."

"왜? 다음 행동을 예측할 수 있어서? 평소 하던 대로 안 움직이면 되지."

"그러고 싶겠지만 사실 그것도 쉽지는 않아. 우리 같은 사람들이 전화랑 인터넷에서만 자료를 긁어모으는 게 아니니까. 뭐, 그래도 그건 네 말대로 훈련을 좀 하면 개선될 여지가 있는데, 문제는 취향이야. 그건 절대 숨길 수가 없거든."

"취향?"

"네가 무슨 일을 했는지가 문제가 아니라, 네가 뭘 좋아하는지를 알아낼 수 있다고. 마음이 움직이는 방향을 말이야. 그것도 엄청나게 세밀한 부분까지. 샘플이 많으면 많을수록 더 정확해. 한 십억 명짜리 데이터베이스만 갖고 있으면, 네가 어떤 상황에서 뭘 좋아하게 될지 거의 다 알아낼 수 있어."

"설마."

"진짜야. 너는 네 취향이 네 것 같지? 세상이 네 머릿속에 그런 착각을 집어넣은 줄도 모르고. 아무튼 말이야, 투입되는 데이터만 충분하면, 음악 취향이나 옷 고르는 패턴 같은 건 물론이고, 어떤 현장 요원이 누구를 죽일 때 어떤 칼을 어느 각도로 집어넣는 걸 선호하는지까지 알아낼 수 있어. 너도 예외는 아니야. 무슨 말인지 알겠냐? 행동만 예측하는 게 아니라 존재를 파악할 수 있다고. 네 내면에 대한 심오한 분석 따위는 아예 시도해볼 필요조차 없이 말이야."

"그럼 어떻게 되는데?"

"숨을 수가 없게 돼. 상대도 이런 짓을 하고 있다면 우리 편 킬러가 누구누구인지 금방 알아내겠지."

"그럼 뭐야? 이제부터 인터넷도 하지 말고 전화도 쓰지 말라는 거야?"

"아니. 당연히 아니지. 그래서 이걸 주는 거야."

"뭘?"

"디코이. 가짜 너. 너 대신에 가짜로 TV를 보고 인터넷을 쓰고 카드를 쓸 녀석이야. 친구라고 해야 하나. 뭐 굳이 이름을 지어주거나 인사를 할 필요는 없어. 너하고는 만날 일 없으니까. 가끔 어디 이상한 데 가서 돈을 좀 쓰고 다닐 수는 있는데, 그냥 내버려둬. 행정실에서 계산해줄 거니까. 물론 그 내역도 비밀이니까 정확하게 계산해주지는 못할 테고 대충 알아서 비슷하게 지불해주겠지만, 큰 손해는 안 볼 거야."

"그래? 그럼 나는 아무것도 안 해도 되는 거야? 예를 들면……."

"배터리 안 갈아줘도 되냐고? 넌 어느 시대 사람이냐? 그냥 내버려둬. 알아서 잘 돌아다닐 거야. 너는 그냥 하던 대로 마음 편하게 살면 돼. 그러면 얘가 알아서 잘 보호해줄 거야. 고장 날 일도 없고, 혹시 고장이 나면 누군가가 알아서 고쳐주겠지. 그 누군가는 좀 귀찮아지겠지만. 하여튼 그냥 좋은 선물 주셔서 고맙습니다 하고 넘어가면 안 돼?"

"선물처럼 보여야 말이지. 눈에 안 보이는 제품이면 매뉴얼이든 뭐든 손에 잡히는 거라도 하나 쥐여줘야 선물이지 이게 뭐야."

"됐네 됐어. 아무것도 안 받았다 쳐. 그래도 그게 있으면 얼마나 안전해지는데. 뭘 줘도 몰라서 못 받냐. 이건 뭐 선사시대 인간한테 상형문자 만들어서 하사하는 것도 아니고."

"뭐래?"

"너 보니까 내가 무슨 신이라도 된 것 같다고."

그 말대로였다. 나는 그 후로도 오래오래 디코이의 보호를 받았다. 그리고 조은수가 직접 만든 내 디코이는 다른 요원들 것보다 훨씬 더 정교했다. 그래서 나는 신분이 드러나는 일이 거의 없었다. 상대방 정보분석요원이 아무리 뛰어나도 상황은 마찬가지였다. 그리고 그 사실은 조은수가 사라지고 난 뒤에 좀 더 분명해졌다. 다른 디코이는 하나하나 노출이 되는데 내 디코이만 멀쩡했던 것이다.

말하자면 조은수는 저격수였다. 디코이 저격. 우리 편을 위해 디코이를 만들고 상대방 디코이를 찾아내서 저격하는 일. 즉, 허위 취향을 식별해서 걸러낸 다음 진짜 취향이 드러나게 만드는 작업. 일종의 취향살인이었다.

그 취향살인을 통해, 세상에 떠도는 수많은 정보 중에서 저격수의 취향을 걸러낼 수 있다. 그 취향을 가진 자가 바로 위험인물이었다. 그렇게 표적이 정해지고 나면, 요원을 보내 제거하는 것으로 일을 마무리하면 된다.

은경이를 보호하기 위해 우리가 하려는 일도 바로 그것이었다. 장무권 쪽 요원들의 허위 취향 덩어리를 알아내는 것. 그런 다음 그 취향 덩어리를 제거해낸 데이터베이스에서 진짜 장무권 세력 현장요원들의 취향을 찾아내는 것. 마지막으로 내가 나서서 목표를 제거하는 것까지.

연락이 왔다. 누군가가 방문을 두드리더니 전화기 하나를 건네주고 갔다.

"기차역으로 가."

낮은 목소리. 조은수가 말했다.

"찾았어, 장무권 쪽 요원?"

"거의."

"좋아. 기차로 이동하는 건가?"

"그래. 프라하야."

"무기는?"

"안 그래도 저격용 장비가 필요할 것 같아서 구해놨어. 프라하에 도착해서 받아."

 대답이 짧았다. 조은수답지 않다는 생각이 들었다. 곤란한 말을 해야 하는 사람처럼, 해야 할 말들이 전부 생략되어 있었다.
 하지만 나는 그런 조은수의 말투가 감정의 변화나 나에 대한 배려 때문인지, 아니면 살아 있는 존재가 아니기 때문에 가끔씩 튀어나올 수밖에 없는 지극히 정상적인 기계적 반응인지 구별할 수가 없었다.
 나는 이야기가 끊어지지 않도록 다음 질문을 던졌다. 사람을 상대할 때의 마음가짐이라기보다는 사람이 기계를 대할 때 갖게 되는 친절, 혹은 인내심에 가까운 마음가짐이었다.
"곤란한 일이야?"
"아마도."
"내가 몰라도 괜찮은 일이고?"
"아니, 네가 생각하는 그 일이야."
 나는 조은수가 직접 꺼내지 않은 말들을 떠올렸다. 내가 생각하고 있는 그 일. 오래지 않아 조은수의 말에서 생략된 부분이 무엇인지 알 것 같았다.
 우선, 그날 프라하로 오게 되어 있는 사람이 둘 있었다. 김모은, 장준용. 조은수도 물론 그 사실을 알고 있었다. 프라하에 가면 그 두 사람을 만나게 되리라는 사실을. 그런데 며칠 전부터 조은수가 그 이야기를 일부러 피하고 있다는 건, 바로 그 두 사람 근처에 곤란한 말들이 잔뜩 널려 있다는 뜻이었다. 곤란한 말들. 이를 테면 배신이나 이중첩자 같은.
"그 둘 중 하나야? 우리가 찾던 장무권 쪽 요원이? 그렇게 돌아가는 거였어?"

아무 대답도 들려오지 않았다. 나는 전화를 끊고 기차역으로 갔다. 오스트라바 쪽에서 온 기차. 폴란드에서 시작해 체코를 지나 독일까지 가는 꽤 긴 여정의 가운데 토막. 나라를 끝에서 끝까지 가로지르는데도 출발역에서부터 종착역까지 가는 게 아니라 훨씬 더 긴 여정의 중간 지점에서부터 다른 어떤 지점까지밖에 가지 못하는, 나에게는 길지만 누군가에게는 그저 한 토막 짧은 여정밖에 되지 않을, 온통 눈으로 덮인 고독한 여행길.

누구일까. 둘 중 한 사람이라면. 내 측근인 걸 알고 일부러 포섭한 걸까, 아니면 측근이 될 때까지 나에게 조심스럽게 접근시킨 걸까. 나한테는 어느 쪽이 더 섬뜩한 걸까.

30분쯤 지났을 무렵, 다시 조은수로부터 전화가 걸려왔다.

"다행히 최창수는 아직 몰라. 이쪽으로는 움직임이 없어. 은경이 쪽으로만 움직임이 활발해진 모양이야. 그 두 사람이 너를 만나러 오고 있다는 것도 아직은 탐지가 안 된 눈치고. 그리고 네 디코이 말이야, 그것만 조직에서 제거를 못 하게 해놨거든. 디코이를 제거하는 순간 두 번째 디코이가 움직여서, 네가 뭔가 다른 활동을 하고 있다는 정보가 회사로 들어가. 그래서 아직 헷갈리는 모양이야. 두 번째 디코이 좋느라."

"잘됐네."

"잘됐지. 안 그랬으면 이것저것 생각하고 말고 할 것도 없이 이미 게임이 다 끝나 있었을 테니까. 최창수 그 인간이 그렇게 만만한 인간은 아니야. 나나 되니까 이렇게 막말하지."

"그래, 고마워. 그런데 그거 말이야, 확실한 거야? 둘 중 하나라는 말. 어느 쪽인지 알아냈어?"

나는 좀 더 단도직입적으로 물었다. 그러자 드디어 조은수가 그동안의 내막을 털어놓았다. 아마 그러려고 전화를 한 모양이었다.

"내가 너희 회사 그만둘 때 쓸 만한 데이터를 몇 개 들고튀었거든. 다른 데서는 못 구하는 아주 비싼 데이터들 말이야."

"디코이 데이터베이스 말하는 거야?"

"어. 디코이도 갖고 있었고, 디코이를 제거한 다음에 드러나는 진짜 킬러들의 취향 데이터도 갖고 있었어. 어차피 그게 없으면 아무것도 아니잖아. 다른 데서는 못 구하는 거거든. 일종의 킬러용 인구센서스 같은 거니까. 그렇다고 내가 그걸 훔친 건 아니야. 왜 그걸 갖고 튀었냐면, 회사에서는 내가 그걸로 조직을 협박하려고 한다느니 어쩌니 했겠지만, 그거 어차피 내가 만든 거거든. 원래 내 거라고. 내가 그 자료를 어떻게 모았는데, 그런 걸 회사 입에다 한입에 톡 털어줄 수는 없잖아."

"그랬겠지. 잘했어."

"그런데 그 전넷 쪽 요원들 말이야. 공식적으로는 현장요원도 몇 명 안 되잖아. 그래서 그쪽 조직은 전혀 데이터가 없어. 디코이 저격수로 누굴 앉혀놨는지 일처리도 깔끔해서 거의 흔적도 안 남기고 말이야. 대강 알려져 있는 요원들을 가지고 취향 분석을 해봤는데 샘플이 너무 적어서 그것만 가지고는 도저히 그런 고급 디코이를 알아낼 수가 없었어. 결국 내부 정보 없이는 추적할 방법이 없더라고. 이것저것 해봤지만 다 막혀 있어서."

"그럼?"

"선택의 여지가 별로 없어. 보통은 이런저런 사람들 다 섞여 있는 데이터에서 디코이가 만들어낸 가짜 취향들을 제거한 다음 거기에 킬러들의 취향을 갖다 대서 현장요원들을 걸러내는 방식인데, 순서를 바꿨어. 킬러 데이터 전체를 놓고 거기에서 내가 알고 있는 디코이 취향들을 하나씩 전부 다 비교하는 식으로."

그 순간 나는 머릿속이 아득해졌다. 그 복잡한 디코이를 하나하나 비교해가며 정밀분석을 했다니. 전문가가 아닌 이상 그 이상은 들어도 이해할 수 없는 부분이기는 했지만, 언뜻 생각해봐도 작업량이 도무지 상상이 안 갔다. 인간이 할 수 있는 일이 맞기는 한가 싶었다. 하지만 그 이야기는 굳이 꺼내지 않았다. 조은수 본인이 스스로의 생사 여부를 밝힐 생각이 없는 한 물어봐야 아무 대답도 못 들을 게 뻔했기 때문이다.

"그럼 킬러 명단에 들어 있지 않은 요원은 못 찾아내는 거 아닌가? 그쪽 요원들은 거의 일반인 사이에 섞여 있을 거 아니야. 노출된 적이 별로 없으니."

내 말에 조은수가 대답했다.

"맞아. 그게 결정적인 약점이지. 딱 이중첩자만 걸러낼 수 있다는 게 문제야. 그나마 확실하게 걸러지는 것도 아니고, 그저 강한 의심 정도만 가능한 수준으로 걸러지니까."

"그래서 너답지 않게 애매하게 굴었던 거군."

"별수 없지 뭐. 확실한 게 하나도 없으니까. 더 확실한 근거가 생기기 전까지는 말해봐야 너한테 먹힐 것 같지도 않았고."

"그럼 이제 그 정도의 확신은 생긴 거야? 말할 수 있을 정도?"

"딱 그 정도야. 누군지는 아직 분석 중이고. 심증은 있지만."

"알았어. 그런데 이해가 안 가는 게 있어."

다시 조은수의 대답이 약간 늦다는 생각이 들었다. 기계적인 필요에 의한 시간 간격이든, 혹은 인간적인 머뭇거림이든, 뭔가 간격이 있다는 사실만은 분명했다.

조은수가 되물었다.

"뭐?"

"왜 내 측근이 이중첩자인 거지? 전략무기개발네트워크가 이미 오래전부터 나한테 접근했다는 거야?"

"당연하지."

"왜?"

"김은경이 네 친구니까."

"설마. 동창이라고? 동창이 한두 명이야? 당장 너만 해도 그렇잖아. 네 주변에도 사람을 심어놓은 거야?"

"나까지 관리할 이유는 없지. 너만 특별 관리하면 되지 않을까?"

"왜? 내가 현장요원이라서?"

"몰라서 물어?"

"뭘 알아야 하지?"

"이봐, 네가 그냥 현장요원이야? 걔 때문에 출셋길도 내던지고 부모에 나라까지 내팽개치고 북쪽 비공식 조직에 들어간 주제에."

"무슨 나라를 팽개쳐. 연방요원이 뭐가 어때서."

"연방 말고 나라 말이야. 너는 남쪽 사람이야. 아무리 잘 봐줘도 네 조국은 북쪽이 될 수 없어. 연고가 있기를 해, 그쪽 문화가 체질에 맞기를 해? 남쪽 조직 놔두고 왜 거기로 갔냐는 거야."

"너는?"

"나야 이쪽이 출셋길이었으니까. 너는 안 그렇잖아. 기껏해야 현장요원밖에 더 시켜줘? 너도 그거 하러 그 회사 들어간 건 아닐 거

아냐."

 문득 그 시절이 떠올랐다. 영재학교 졸업반 시절. 마음만 먹으면 뭐라도 웬만큼은 할 수 있었겠지만, 문제는 바로 그 마음이었다. 뭘 해도 선뜻 내키지 않는 마음. 그리고 이제 곧 북쪽 나라로 되돌아가버릴 은경이. 영영 닿지 않을 세계. 연고도 없고, 한번 가본 적도 없는, 억지로 하나가 되어버린 남의 나라, 북쪽 세계로.
 바로 그 무렵이었다. 누군가가 이상한 제의를 해왔다. 아직 스무 살도 안 된 나이에 받아들이기에는 너무나 갑작스럽고 복잡한 제의였다.
 "너 말이야, 혹시 북쪽에서 일해볼 생각 없니?"
 그 말을 건네던 선생님의 표정이 아직도 머릿속에 생생하게 남아 있다. 뭔가 알고 있다는 표정. 하지만 직접 말할 수는 없다는 표정.
 "새로 생길 기관인데, 너 김은경 알지. 키 큰 김은경. 걔네 집안이 어떤 집안인지는 대충 알 테고. 그쪽에서 하는 일이야. 은경이 때문에 벌이는 일이고. 몇 년 뒤에는 어떻게 될지 모르지만 은경이가 거쳐가는 동안에는 지내기가 나쁘지 않을 거야. 이 학교처럼. 어때? 생각 있어? 그 정도 조건이면 부모님은 충분히 설득시킬 수 있을 텐데."
 그렇게 북쪽으로 흘러들어갔다. 닳아 없어져가는 은경이의 그림자를 그대로 영원히 놓아버릴 수가 없었다.
 "아무튼 미친 선택이라고 생각해."
 다시 조은수가 말했다.
 "뭘 한들 더 나았을까."
 "뭘 한들 그보다 더 미친 선택은 아니었겠지. 그래서 무슨 경호팀으로 차출돼서 은경이를 가까이에서 볼 수 있기나 해, 네가 하고 싶은 일을 마음껏 하기나 해. 차라리 그때 진짜로 새 조직이 만들어져서 거기에 들어갈 수나 있었으면 또 몰라. 그런데 지금 이게 뭐냐. 엉뚱한 데로 흘러와서는 그냥 현장요원이나 하다가 12년째에 휴가 가고, 그러다 시간되면 버려지고 그런 거잖아. 그나마 장무권이 실세에서 밀려난 다음에는 특별 대우고 뭐고 아무것도 없지?"

"그러니까 내 말이 그 말이야. 그 장무권 세력이 굳이 나한테 사람을 심어놓을 이유가 뭐냐고?"

"진짜 몰라서 물어?"

"뭘? 너는 알아?"

"그럼, 알지."

"뭔데?"

"당연히 김은경이지."

"은경이가 왜?"

"생각해봐. 걔가 지금 어느 나라에 가 있냐고. 체코잖아. 그것도 브르노 근처 올로모우츠. 이 급박한 상황에 하필 거기로 도망가 있는 이유가 뭐겠냐고."

"나 때문이라는 거야?"

"그럼 거기 너 말고 뭐가 있는데?"

"말도 안 돼. 그건 그냥 네 질투잖아."

또 한 번의 긴 간격. 다시금 조은수의 대답이 늦게 돌아온다는 느낌이 들었다. 하지만 이번에는 기계적인 반응이라는 생각은 들지 않았다. 그건 그냥 마음의 간격에 가까웠다.

"네가 뭐라고 생각하든 상관없어. 다른 사람들은 딱 그 생각밖에

디코이 저격수

안 들 거야. 너 때문에 거기 있는 거야."

"말이 안 되지. 나 때문에 왔으면 어떤 식으로든 나한테 접촉을 했을 거 아니야?"

"내 말이. 접촉을 했어야지. 그런데 안 하잖아. 그게 김은경이잖아. 답답한데 그냥 그러고 마는 거. 네가 알든 모르든 아무 연락도 안 하고 그러고 있는 거. 그러면서도 꼭 누군가의 근처에 가 있으려고 하는 거. 딱 김은경 스타일 아닌가? 고리타분한 게 답이 딱 나오는데."

눈발이 굵어졌다. 굵은 눈송이가 하늘을 가득 채웠다. 하늘에 입체감이 생겨났다. 거대한 무언가가 내리누르는 듯한 기분에 마음이 무거워졌다.

한 5도쯤. 경사가 느껴졌다. 땅 전체가 한쪽으로 기울어져 있는 듯한 느낌이었다. 평평하게 놓여 있지 않은 땅. 아직은 마찰력을 충분히 유지하고 있어서 그 위에 있는 것들이 모두 와르르 쏟아져 내릴 정도는 아니지만, 이리저리 그 위를 자유롭게 오가다 문득 정신을 차리고 보면 자기도 모르는 새 조금씩 조금씩 아래쪽으로 옮겨가고 있을, 눈에 띄지 않을 만큼 애매한 경사로.

'그래. 아무리 발버둥을 쳐도 결국은 저기로 흘러가게 되어 있는 거야. 맨 밑에까지 내려가보면 결국 뭔가를 만나게 되겠지.'

휴가를 끝내기로 마음먹은 순간, 나는 이미 경사로 위에 놓여 있었다. 아니, 그때부터 세상이 조금씩 기울기 시작한 걸지도 모른다. 이런 것도 운명일까. 아니면 내 선택일까.

조은수에게 물었다.

"그래서 둘 중 한 명이 이중첩자인 걸 알았다 쳐. 알아내면 그다음은 뭐지?"

"제거해야지."

"제거? 그쪽 의도가 뭔지는 아직 모르잖아."

"그럼 일단 살려놓고 내통이라도 할 거야?"

그러고 싶지는 않았다. 위험한 짓이었다. 내가 전략무기개발네트워크와 연관되어 있다는 사실이 밝혀지는 순간, 조직은 은경이를 제거할 것이다. 은경이가 체코로 탈출한 게 나 때문이라는 것이 상식적인 생각이라면, 조직은 이미 나와 내 주변 인물들을 모두 주시하고 있을 것이다.

주시. 뭔가 관련이 있다는 인상을 줘야 한다면, 적대적인 관계로 보이는 편이 나을 것 같았다. 은경이를 위해서나 나를 위해서나.

이런저런 생각들이 떠올랐다.

'그랬겠지. 그러니까 나를 보내서 은경이를 보고 오라고 했겠지.'

창밖을 바라보았다. 어디를 보나 50센티미터 이상씩 눈이 쌓여 있었다. 둥근 모서리. 바람에 날리는 눈 먼지. 입체감을 드러낸 거대한 하늘. 세상은 더 크게만 보이고 나는 점점 더 작게만 느껴지는 순간.

그때였다. 갑자기 전화가 끊어졌다. 다시 전화가 걸려오기까지 1분 남짓. 갑작스러운 침묵에 청각이 허공을 더듬었다. 열차가 철로 위를 지나며 덜그럭거리는 소리가 유난히 크게 들려왔다. 그리고 그 사이에 익숙하지 않은 느낌이 섞여 들어왔다.

문득 이상한 생각이 들었다. 생각이라기보다는 직감에 가까웠다. 말로는 설명할 수 없는 본능적인 감각. 지금 내가 서 있는 곳이 정말로 안전한 곳인지 늘 의심하지 않을 수 없는 12년차 현장요원의 생존을 위한 감각.

소름이 돋았다. 통화가 끊긴 1분 남짓한 시간 동안, 잠들어 있던 킬러의 감각이 생생하게 되살아나 있었다. 그리고 다시 전화가 연결되자마자 그 모든 감각들이 사라져버렸다. 그것도 아주 깨끗하게.

왜 사라진 걸까. 그렇게 순식간에 사라질 수도 있는 건가.

다시 조은수의 목소리가 들려왔다.

"연결 상태가 별로네. 결과 나오면 다시 연락할 거니까 아무 생각하지 말고 그냥 좀 쉬고 있어."

"알았어."

전화가 끊어졌다. 전화를 끊자마자 사라졌던 감각이 곧바로 날카롭게 되살아났다. 섬뜩한 기분에 주위를 둘러보았다. 누군가가 쳐다보고 있는 듯한 느낌이었다. 물론 나를 직접 겨냥할 만한 거리에서는 그 누구의 시선도 느껴지지 않았다.

그러니까 이건 그런 단순한 문제가 아니었다. 빤히 눈에 보이는 함정이 아니었다. 막다른 곳으로 내몰리는 느낌. 눈에 보이는 위협을 피해 안전한 곳으로 달아나는 데 성공한 듯한 착각.

조직의 포위망을 피해 달아나는 길이 그렇게 안전할 리 없었다. 휴가가 끝났다는 건 막다른 곳으로 내몰렸다는 뜻이다. 그곳에서 벗어나려면 어디선가 한 번쯤은 위험한 지점을 마주해야 한다. 그런데 일이 이렇게 순조롭게 진행되다니.

물론 절반은 조은수 때문이었다. 그렇게 믿었다.

그런데 그게 아니었다. 전화가 끊어진 순간 내 안에서 날카로운 감각이 자라나 휴가로 무뎌진 마음 한구석을 아프게 찔러댔다. 그 날카로운 감각 쪽으로 마음의 혀를 갖다 댔다. 곧바로 상처가 났다. 어느 쪽이 날인지 알 수 없을 만큼 모든 방향으로 바짝 날이 선 느낌. 두려움이었다. 킬러의 감각이 아니었다.

　전화기를 바라보았다. 조은수가 한 말을 되짚었다. 어딘가 이상했다. 갑자기 정신이 번쩍 들었다. 구석에 내몰린 느낌이 들지 않는 건 별로 이상하지 않다고 생각했다. 내몰린 게 아니었으니까. 휴가를 반납하고 스스로 구석에 가서 서기로 마음먹었으니까. 그 상황을 이겨낼 무기라고는 단지 그 마음 하나밖에 남아 있지 않았으니까.

　하지만 그 순간 내 마음을 무겁게 내리누르고 있던 건 그런 비장한 느낌이 아니었다. 그보다는 훨씬 더 근원적이고 원초적인 무언가. 두려움. 킬러의 것이 아닌, 궁지에 몰린 사냥감에게서나 느낄 수 있을 만한 그런 감각이었다.

　궁지.

　화장실에 갔다가 나오려는데 문이 열리지 않아서 문고리를 붙들고 한참을 덜그럭거렸다. 30여 초 만에 문을 열고 통로로 나왔더니 덩치 큰 남자 하나가 앞에서 기다리고 서 있다가 이상한 눈초리로 나를 바라보았다. 살기가 전혀 느껴지지 않는 몸짓. 수상한 사람은 아닌 것 같았다. 이상한 건 오히려 내 쪽이었다. 방금 스스로 열고 들어갔던 여닫이문을 미닫이로 열고 나오려고 한 쪽은. 어쩌면 그 궁지라는 것도 결국 나 스스로 만들어낸 상상 속의 궁지인지도 모른다. 여닫이문을 미닫이로 밀어서 만든 상상의 궁지.

　'겁내지 말자. 하나씩 풀면 돼.'

　프라하 역에 도착했다. 해는 이미 떨어진 지 오래였다. 기차에서 내리자마자 한기가 외투 속으로 날카롭게 파고들었다. 조은수의 지시에 따라 전화기를 버리고 밖으로 나갔다.

역 주요 시설은 대부분 지하에 있었다. 1층에 서 있는 오래된 건물은 지하로 통하는 출입구 중 하나일 뿐이었다. 그래서 출입하는 사람이 생각보다 많지 않았다.

그곳을 통해 밖으로 나왔다. 멀리 출발 시간을 기다리고 있던 버스 한 대가 보였다. 잠시 후 버스 문이 열리더니 운전기사가 다가와 나에게 가방을 건네주었다. 그러더니 승객을 한 명도 태우지 않은 채로 버스를 몰고 어디론가 사라져버렸다.

그러자 곧바로 전화벨이 울렸다. 가방을 열어 전화기를 꺼냈다. 좁게 벌어진 틈 사이로 저격용 라이플이 보였다.

"가방 안에 이어폰 있어. 연결해."

나는 조은수의 지시대로 이어폰을 연결하고는 다음 지시를 요청했다.

"했어."

"그 앞에서 길을 건너. 공원 보이지?"

"응."

"거기 문이 닫힌 가판대가 있어. 보여?"

"그래."

"거기로 들어가서 몸을 숨겨."

가판대에 들어가 문을 닫자 찬바람이 잠시 주춤하는 듯했다. 그러나 한기까지 다 막아낼 수는 없었다. 영혼에 직접 가닿는 차가운 기운. 찬바람에 실려 도시 곳곳으로 배달된, 살아 있는 생명체 전체에 대한 치명적인 위협.

라이플을 조립해 저격 준비를 했다. 총기 상태를 간단히 점검한 다음 바람을 가늠했다. 그렇게 시간이 흘렀다. 그대로 밤이 깊었다. 압도적인 한파 때문인지 기차역 맞은편 눈 덮인 공원에는 한자리에 머물러 있는 사람이 아무도 없었다. 가끔 누군가가 모습을 드러냈다가도 이내 빠른 걸음으로 시야 밖 암흑 저편으로 모습을 감추었다. 마침내 아무도 없어질 때까지. 그리고 바로 그곳이 나와 그 두 사람의 접선 예정 장소였다.

'아무래도 이건 좀 이상해.'

문득 그런 생각이 들었다. 조은수가, 초급요원 시절 내 교관이기도 했던 조은수가, 자신이 내리는 지시만 믿고 아무런 경계도 하지 않은 채 은신 장소에 숨어들어가 있는 내 행동에 대해 아무 지적도 하지 않고 있었다. 이상한 일이었다. 아니, 있을 수 없는 일이었다. 내가 통화하고 있던 조은수가 이미 그 사람이 아니게 되었거나, 내가 어떻게 움직이든 더 이상 신경 쓰지 않게 되었거나. 혹은 무슨 말인가를 전하기 위해 일부러 할 말을 생략하고 있거나.

"나만 믿어."

그 순간, 내 생각을 꿰뚫어 보기라도 하듯 조은수가 말했다. 접선 장소에 나타날 두 사람 중 누가 제거 대상인지 가르쳐줄 테니 마음 놓으라는 말이었다. 하지만 나는 그 말이 정말로 그런 의미로 끝나는 말인지 확신할 수가 없었다.

나는 다시 내 역할을 떠올렸다. 누군가 적당한 사람이 은경이 일을 떠맡게 될 때까지 그 아슬아슬한 시간을 조금 더 연장하는 것. 그 적당한 사람이란 도대체 누구일까. 그건 아무래도 조은수가 표적으로 지목하고 있는 적, 전략무기개발네트워크가 되어야 할 것 같았다. 아무리 생각해도 그것 말고는 대안이 없었다.

그렇다면 작전을 변경해야 했다. 그들을 제거할 게 아니라 접촉을 해야 했다. 왜 그 생각을 못 했을까. 물론 조은수 때문이었다. 특급 정보분석가 조은수의 단호한 판단 때문이었다.

평소 같았으면 바로 그 순간, 그게 누가 됐든 작전지시를 내리는 본부요원과 다시 한 번 상의를 했을 것이다. 하지만 지금은 그럴 수가 없었다. 나는 조은수가 진짜 조은수가 맞는지 알 수가 없었다. 그런 건 별로 중요하지 않다고 생각했지만 그렇지 않았다. 살아 있는 조은수와 죽은 조은수의 그림자는, 도저히 같은 사람일 수 없었다.

조은수는 연방에 보복을 감행할 게 틀림없었다. 자신을 제거하기 위해 혈안이 되어 있는 조직이었으니까. 그리고 실제로 몇 차례나 대규모 작전을 통해 자신을 제거할 시도를 해온 조직이었으니까. 어쩌면 실제로 작전이 성공했을지도 모른다.

생각이 계속해서 이어졌다. 추위 때문인지도 몰랐다. 어쩌면 추위를 이기기 위한 방어기제일지도. 정신이 혼미해졌다. 그래도 생각은 꼬리에 꼬리를 물고 이어졌다.

보복을 결심할 쪽은 살아 있는 조은수일까 아니면 죽은 조은수의 그림자일까. 알 수가 없었다. 다만 한 가지는 분명했다. 내 목숨을 좀 더 소중하게 생각해줄 사람이 어느 쪽일지는.

하지만 목적이 뭘까. 연방에 보복을 감행하려고 마음먹었다면, 조은수 역시 나보다는 장무권 쪽 잔여 세력과 손을 잡는 게 낫지 않았을까. 그런데 왜 나를 선택했을까. 나에 대한 감정 때문에? 물론 그럴 수도 있다. 쭉 그렇게 믿었다. 그 감정 때문에 조은수가 무조건 내 편에 서리라는 믿음. 굳은 믿음. 하지만 조은수가 살아 있지 않다면, 그때는 무엇으로 그 믿음을 지탱할 수 있을까.

마침내 그런 생각이 들었다.

'조은수가 저쪽과 손잡지 않았다는 보장은 없지.'

나는 전화선 너머 조은수에게 물었다.

"너 영재학교 5학년 축제 때 말이야. 술 취해서 은경이네 동아리 연극 무대에 난입했던 거 기억나?"

2초쯤 뒤에 조은수가 반문했다.

"응?"

부끄러운 기억. 살아 있는 사람이어도 본인 스스로는 떠올리고 싶지 않아 할 기억. 누가 상기시켜주면 그제야 얼굴이 벌게지며 마지못해 떠올릴 이야기. 자기 자신을 복제해서 완전한 자아를 새로 하나 만들어낸다면 그냥 조용히 기억에서 지워버리고 싶었을, 아직 완전한 자아로 자라나지 못했을 시절의 부끄러운 모습.

저 대답은 기계적인 이유로 지연된 걸까, 아니면 감정적인 망설임 때문에 생긴 인간적인 간격일까.

"그 왜 있잖아. 너 정학당할 뻔했던. 거기서 이상한 노래를 불러대는 바람에 너 붙들려 나가고 나서도 분위기 완전 망가져서 그날 공연 다 흐지부지되고. 가사가 뭐였더라."

조은수가 대답했다.

"아, 그거. 근데 그건 왜?"

조은수가 아니었다. 확실했다. 살아 있는 조은수는 그 일을 그렇게 담담하게 말한 적이 없었다. 그리고 그날 조은수가 한 일은 무대 위에 뛰어올라가 이상한 노래나 불러대는 정도의 사소한 게 아니었다. 그보다는 훨씬 더 충격적인 사건이었다. 거꾸로 매달린 채 무대 위쪽에서부터 아래로 서서히 내려오던 조은수. 조은수를 싫어하던 누군가에게 팔다리를 모두 결박당한 채.

그때 나는 분명히 조은수와 두 눈이 마주쳤다. 또 당했구나. 일 년에 한두 번은 있는 일이지만, 그래도 이번에는 좀 심하잖아.

그 애잔한 눈빛을 잊을 수가 없었다. 그렇게 당황한 조은수를 본 건 그때가 마지막이었다. 조은수가 그걸 기억하지 못할 리 없었다.

모르는 걸까, 아니면 일부러 모르는 척을 하는 걸까. 왜 일부러 모르는 척을 하지? 오히려 나를 떠보려고? 그럴지도 모르지. 아닐지도 모르고.

"아니, 됐어. 갑자기 생각이 나서."

그때였다. 기차역 정문으로 누군가가 빠져나오는 모습이 보였다. 두터운 외투에 모자와 목도리로 얼굴을 완전히 감싸고 있었지만, 걸음걸이만 봐도 누군지 알 수 있었다. 김모은이었다.

정신이 번쩍 들었다. 자세를 잡고 손끝의 상태를 가늠해보았다. 얼어 있는 건 아닐까. 감각이 마비돼서 중요한 순간에 재빨리 움직일 수 없는 건 아닐까. 그렇다고 해도 어쩔 수가 없었다. 그렇지 않기를 바랄 뿐이었다.

조은수가 말했다.

"또 한 사람이 다가오고 있어. 반대편에서."

문틈으로 내다보니 장준용이 우산을 들고 걸어오고 있었다.

"표적은?"

내가 물었다. 조은수가 뜸을 들이며 말했다.

"표적의 취향은……."

총을 들어 조준경으로 역 앞을 겨냥했다. 김모은이 눈빛을 감추고 서 있었다. 다시 조은수에게 물었다.

"취향은?"

턱이 싸늘하게 식어서 발음이 차갑게 뭉개졌다.

"모자 쓴 쪽. 털실. 있어?"

"있어. 한 명. 확실해?"

"99.799퍼센트. 제거해. 지금!"

이어폰을 통해 조은수가 외치는 소리가 들려왔다. 귀가 울렸다.

지금. 표적. 제거.

방아쇠울에 손가락을 집어넣었다. 그리고 서서히 손가락에 힘을 줬다. 손가락은 아직 얼지 않고 제대로 움직이는 모양이었다. 방아쇠가 조금씩 뒤로 당겨졌다. 조준경 너머로 어딘가를 경계하고 있는 김모은의 매서운 시선이 느껴졌다.

'아무래도 이건 뭔가 이상하잖아.'

그때, 총을 들고 있는 내 손이 보였다. 하얀색이었다. 장갑을 끼고 있었지만 그래도 새하얀 색. 도저히 방아쇠를 당길 수 없는 색. 올로모우츠의 어느 작은 무대에서 은경이를 보는 순간 내 안에서 일어났던 변화.

정말로 방아쇠를 당길 수가 없었다. 날씨 때문은 아니었다. 손가락이 다시 방아쇠울을 빠져나갔다. 조은수의 목소리가 들려왔다.

"뭐해? 지금이라니까!"

다시 큰 소리로 외치는 은수. 속삭임이 아니었다. 전혀 익숙하지 않은 상황이었다.

나는 총을 서서히 내려놓았다. 그리고 가판대 문을 열고 밖으로 걸어 나갔다. 장준용이 멈칫하며 경계하는 모습이 보였다. 긴장할 필요 없다는 뜻으로 두 손을 들어 손바닥을 펼쳐 보인 다음, 김모은이

기다리고 있는 역 건물 쪽으로 고개를 돌렸다. 그리고 마찬가지로 그쪽을 향해서도 손을 들어 보였다.

잔뜩 긴장한 얼굴. 김모은의 표정이 멀리서도 선명하게 눈에 들어왔다.

왜 저렇게 긴장하는 걸까. 무슨 생각을 하고 있는 걸까. 그냥 추위 때문에 표정이 얼어버린 걸까? 나를 만나기 전, 역 건물을 빠져나오던 순간의 긴장된 얼굴 그대로. 시간이 멎은 것처럼, 감정이 정지된 것처럼.

바로 그때였다. 김모은이 맥없이 쓰러지는 모습이 보였다. 나는 그 자리에 우뚝 멈춰 섰다. 멈칫하는 장준용의 발소리가 들리는 것 같았다.

총소리는 듣지 못했지만 김모은이 쓰러지는 모습에서, 그리고 그 표정에서 삶과 죽음의 경계를 읽을 수 있었다.

표정이 얼어 있는 게 아니었다. 정말로 긴장된 표정을 짓고 있었던 것뿐이었다. 그리고 지금은 또 다른 표정이었다. 삶과 죽음의 경계에 선 사람들이 짓곤 하는 진짜 표정. 감정으로부터 밀려 나오는 표정이 아닌, 운명으로부터 터져 나오는 진실한 표정. 마음과 관련된 뜨거운 진실이 아니라 그저 결과만을 간결하게 말해주는 차가운 의미의 진실.

물론 그 경계는 금세 죽음 쪽으로 기울었다. 저격이었다.

나는 자세를 낮추고 벽돌로 쌓은 낮은 모퉁이 뒤로 구르다시피 몸을 날려 총알을 피했다. 총알 몇 개가 공기를 찢으며 날아가는 소리가 가까이에서 들려왔다. 입체감 있는 하늘. 그 하늘 맨 아랫자락을 뚫고 지나가는 총알. 날아가면서 눈송이를 때렸는지 총알이 바람을 가르는 소리가 어딘가 거칠게 들렸다.

"뭐야? 무슨 일이야?"

몸을 잔뜩 웅크린 채 전화기 너머에 있는 조은수에게 물었다. 아무 대답이 없었다.

"그런 거야? 함정이었어?"

바람 소리가 들려왔다. 전화기 너머에서 들려오는 소리인지 바로 옆에서 들려오는 소리인지 분간이 안 됐다.

하지만 그것도 잠시, 갑자기 전화가 끊어지고 말았다. 그 싸늘하고 무거운 공기 위로 총성 없는 총알이 계속해서 날아들었다.

장준용이 몸을 숨긴 곳을 바라보았다. 그는 한 손에 권총을 쥔 채 이어폰 마이크를 통해 누군가를 계속해서 불러대고 있었다. 하지만 같은 입 모양이 계속 반복되는 걸 보니 그쪽 역시 상대가 갑자기 통신을 끊어버린 눈치였다.

나는 그쪽을 향해 빈손을 들어 보였다. 그리고 한 손으로 김모은이 쓰러져 있는 쪽을 가리켰다. 내가 한 짓이 아니라는 의미였다. 장준용이 고개를 끄덕였다.

나는 손짓으로 방금 통화한 사람이 누구냐고 물은 다음 내 귀에 꽂혀 있는 이어폰을 가리켰다. 그리고 손가락으로 서로를 가리키며 이렇게 물었다.

설마 같은 사람과 통화하고 있었던 건 아니겠지.

장준용은 이제야 알겠다는 듯 한순간 표정이 일그러지더니 이내 원래의 딱딱한 얼굴로 돌아갔다. 내 짐작대로 그도 역시 나처럼 조은수와 통화하고 있었던 모양이었다. 내 짐작대로.

그렇다. 이미 짐작하고 있던 일이었다. 하지만 확신은 못 했던 일. 그래서 적절한 때에 행동으로 옮기지 못한 일.

나는 다시 손가락을 들어 허공에 전략무기개발네트워크의 로고를 그려 보인 다음 검지로 장준용을 가리켰다.

당신 장무권 쪽 사람이야?

장준용이 고개를 끄덕였다. 이번에는 김모은을 가리켰다. 역시 그가 고개를 끄덕였다. 둘 다 그렇다는 뜻이었다. 나는 긴 한숨을 내쉬었다. 입김이 머리 위로 떠오르자 다시 총성 없는 총알이 내가 숨어 있는 돌담 근처를 때리고 지나갔다. 총알이 날아오는 방향이 아까와는 조금 달랐다. 저격수가 하나가 아닌 모양이었다.

나는 허리를 잔뜩 숙인 채 장준용이 몸을 숨기고 있는 곳으로 달려가 엄폐물 뒤로 몸을 날렸다. 내가 지나온 궤적을 따라 총알 몇 개가 날카로운 소리를 내며 지나쳐갔다.

나는 몸을 잔뜩 숙인 채로, 내 옆에 바짝 엎드려 있던 장준용에게 좀 더 가까이 다가가 물었다.

"어떻게 된 거야? 조은수하고 통화 중이었다고?"

"예. 팀장님이야말로……."

"이런, 언제부터?"

"그날부터 쭉."

내가 스스로 휴가를 반납하던 날, 그러니까 내가 조은수와 연락이 닿았던 바로 그날부터였다. 나도 모르게 표정이 굳어지는 게 느껴졌다. 내 표정을 살피던 장준용의 얼굴이 다시 한 번 일그러졌다.

"그럼 처음부터잖아. 처음부터 그 장단에 놀아난 거였군. 완전히 각본대로 움직였어. 우리 둘 다."

그는 말을 잇지 못했다. 순간 말문이 완전히 막혀버린 모양이었다. 나는 그가 어떤 생각을 하고 있는지 알 것 같았다. 나 역시 마찬가지였다.

실수였다. 실수도 그런 실수가 없었다. 왜 그걸 놓쳤을까. 왜 한 번 더 의심하지 않았을까. 그보다, 돌이킬 수 있을까. 아직 기회가 남아 있기는 한 걸까.

내가 다시 물었다.

"조은수가 뭐래?"

"팀장님을 만나게 해주겠다고."

"날? 어차피 만나게 돼 있었잖아. 나 참! 도대체 몇 명이 그 장단에 놀아난 거야? 아무튼 그 이야기는 나중에 하고, 그럼 저건 누구야? 당신네들 저격수야?"

"아닙니다. 저건 계획에 없었습니다."

"나를 쏠 생각은 없었다는 거지. 다행이네. 저건 조은수가 매복시켜둔 건가, 나를 없애려고? 그럼 당신네 지원 병력은?"

"대기하고 있었는데요. 일선에 배치한 요원들은 아마도……."

그 뒤는 들으나마나였다. 조은수의 계획에 따라 병력이 배치되어 있었을 테니 조은수의 손에 제거됐을 게 뻔했다.

일이 이렇게 되지 않았다면, 내가 조은수의 존재를 의심하지 않았다면, 아무 문제도 없었던 것처럼 모든 것이 그렇게 정리되어버렸을 것이다. 좀 더 시간이 지난 뒤, 돌이킬 수 없을 지경이 되고 나서야 장무권 쪽 사람들도 비로소 무언가 잘못됐다는 사실을 깨달았을 테지만, 그때는 이미 할 수 있는 일이 아무것도 없었을 것이다. 그때쯤이면 이미 모든 것이 조은수의 손아귀에 넘어간 다음이었을 테니까.

한기가 몸속으로 파고들었다. 눈이 닿은 부분부터 체온이 스르르 빠져나갔다.
"예비 병력은 있어?"
"오고 있습니다."
"총알은 어디서 날아온 건지 대충 보이나?"
그러자 그가 손짓으로 위치를 가리켰다.
"곧장 저쪽으로 보냈습니다. 한 3분쯤 걸릴 겁니다."
"그럼 늦는데."

나는 외투를 벗어 돌담 밖으로 슬쩍 내밀었다. 아무것도 날아오지 않았다. 저격수가 자리를 이탈했다는 뜻일까, 아니면 그런 척하고 있는 걸까. 저격수가 달아나기 전에 잡아야 했다. 저격수를 놓치면 조은수의 행방을 역추적할 방법도 사라질 게 뻔했다.

하지만 저격수가 자리를 지키고 있다면? 온전히 모습을 드러낼 때까지 일부러 방아쇠를 당기지 않은 거라면?

시간 싸움이었다. 상대도 언제까지고 이쪽에서 모습을 드러내기를 기다릴 수는 없었다. 곧 예비 병력이 도착할 것이기 때문이었다. 우리 쪽에서도 마찬가지였다. 예비 병력이 도착할 때까지 가만히 앉아서 기다릴 수만은 없었다. 그러면 상대가 모습을 감출 테니까.

또다시 마주친 삶과 죽음의 경계. 외투 한 겹이 사라지자 그 안에 간직하고 있던 얼마 안 되던 체온이 확 달아났다.

돌담 밖으로 몸을 내밀었다. 총알은 날아오지 않았다. 저격수는 이미 자리를 뜬 모양이었다. 나는 가판대 문을 열고 들어가 저격총을 꺼낸 다음 총알이 날아온 곳을 향해 달려갔다. 장준용도 함께였다.

한참을 달렸다. 찬바람이 폐로 쏟아져 들어왔다. 땅 위에 살고 있는 거의 모든 생명체의 삶에 치명적인 악영향을 미칠 진짜 자연산 대량살상무기. 눈 섞인 겨울 밤하늘을 깊이 들이마셨다.

누군가가 총알이 날아온 것으로 추정되는 건물 1층 출입구로 빠져나가는 모습이 보였다. 수상한 가방. 총이 들어 있는 게 틀림없었다.

나는 장갑을 벗고 미끄러지듯 눈밭 위에 무릎을 꿇었다. 그리고 총을 겨누었다. 금세 차가운 기운이 맨손을 감쌌다. 손이 굳어졌다. 검은색. 언제든 방아쇠를 당길 수 있는 손.

"엎드려!"

나를 추월해서 달려가던 장준용에게 소리쳤다. 그가 재빨리 자세를 낮췄다. 그리고 그가 시야에서 완전히 사라지는 순간, 큰길 쪽으로 달려가는 저격수의 모습이 눈에 들어왔다.

방아쇠를 당겼다. 총소리가 밤하늘을 뒤흔들었다. 모양만 비슷한 가짜 소음기였다. 그 총의 소리를 지우지 않은 건, 내가 김모은을 저격하는 장면을 보다 극적으로 연출하기 위한 조은수의 기획이었을 것이다. 조은수답지 않은 이상한 눈속임.

누군가 다른 사람이 있는 것만 같았다. 조은수의 유산, 조은수의 그림자에 다른 누군가가 접속해 있다는 느낌이 들었다. 아니, 어쩌면 그건 그냥 내 바람이었을지도 모른다. 혹은 누군가가 나에게 전하는 메시지일지도. 아무튼 조은수가 직접 한 일이 아니기를. 다른 누군가가 조은수의 탈을 쓰고 대신 저지른 일이기를.

다시 방아쇠를 당겼다. 그리고 한 번 더. 모두 세 번의 총성이 밤하늘을 가득 메웠다. 내리던 눈마저 잠시 내리기를 멈춘 듯한 순간.

잔뜩 긴장한 밤하늘이 거울처럼 산산이 깨져나갔다. 허무하게도, 그 자리에 다시 일상이 들어찼다. 누군가의 일상이. 결코 내 것은 아닌 평범한 인간들의 삶이.

그 요란한 외침을 뒤로하고 내 표적이 건물 사이로 유유히 모습을 감췄다. 나도 서서히 총구를 아래로 내렸다.

"놓쳤어."

그리고 장준용에게 물었다.

"조은수 위치는? 통화하면서 추적해봤어?"

장준용이 고개를 저었다. 쫓아가던 발걸음을 완전히 멈춘 채였다. 제자리에서 씩씩거리는 둔중한 육체. 버티고 선 몸과 아직도 맹렬하게 달려나가려는 마음 사이의 미묘한 불일치. 실패. 실수. 그런 이름이 붙은 그 무언가. 그리고 거친 호흡이 잔뜩 섞인 화난 듯한 대답.

"시도는 해봤지만 역시 별 소득은 없었습니다. 소재지를 파악하기는 했는데."

나도 덩달아 목소리가 높아졌다.

"가보니 없어?"

"가보지도 못했습니다."

"어딘데?"

"이오."

"이오?"

"목성 근처에 있다더군요."

그 말에 갑자기 피식 웃음이 났다. 목성이라니. 목성의 위성에 조은수가 살고 있다니.

하지만 사실 그건 전혀 웃을 일이 아니었다. 조은수를 적으로 돌리는 일이라는 건, 그런 건 절대로 웃을 일이 아니었다. 절대로.

갑자기 온몸에 소름이 돋았다. 추워서 그런 건 분명히 아니었다.

거래

연방이 악마를 제작하고 있다는 소문이 돌았을 때, 대부분의 사람들은 그 말이 비유라고 생각했다. 정상적인 국가라면 감히 엄두도 내지 못할 비윤리적인 방식으로 권력이 타락해간다는 의미일 거라고 믿었다. 하지만 그건 사실이 아니었다.

나도 물론 그 악마의 정체가 정확히 무엇인지는 알 수 없었다. 유형물인지 무형물인지, 개체인지 일종의 제도인지, 혹은 무언가를 가리키는 별칭인지 아니면 좀 더 직설적으로 그 대상물을 지칭하는 이름인지, 짐작 가는 것이 전혀 없었다. 그러나 적어도 한 가지는 분명했다. 그게 뭐가 됐든 비유나 상징이 아니라 실체를 가진 무언가라는 것.

그 판단의 근거는 생각보다 단순하고도 명료했다. 예산이 집행되고 있었던 것이다.

예산을 추적할 수 있는 방법은 어디에도 없었다. 하지만 사람은 추적할 수 있었다. 어느 나라든 대체로 그런 일을 맡을 만한 인력 풀이라는 건 대충 손에 꼽을 만큼 빤한 게 상식이었다. 그런 걸 추진할 권력을 가진 사람이든, 아니면 기술을 가진 사람이든.

내가 의심한 건 당연히 조은수였다. 아니, 의심이 아니라 확신이었다. 악마라는 이름이 붙은 무언가가 연방 차원에서 만들어진다면 어떤 식으로든 정보종합체계와 관련이 있을 게 분명했기 때문이다. 그리고 그 상황에서 조은수를 떠올리지 않는다면 그게 오히려 이상한 일이었다. 정보를 그냥 무조건 긁어모으기만 하는 게 아니라, 거의 천문학적인 규모로 축적된 정보를 인간이 활용할 수 있는 형태로 바꾸는 일이라면, 그런 일에 관해서라면 조은수는 사실상 그 일 자체나 다름없었다.

그래서 그 소문을 들은 다음부터 내 머릿속에 떠오르는 악마의 이미지는 언제나 조은수의 모습을 하고 있었다. 그리고 그건 나한테만 해당되는 일이 아니었다.

조은수가 아직 조직에 남아 있던 시절에, 현장 경험이 너무 없다며 시비에 걸린 적이 있었다. 정작 현장을 아는 사람들은 아무도 그렇게 생각하지 않았지만, 내 촉수가 닿지 않는 곳, 본인들이야말로 하루 종일 볕 잘 드는 집무실에 걸터앉아서 누군가가 한번 걸러주는 정보만 듣고 사는 사람들 중에는 그런 이야기를 하는 사람이 적지 않은 모양이었다. 그때부터 쭉, 결국 은수가 회사를 떠날 때까지.

그러던 어느 날이었다. 나는 난생처음으로 현장에서 조은수와 마주쳤다. 우리 표적 서른 명이 상주해 있는 12층짜리 건물의 1층 로비에서였다. 그때 조은수는 회전문을 지나 건물을 빠져나오는 길이었다. 반대로 나는 현장을 살피기 위해 이제 막 건물 안으로 들어가는 중이었다.

"엔일이야? 결국 여기까지 직접 나온 거야? 승진하려면 현장 근무 할당량 채워 오래?"

조은수는 아무 대답도 하지 않았다. 그저 내 쪽을 바라보며 슬쩍 미소를 띨 뿐이었다. 나도 따라 웃었다.

나는 아직 그날의 표적이 누군지 정확히 알지 못했다. 단지 대규모 작전이 될 거라는 게 내가 아는 전부였다.

1층을 살피고 밖으로 나오는데, 조금 전에 본 광경이 자꾸만 눈에 밟혔다. 웃으며 내 곁을 스쳐 지나가던 은수. 표정이 어딘가 이상했다. 원래 표정이 이상한 사람이었지만 그날은 왠지 더 어울리지 않는 데가 있었다. 전혀 상황에 맞지 않은 표정.

그 웃음은 뭐였을까. 관료주의에 대한 냉소 같은 건 아닌데. 원래 그런 짓은 안 하는 사람이니까. 그보다는 차라리 피로가 묻어나는 듯한 웃음. 그다지 보람차지도 환멸이 느껴지지도 않는, 그냥 적당히 부담스러운 하루 일을 끝내고 퇴근 준비를 하는 사람에게나 어울릴 듯한 표정.

그런데 가만히 생각해보니 그뿐만이 아니었다. 또 뭔가가 있었다. 자꾸만 눈에 밟히는 무언가가.

기억을 더듬었다. 내가 검은 사람이 되어 조직에서 오래오래 살아남을 수 있었던 건 살인 기술이 탁월해서가 아니었다. 오히려 평범했기 때문이다. 세심하게 관찰하고 정확하게 보고한 다음, 규정이나 조직의 의도에 맞게 적절하게 조치하고 꼼꼼하게 기록하는 일. 현장을 아주 잘 아는 소수의 전문가들만이 이해할 수 있는 방식이 아니라, 남쪽이든 북쪽이든 중앙이든 지방이든 연방공무원이라면 누구나 이해할 수 있는 방식으로 생각하고 연락하고 행동하고 기억하는 자질. 사실 연방의 대리인으로서 그보다 더 중요한 자질은 없었다.

그런 내 눈에, 무언가가 강렬한 인상을 남긴 것이다. 내 의식이 미처 인지하지 못한 사이, 무의식에 대고 직접 말하듯이. 그런데 그게 뭘까.

빨간색 이미지가 떠올랐다. 무의식 영역에 놓여 있는 기억을 더듬었다. 내가 가진 특이한 재주라면 단지 그것뿐이었다. 무의식에 흘려놓은 것들을 되찾아오는 능력.

흑백 상태의 기억이 컬러로 변했다. 차츰차츰. 조은수의 소매가 눈에 띄었다. 흑백의 안개를 지나 맨 먼저 색깔을 회복하게 된 부분. 중요한 부분이라는 뜻이었다. 그곳 어딘가에 그 빨간색이 있으리라는 신호였다.

상아색 정장 상의 오른쪽 소매. 무언가 붉은 것이 튀어 있었다. 나는 그게 뭔지 한눈에 알아보았다.

피였다.

본부에 연락했다. 조은수는 당연히 그쪽에 있지 않았다.

"작전 시작됐나요? 현장요원 전개는?"

"전개? 무슨? 아직 작업명령서도 안 내려왔는데."

아무도 모르는 일. 하지만 그 피는 뭐지? 현장에서 튄 것처럼 보였는데.

다시 본부에서 연락이 왔다. 현장이 확인되지 않는다는 것이었다. 건물 자체에 설치되어 있던 방범용 카메라도, 우리 쪽에서 따로 심어놓은 도청장치도 모두 신호가 잡히지 않는 모양이었다.

직접 확인해보기로 하고 엘리베이터로 갔다. 14층. 엘리베이터에서 내려 복도를 따라 걸어갔다. 남동쪽 구역에 표적들이 모여 있었다. 연방이 또 다른 비공식 조직. 제거 대상이 정확히 몇 명인지조차 아직 정해지지 않은, 대략 스무 명 내외의 잠재적 표적들이 모여 있는 공간.

모퉁이를 돌아 문으로 다가갔다. 자동문이 열렸다. 인기척은 없었다. 조심스럽게 안으로 걸어 들어갔다. 회의실로 보이는 방의 문 하나가 반쯤 열려 있었다. 외투 주머니 안쪽에 권총을 품은 채로 슬그머니 문 안으로 고개를 들이밀었다. 남자 네 사람이 누워 있는 게 보였다. 시체였다.

다시 한 걸음 물러섰다. 자세를 낮추고 다음 방으로 갔다. 조용히 문을 열자 책상 위에 엎드려 있는 시체 한 구가 보였다. 다음 방도, 그다음 방도, 또 그다음 방도.

도대체 몇이야? 이 구역을 다 쓸어버린 거야?

다시 엘리베이터로 돌아왔다. 보안장비는 전부 무력화되어 있었다. 먼저 조은수에게 어떻게 된 일인지 물어볼 생각이었지만 결국 연락이 닿지 않았다. 어쩔 수 없이 본부에 연락해 상황을 보고했다. 본부 쪽에서도 처음 듣는 일인 듯했다.

"아무도 보고를 안 했다고요? 현장요원은 누구를 투입했는데요?"

"투입 안 했다니까. 뭐가 어떻게 돌아가는 거야?"

조은수였다. 현장에 투입된 요원은 단 하나, 조은수뿐이라는 말이었다. 하지만 어떻게 저 많은 사람을 다! 게다가 명령도 떨어지지 않은 상황에서 단독 행동으로 전원 사살이라니. 그 뒷일을 어떻게 감당하려고.

건물을 빠져나갔다. 첫 번째 모퉁이를 도는데 조은수가 나타났다. 현장에서 잔뼈가 굵은 나조차도 전혀 눈치채지 못할 만큼 당황스러운 매복 지점이었다.

"왔어? 늦네."

나는 그만 말문이 막혀버렸다.

"뭘 놀라? 괜찮아. 오후쯤 명령서 내려올 거야."

그 말대로였다. 예언처럼, 오후에 명령서가 내려왔다. 미리 예측한 걸까, 아니면 정보를 가로챈 걸까. 나로서는 도무지 감을 잡을 수 없었다.

그날 조은수는 위에서 요구한 현장 근무 할당량을 다 채웠다. 이제 아무도 그 일로 시비를 걸지 않았지만, 그날 일은 또 다른 갈등의 시작이 되고 말았다. 훈련받은 현장요원 서른 명을 흔적도 없이 혼자서 처리할 수 있는 정보분석가. 그런 사람에게 조직 따위가 도대체 왜 필요한 걸까.

그날 일에 대해 언젠가 조은수가 이렇게 말했다.

"기술이나 힘으로 일을 하는 게 아니니까. 홉스가 그랬잖아. 아무리 연약한 사람이라도 제일 강한 사람이 잠자고 있을 때 칼로 찔러 죽이는 정도는 할 수 있다고. 적어도 그 능력에 관해서는 모두가 평등하다고 말이야. 그거면 충분해. 중요한 건 언제 어느 위치에서 나타나느냐지. 내가 시키는 대로만 하면 누구나 다 그렇게 할 수 있어."

그리고 모두가 악마를 알아보기 시작했다. 이제는 질투가 아니라 두려움이었다. 오직 소수의 사람들만이 두려움 없이 질투를 할 수 있었고, 그보다 훨씬 적은 수의 사람들만이, 어쩌면 유일하게 한 사람만이 두려움도 질투도 없이 조은수의 보호를 받을 수 있었다.

나는 그게 나인 줄 알았다. 하지만 더 이상 그건 사실이 아니었다.

다시 프라하의 겨울밤.

소리 없이 눈이 내려 조금 전에 있었던 일의 흔적을 조용히 덮어버렸다. 하지만 기억까지 전부 눈으로 덮을 수는 없었으므로 나는 한참이 지난 뒤에도 여전히 그 현장에 머물러 있었다.

낯선 조직 사람들의 차에 실려 다시 어디론가 모습을 감추는 시간. 사라지는 일. 늘 사라지곤 하는 존재. 나타났다 사라지고 또 나타났다 다시 어김없이 사라지는. 차 안에는 그렇게 점멸하듯 살아온 존재들이 침묵 속에서 눈을 반짝이고 있었다. 그리고 한쪽 구석에는 김모은의 시신이 실려 있었다.

화가 가라앉았다. 사실은 화를 내서 될 일이 아니었다. 그건 그냥 실수였다. 다른 누군가의 잘못이 아닌, 그 안에 있는 사람 모두의 잘못.

창밖을 바라보다 문득 서글픈 생각이 밀려왔다. 김모은의 시신 때문은 아니었다. 다른 사람의 죽음 때문이었다. 이미 반쯤은 죽은 걸로 되어 있던 사람. 그 죽음이 확정되는 순간의 여운. 은수가 사라지다니. 정말로 은수가 죽어 없어지다니.

체온이 회복되자 난데없는 곳으로 마음이 뻗어나갔다. 그림자로 남은 은수. 언젠가 아주 긴 시간이 흐른 다음, 사람도 나라도 세상도 다 바뀔 만큼 오랜 시간이 흐른 뒤에, 어느 저녁 어느 길가에서 우연히 은수를 만나는 상상을 한 적이 있다. 반갑고 따뜻한 느낌. 그리고 위로받는 기분. 상상 속의 조은수는 딱 그런 이미지였다.

그리고 조금 전 그곳에 있던 은수를 떠올렸다. 무언가를 손에 넣기 위해, 어쩌면 자신을 버린 누군가에게 복수하기 위해 아무렇지도 않게 나를 버렸던 은수의 그림자를, 그리고 그 목소리를 떠올렸다. 아직도 귓가에 생생하게 남아 있는 목소리. 내가 기억하는 목소리와 전혀 다르지 않은, 하지만 다시 생각하면 온기라고는 전혀 느껴지지 않는 싸늘한 음성.

아니, 그건 그냥 내 착각일지도 모른다. 조금 전의 기억이 좀 더 오래된 기억을 왜곡시키는 과정일지도 모른다. 나는 내가 현실을 있는 그대로 보고 있는지 확신할 수가 없었다. 현재든 과거든 앞으로 일어날 일이든.

인적 없는 밤이었다. 그 인적 없는 밤보다 훨씬 더 인적이 드문 곳에서 마침내 차가 멈춰 섰다. 내가 먼저 차에서 내리자 장준용이 나를 따라나섰다. 싸늘한 바람이 내 몸을 투과하듯 곧바로 뼛속까지 파고들었다.

내가 먼저 장준용에게 물었다.

"조은수가 나를 만나게 해주기로 약속했다는 건 무슨 말이야? 어차피 만나기로 돼 있었잖아. 굳이 조은수 소개를 받을 필요가 있었어?"

다른 사람들은 모두 차 안에서 대기하고 있었다. 장준용과 나 사이에, 가늘어진 눈발이 파고들었다. 차가운 새벽 공기. 입김조차 거의 피어오르지 않는, 입속까지 차갑게 식어버린 새벽.

"그냥 만나게 해준다는 게 아니었고요······."

"뭔가를 주선해주기로 했나?"

"말하자면. 조은수 말이, 휴가를 반납하셨다더군요."

"반납? 당신이 말하는 반납은, 김은경을 배신하고 다시 회사로 돌아갔다는 뜻인가?"

"우리 정체를 알고 일부러 우리 쪽에 접근하는 거라고요. 조은수가 맨 처음 넘겨준 정보가 그거였습니다."

바람이 불어왔다. 이제는 한기뿐만 아니라 바람마저 외투를 파고들었다. 외투 바깥으로 노출되는 건 전부 차갑게 식혀버리는 매서운 새벽 공기였다. 모자를 푹 눌러쓴 채로 다음 이야기를 재촉했다.

"그런데?"

"그보다 더 중요한 정보가 있다고 하더군요. 여기부터는 거래가 가능한 정보일 거라고요. 팀장님이 사실 완전히 복귀한 건 아니라더군요. 자기 쪽에 붙은 거라고요."

"조은수와 내가 연합했다고?"

"그렇죠. 그러니까……."

"내가, 이중첩자로 활동할 여지가 있었다는 건가."

나는 잠깐 생각에 잠겼다. 그럴 여지가 있었던 걸까. 내가 너무 서두른 건 아니었을까. 하지만 그런 것 같지는 않았다. 내 앞에 놓여 있는 건 그렇게 여유롭고 한가한 갈림길이 아니었다.

"왜 조은수를 믿은 거지? 조직을 배신한 전력이 있어서? 적의 적이니까 아군일 거라고 생각했나?"

"어느 정도는요. 그래도 완전히 믿은 건 아닙니다. 오늘 여기에서 믿을 만한 증거를 보여주기로 되어 있었거든요."

"믿을 만한 증거? 나? 조은수가 나를 갖다 바치기로 한 거야?"

장준용이 고개를 끄덕였다.

"그게 무슨 말이야? 내가 여기서 김모은을 저격할 거라는 정보를 당신들한테 팔기로 했다는 건가? 그러면 내가 당신들 적이라는 게 증명되니까?"

"아마도. 사실 우리도 조은수가 뭘 내놓으려는 건지는 정확히 몰랐습니다. 그냥 현장에 와서 확인해보라더군요. 뭘 내놓을 생각은 없었을 겁니다. 그냥 아까 그 상황을 보여주려고 했겠죠. 돌발 상황이라면서."

"내가 조은수의 통제에서 벗어나서 단독으로 당신들한테 선제공격을 시도한다는 시나리오인가? 그러면 당신들 쪽에서 알아서 나를 제거하고?"

"그럴 수도 있고, 조은수가 심어놓은 저격수가 대신 한 짓이어도 마찬가지였겠죠. 우리 쪽에서야 조은수를 의심할 상황은 아니었으니까요. 팀장님만 입을 닫으면."

순간 나도 모르게 말문이 막혔다. 나만 입을 닫으면. 영원히.

계속 그러고 있으면 진짜로 나쁜 일이 일어날 것 같아서 재빨리 입을 뗐다.

"그래서, 내가 당신들 적이라는 걸 증명해 보이면 조은수는 당신들한테서 뭘 얻을 수 있는데?"

"신뢰를 얻게 되지 않았을까요?"

"그, 전략무기라는 걸 공개할 만큼의 신뢰?"

"말하자면."

"조은수한테 전략무기를? 그래도 될 거라고 생각했나?"

"위험하기는 하겠지만 잘만 되면 우리한테도 도움이 됐겠죠, 확실히."

확실히. 조은수라면 그랬겠지. 그게 진짜 조은수였다면. 하지만.

"도움이라. 애초에 나를 만나게 해주는 게 조은수가 제시한 조건이었다며. 당신들, 내가 필요한 게 아니었어?"

그는 아무 대답도 하지 않았다. 꼭 내가 필요했던 건 아닌 모양이었다. 그럴 수도 있겠지. 조은수라면. 어떤 의미에서는 조은수라는 존재 자체가 일종의 전략무기 같은 거니까. 그리고 조은수가 지불하기로 한 게 나라면, 당신네 조직에서도 어느 정도 믿음이 갔겠지. 당신들한테는 내가 별로 필요 없겠지만, 적어도 조은수 본인이 얼마나 큰 걸 희생하려고 하는지는 알 수 있었을 테니. 물론 결국 착각이었겠지만.

'하지만 그건 악마와 거래하는 일이었을 텐데. 당신들한테나 나한테나. 그래, 그건 우리가 끌어들인 악마야. 어떻게든 우리 목을 조여오겠지.'

다시 마음이 무거워졌다. 애초에 조은수를 이 세계로 불러낸 건 나였다. 그 무시무시한 악마를. 그것도 이미 오래전에 탄로나버린 인간 조은수의 마음을 빌미로, 그 무시무시한 존재를 그저 만만하게 이용해먹으려고 저지른 일이었다. 어쩌면 순전히 그럴 수 있다는 우월감 때문에 한 짓인지도 몰랐다. 조은수를 이용하다니. 그런 걸 감히 꿈이나 꿔볼 수 있는 사람은 연방 전체를 통틀어 오로지 나밖에 없다고 믿었으니까.

그 생각을 하자 숨이 턱 막혔다. 그러니까 그건 내가 나에게 쳐놓은 함정이나 다름없었다. 확실히 나는 약해져 있었다. 휴가 때문인지, 아니면 그게 원래 나인지.

다시 그에게 물었다.

"내가 꼭 필요한 게 아니라는 말은, 김은경을 꼭 만나야 하는 것도 아니라는 뜻이겠지?"

그는 별로 망설이지도 않고 곧바로 대답했다.

"그렇습니다."

그 말에, 은경이의 무대가 한층 더 좁게만 느껴졌다.

"그쪽에서는, 진짜로 김은경한테서 기대하는 게 아무것도 없어?"

"그렇게 딱 잘라 말할 수 있는 건 아니지만, 대체로. 어쩌면 김은경 입장에서 제일 좋은 시나리오는 이쪽에서 정말로 아무 기대도 안 하는 걸지도 모릅니다. 그래야 연방에서도 경계를 늦출 테니까요. 하지만 현실은 그렇지가 않습니다. 우리도 구심점이 완전히 사라지길 바라는 건 아니니까. 그래도 뭐랄까."

"김은경이 구심점이 될 수 있을지 없을지 그쪽에서도 확신이 없다는 거군."

"우리도 그렇고, 저쪽도 마찬가지일 겁니다. 우리 쪽에서 먼저 움직이면 그 움직임을 보고 저쪽에서 확신을 갖게 될 거고, 저쪽에서 먼저 움직이면 우리는 또 그 움직임을 보고 확신을 갖게 될 테니까요."

"그래서 양쪽 다 안 움직이는 건가."

"상황을 알고 있으니까요. 하나라도 움직이면 둘 다 바보가 된다는 걸 제대로 파악하고 있는 거죠. 김은경의 존재 가치가 증명된 건 아니니까."

"그럼 당신들 입장은 뭐야? 언제까지 지켜볼 거야?"

"아마도, 김은경 스스로 존재 가치를 증명할 때까지."

"그걸 어떻게 증명하라는 거지? 증명하는 순간 위험에 처하게 될 텐데."

"그 위험을 감수할 생각이 있는지를 보여야 하는 게 아닐까요. 우리가 무슨 탁월한 영도자 같은 걸 기다리는 건 아니니까요. 딱 그 정도. 목숨을 걸 누군가가 필요한 거니까."

"만약 김은경이 움직이지 않으면?"

"우리도 이러다 사라지겠죠."

그가 내 눈을 바라보았다. 나도 그의 눈을 들여다보았다. 무슨 뜻인지 알 것 같았다. 그쪽에도 역시, 먼저 손을 내밀어줄 사람은 아무도 없다는 뜻이었다.

"하지만 구심점을 찾고 있다면서?"

"그 이야기는…… 아무튼 너무 자세한 이야기를 들려드릴 수는 없지만, 이대로 중심을 잃고 뿔뿔이 흩어져도 그만이라고나 할까요. 의사결정체계가 좀 복잡해서 우리도 뚜껑을 열어보기 전에는 알 수 없지만, 섣불리 나서는 것보다는 그게 낫다는 쪽이 우세한 분위기일 겁니다. 이쪽에서 먼저 움직여봐야 우리한테 득 될 건 별로 없으니까요."

그리고 그는 목소리를 낮추더니 거의 속삭이듯 의미심장한 목소리로 말을 이었다.

"바꿔 말하면 회사 측에서는, 그러니까 연방 쪽에서는 일을 덮기보다는 들쑤실 가능성이 더 클 겁니다. 직접 반응을 하지는 않겠지만, 촉매제를 투입해놓고 반응이 있는지 없는지 지켜보기는 할 거라는 이야기입니다."

나는 말없이 고개를 끄덕였다.

"팀장님이 이렇게 움직이고 있는 것도 김은경 입장에서 그다지 좋은 상황은 아니고요."

"그래."

"우리 쪽에서는 당분간 모습을 감출 생각입니다. 그런데……."

"그런데?"

"사실은 작은 문제가 있어서요. 우리 쪽에서 선뜻 나설 만한 문제는 아니고요."

장준용은 품속에서 무언가를 꺼내더니, 차 안에서는 잘 보이지 않도록 조심스러운 동작으로 슬그머니 그 물건을 나에게 건넸다. 편지 봉투였다. 반으로 접힌 편지 봉투. 나는 눈을 들어 그를 바라보았다.

"정보를 넘겨주겠다는 거야? 왜?"

"김은경을 위해서. 이건 개인적으로 드리는 겁니다. 개인적으로는 김은경을 지지하거든요. 뭐라고 말을 해도 못 믿으시겠지만. 오랜 동료로서 해드릴 수 있는 마지막 선물이라고 생각하셔도 좋고요. 선물이라고는 해도 좀 번거로운 일일 겁니다. 그래도 이렇게라도 하지 않으면 마지막 기회마저도 곧 사라져버릴 것 같아서요. 김은경을 위해서나 팀장님을 위해서나, 우리 쪽 사람들을 위해서나. 뭐, 이렇게 말은 해도 판단은 직접 하셔야겠지만, 시간이 그렇게 많지는 않을 겁니다."

"그래. 직접 판단해야겠지."

나는 그 많은 사람들이 은수의 거짓말에 놀아난 이유를 알 것 같았다. 아니, 다른 사람이 어땠는지는 몰라도, 최소한 내가 왜 그렇게 바보같이 행동했는지는 분명히 알 것 같았다. 누군가가 대신해주는 판단.

나는 그냥, 그게 좋았다. 은수를 만나는 것. 은수의 손에 놀아나는 것. 그 긴장감. 우리 삶의 조건을 다른 누군가에게 맡길 수 있을지도 모른다는 이상한 착각. 그 착각에 빠져드는 순간의 위안. 그리고 그러는 내내 쉴 새 없이 쏟아내던 그 많은 말들. 비록 그 말이 전부 거짓으로 밝혀진다 해도.

어쩌면 당분간은 조은수가 만들어낸 그림자조차 만나기 힘들어질지도 모른다. 의도가 완전히 노출됐으니 적어도 그 일이 모두 끝날 때까지는 다시 존재를 드러내지 않을 가능성도 있었다.

혹은 그 반대일 수도 있다. 아니, 조은수는 그렇게 순순히 물러나지 않을 것이다. 모처럼 모습을 드러냈으니 반드시 뭔가를 얻어내려고 하겠지. 아마도 장무권이 숨겨둔 그 수수께끼의 전략무기를 손에 넣을 때까지.

'나는 도대체 어느 쪽을 기대하고 있는 걸까.'

상황이 어떤 식으로 전개되든 변하지 않을 것이 한 가지 있다면, 그래도 조은수가 만들어준 내 디코이는 앞으로도 쭉 스위치가 내려지지 않은 채 내 주위를 계속 맴돌 거라는 사실이었다. 조은수처럼. 진짜 조은수가 그랬던 것처럼. 나는 그게 무서웠다.

마지막으로 장준용이 한마디를 덧붙였다.

"그 판단이 옳다면 연합할 여지가 생길지도 모릅니다."

"연합? 내가 그쪽과?"

"김은경과 전략무기개발네트워크가."

나는 고개를 끄덕였다. 그 또한 마찬가지였다. 내 문제의 유일한 해법. 그들이 나에게 요구하는 게 정확히 뭔지는 알 수 없지만.

'하지만 이건 또 다른 악마와의 계약일지도 몰라.'

그가 자리를 떠나기 전에 내가 다시 그를 불러 세웠다.

"마지막으로 하나만 묻지."

"그러시죠."

"그 전략무기라는 거, 어떤 거지? 역시 핵잠수함인가?"

내 물음에 그가 대답 대신 서서히 검은색으로 변해갔다. 검은 그를 배경으로 조그만 눈송이들이 내 눈앞을 어지럽게 지나쳐갔다. 나는 거울을 보는 것 같아서 잠시 현기증이 일었다. 나도 그렇게 검은가 하고 물으려다 말았다.

좀처럼 멈출 줄 모르는 눈이 쏟아져 내리는 밤. 첫 번째 동행인인 옛 친구를 떠나보냈다. 이제는 낯설어진 오랜 동료 한 사람과, 원래부터 낯설었던 숨겨진 조직에 속한 동업자들은, 나에게 차 한 대를 넘겨주고는 행선지를 밝히지 않은 채 어디론가 사라져버렸다. 나는 그렇게 다시 혼자가 되었다.

순간 맥이 탁 풀렸다. 팽팽하게 조여져 있던 긴장의 끈이 가운데쯤에서 툭 하고 끊어진 기분이었다.

일단은 차에 올라탔다. 금세 한기가 밀려들어왔다. 턱이 덜덜덜 떨렸다. 차에 시동을 걸어둔 다음 장준용이 건네준 봉투를 꺼내 들었다. 내 손이 닿는 순간, 하얗던 봉투 한쪽 구석이 까맣게 물드는 것 같았다. 아직 내용물을 꺼내보지도 않았지만, 아마도 그런 봉투인 모양이었다. 내 손이 닿으면 금세 검은색으로 변할 봉투. 나는 종이를 펼쳐보기 전에 잠시 가만히 앉아서 호흡을 가다듬었다.

어느새 동쪽 하늘이 밝아오고 있었다. 여전히 눈은 그칠 줄을 몰랐다.

2부

전략무기, 악마

　　　　　　　겨울을 빚어 만든 나라의 휴식처럼 짧은 낮 시간. 나는 혼자서 차를 몰고 눈보라가 휘날리는 도로 위를 달려갔다. 대략 10도쯤 기울어진 내리막길을 굴러떨어지듯 위태로운 속도로 달려 내려가고 있었다. 내려가기는 쉽지만 되돌아가기는 어려운 길이었다.

　안개 때문에 시야가 좁았다. 세상이 반경 몇십 미터 크기로 좁혀진 듯했다. 하지만 실제로 내가 놓여 있는 무대는 그렇게 작은 공간이 아니었다.

　안개 저편, 내 눈에는 보이지 않는 저 거대한 무대 너머에서는 그 순간에도 내가 모르는 일들이 착착 진행되고 있었다. 관찰하고 감시하고 시험하고 몸을 숨기고 힌트를 주고 또 기다리고.

　전장의 안개가 사방에 가득했다. 사람이 직관적으로 인식할 수 있는 크기 이상으로 전장이 확장됐을 때 생기는 인식의 한계. 그 한계 시야 너머에서 적이 어떤 기습작전을 꾸미고 있을지 모른다는 불안감이 차 뒷좌석에 가만히 앉아 있었다.

　나는 체스판 위의 나이트였다. 내가 아는 건 단지 그뿐이었다. 체스판 전체가 어떤 모습인지는 도무지 알 수가 없었다. 상대가 어느 말을 어떤 속도로 움직이고 있는지 전혀 알지 못하는 채로 나는 어딘가를 향해 달려가고 있었다. 내가 선택할 수 있는 여덟 군데 길 가운데 다른 기물에 막혀 있지 않은 단 몇 개의 길, 그중에서도 어쩌면 은경이에게 도움이 될지도 모를, 하지만 여전히 확신할 수는 없는 딱 한 군데의 지점을 향해. 판 전체를 보고 있어도 정확한 판단을 내리기 어려울 마당에, 바로 코앞에 뭐가 놓여 있는지조차 확인하지 못한 채 막연히 어디론가 달려가는 꼴이라니.

나는 심지어 내가 내 의지대로 움직이고 있는 게 맞는지, 아니면 한쪽으로 삐딱하게 기울어진 세상 위를 그저 경사면을 따라 주르륵 흘러가고 있는 건지조차 확실히 알지 못했다. 누군가가 저 위에서 내 움직임을 빤히 내려다보고 있을지도 모른다는 생각에 조바심이 났다. 전장의 안개가 아무 의미도 없어 보일 만큼 충분히 높은 곳, 저 어딘가. 그곳에서 나를 지켜보고 있을 누군가.

장무권의 잔여 세력은 분명히 내 움직임을 꿰뚫어 보고 있겠지. 나를 그쪽으로 유도했으니. 혹시 배신하지는 않을까. 그럴 가능성은 배제하는 게 낫겠지. 낭패를 보게 될지도 모르지만, 그 제의마저도 거절했다가는 나나 은경이나 더 이상 갈 수 있는 자리가 아무 데도 없을 테니.

아무튼 거기가 내 운명의 내리막길인 것만은 분명했다. 하나하나 인과관계를 파악할 수는 없지만 그래도 결국은 도달하게 될 어느 지점. 그쪽을 향해 한 10도쯤 기울어진, 휴가를 반납한 어느 현장요원의 세계. 그리고 그가 딛고 선 대지.

사실 나는 상대의 말이 그 체스판 위에 어떤 식으로 놓여 있는지를 궁금해할 단계가 아니었다. 그보다 먼저 내가 알아야 할 건 그 판이 정말로 체스판이 맞기는 한가 하는 점이었다. 만약 그곳이 장기판이라면, 내가 체스의 나이트knight가 아니라 장기의 마馬라면. 바로 앞에 놓인 기물을 무시하고 훌쩍 뛰어넘을 수 있는 체스의 나이트가 아니라, 그 자리가 다른 기물로 막혀 있으면 먹이 막혀서 단 한 발짝도 더 움직이지 못하는 장기의 마라면. 그게 바로 이 아슬아슬한 게임에서 나에게 허용된 최소한의 행동규칙이었다면. 조직이 은경이의 그 비좁은 무대를 지금 상태로 조금이나마 더 용인해주는 최소한의 조건이었다면.

나에게는 다른 악마가 필요했다. 전장의 안개 너머에서 판 전체를 읽어줄 누군가, 내 적이 아닌 또 다른 악마가.

아직 세상에 모습을 드러낸 적 없는 새 전략무기를 지닌 악마, 나에게 봉투를 건네준 그 악마는 안개 저편으로 모습을 감춘 지 오래였다. 남은 것은 내 선택뿐이었다. 믿느냐 마느냐, 혹은 행동하느냐 멈추느냐.

'장준용 쪽에서도 일단 나한테 일을 맡긴 이상, 이 일이 은경이에게 결정적인 위협이 되지 않으리라는 확신 정도는 있었겠지. 빨리 행동하지 않으면 그마저도 어떻게 될지 알 수 없겠지만, 적어도 지금 당장은 내가 움직일 만한 공간이 있을 거야.'

신뢰할 수는 없어도 행동할 수는 있었다. 조그만 것 하나라도 바꿀 가능성만 있다면.

차를 버리고 한참을 걸어서 시내로 숨어들었다. 한파가 내려앉은 카를로비 바리Karlovy Vary. 낯선 겨울나라의 추위를 피해 달아나 내

새 표적이, 온천이라는 이름만 믿고 무작정 숨어들어간 곳. 사실은 전혀 따뜻하지 않은 눈 덮인 휴양지.

눈에 띄지 않을 만한 어두운 공간에 몸을 숨긴 채 봉투를 조용히 꺼내 들었다. 봉투 안에 든 몇 장의 종이. 그리고 마지막 한 장에는 다른 언급은 전혀 없이 손으로 쓴 주소 하나만이 덜렁 남겨져 있었다. 장준용이 남긴 메모. 어쩌면 작전지시라고 봐도 좋을, 하지만 명령이라기보다는 그저 은밀한 제안. 그것은 내 표적이 머무는 곳의 주소였다.

찬바람이 불어와 눈길 위에 흰 먼지바람을 일으켰다. 한기가 느껴졌다.

조직의 누군가를 만날지도 모르는 곳이었으므로 나는 두터운 외투로 모습을 감췄다. 얼굴이며 피부색이며 추위에 떠는 손동작에 걸음걸이까지. 내 직업을 암시할 만한 건 모두 가린 채였다.

장준용이 건네준 봉투에는 내 표적이 쓰다 만, 아직 완성되지 않은 글의 초고가 들어 있었다.

〈랑페의 결백〉은 언제나 최고의 선택이다. 탄탄한 스토리, 매력적인 반전, 시대를 반영하는 인물들, 그리고 깔끔한 트릭. 몇 겹으로 겹쳐져 있던 이야기들이 무대 위에서 하나씩 하나씩 벗겨져가는 동안, 관객은 누군가가 뒤에서 바짝 쫓아오는 듯한 긴장감을 온몸으로 느끼며, 자꾸만 뒤를 돌아보고 싶은 충동에 두 시간 내내 옆 사람의 눈치를 살피게 된다. 그러다 한 명이라도 그 충동을 이기지 못하고 뒤를 돌아보는 순간, 그 주위에 앉은 서너 명의 관객이 소스라치게 놀라며 일제히 뒤돌아보는 광경이란.

추리극 〈랑페의 결백〉은 악마에 관한 이야기다. 살인사건이 일어나고, 영원히 깨지지 않을 듯 단단하게만 보였던 친구들의 우정은 정체를 알 수 없는 외부의 침입자로 인해 그 존재의 근거마저 의심받는 상황에 이른다. 지옥 같았던 청년기, 그 힘겨웠던 시기를 '서로의 목숨을 목숨으로 이어가며' 간신히 버텨냈던 다섯 남녀의 끈끈한 동지애를 뿌리부터 뒤흔들어버린 이 침입자는, 좀처럼 모습을 드러내지 않은 채 아주 세련된 스텝으로 무대를 향해 서서히 포위망을 좁혀온다.

물론 살인은 사람의 손에 의해 이루어진다. 그걸 부정했다면 〈랑페의 결백〉은 추리극이 아니라 다른 어떤 장르로 분류되었을 것이다. 하지만 사람의 손으로 저지른 일이라고 해서 그게 반드시 그 손에 직접 연결된 인간 한 명의 판단이나 내적 동기에 의해 일어난 일이라고 단정 지을 수는 없다. 관객은 극의 초반부에서 이미 그 메시지를 전혀 어렵지 않은 방식으로 알아채게 되는데, 바로 그 순간 〈랑페의 결백〉의 무대는 무대 위로는 한 발짝도 올라가지 않는 또 한 사람의 등장인물로 인해 이전과는 다른, 완전히 새로운 차원의 공간으로 재정의된다.

작가는 왜 그 마지막 등장인물을 무대 위에 올리지 않았을까. 이유는 대단히 직설적이다. 그 등장인물의 크기가 너무나 커서 그런 좁은 무대 위에서는 도저히 선보일 수가 없기 때문이다. 사실, 아무리 큰 무대였어도 마찬가지였을 것이다. 그렇게 큰 등장인물이 올라설 수 있는 무대는 존재하지 않는다. 그는 곧 세계다. 정확히 말하면, 객관적 실체로서의 세계가 아니라 세계를 바라보는 누군가의 눈, 누군가의 머릿속에 들어 있는 세계다.

전략무기, 악마

그렇다고 해서 그 세계가 실체 없는 주관적인 세계관에 불과하다는 점을 너무 강조할 필요는 없다. 어차피 세계라는 건 너무나 거대한 것이어서 어떤 식으로든 재해석의 과정을 거치지 않으면 인간의 머리로는 도저히 파악할 수 없는 대상이기 때문이다. 그러니 산이나 강이나 도시처럼 세상에 놓여 있는 객관적 사물들과 마찬가지로, 세계를 보는 눈 역시 엄연히 세계의 일부다.

〈랑페의 결백〉은 바로 그 세계를 등장시킨다. 세계를 좁은 공간에 축약해놓은 인물과 반대되는 개념으로, 인물을 바깥으로 확장시켜놓은 형태로서의 세계를 등장시킨다. 무대 위가 아닌 무대 밖에. 그리고 거기에서부터 이 연극의 서스펜스가 작동한다.

세계 크기의 악마를 담기에는 역시 세계 크기의 무대가 적당하겠지만, 공연이 펼쳐지는 공간을 무대 밖으로 아무리 넓게 확장시켜도 공연장 밖은 역시 그냥 꽁꽁 얼어붙은 체코의 겨울일 뿐, 엄연히 랑페가 지배하는 압도적인 실내 분위기와는 같을 수가 없다. 그러니 무대를 비좁아하는 악마가 자리 잡고 앉을 곳은 단 한 군데, 바로 객석 한가운데, 관객들의 옆이나 뒤 혹은 머리 위가 될 것이다.

랑페의 결백을 주장하는 주위 사람들과, 스스로의 혐의를 입증하려는 랑페의 뒤집힌 심리전. 그래서 〈랑페의 결백〉은 언제나 옳은 선택이다. 몇 번을 반복해서 봐도 마찬가지다.

(그리고 이 대목 바로 뒤에 이어질 몇 줄은 누군가가 요청하면 곧바로 삭제될지도 모르는 부분이다. 이 부분이 그대로 실리게 된다면 그건 나에게 그런 요청을 할 수 있는 위치에 있는 사람이, 자신이 나에게 이 일을 요청할 때 제안했던 것, 그저 눈에 보인 그대

로를 써주기만 하면 뭘 쓰든 아무런 제한도 가하지 않겠다는 약속을 말이 아닌 행동으로 증명해 보인 셈이 될 것이다. 그런 태도가 얼마나 고귀한지를 잘 알고 있으므로, 나는 아직 행동으로 옮겨지지 않은 그 일에 대해 미리 찬사를 보낸다.)

그러나 〈랑페의 결백〉이 아무리 훌륭하다 해도 솔직히 서른 번을 쉬지 않고 볼 만한 가치가 있다고는 생각되지 않는다. 특히나 한겨울에 동유럽 전역의 작은 극장들을 찾아다니며 한 주도 빠짐없이 주 3일 이상의 공연을 소화해야 하는 일정이라면 더 그렇다. 거기에, 배우도 스태프도 관계자도 아니면서 그저 감상문 몇 장을 써내기 위해(비평을 위한 게 아니라 순전히 기록 용도로) 공연이 열리는 곳마다 부지런히 쫓아다녀야 하는 나 같은 사람의 입장에서는, 서른이라는 숫자는 결코 적은 게 아니다.

나는 곧 지치고 말았다. 단지 반복되는 일정 때문만은 아니었다. 일찍 찾아오는 겨울철 동유럽의 밤은, 그리고 어김없이 그와 함께 불어닥치는 싸늘한 한기는, 혈관을 얼려 미세한 상처를 통해 매일매일 조금씩 피를 뽑아내듯 피로와 무력감으로 내 온몸을 두드려 놓았다. 그리고 마침내 그 상처가 정신에까지 다다르자 나는 거의 미칠 지경이 되었다.

내가 그 지경이 된 데에는 극단을 후원하는 재단 측에서 제공해준 이 미칠 듯이 재미없는 숙소도 한몫했다. 겉으로 보기에는 화려하고 밝고 아기자기하기까지 하지만, 장식물이 하나도 없다고 상상하는 순간 옛날 공산주의 시절의 딱딱한 관청 건물에나 어울릴 단조롭고 판에 박힌 공간 구조라는 사실이 너무나 확연히 드러나는 숨 막히는 복도를 보고 있자면, 나는 내가 들어가 쉴 방이 호텔

방이 아니라 원래는 고문실로 쓰려고 만든 방이 아닌가 하는 착각마저 들곤 했다.

그렇다. 나는 고문을 당하고 있었다. 그리고 나는 랑페의 무대가 모두 끝난 다음에도, 그 요란한 커튼콜의 흔적마저 모두 기억 저편으로 사라지고 객석을 채웠던 관객들의 온기마저도 싸늘한 체코의 겨울 들판 어딘가로 뿔뿔이 흩어지고 말았을 한밤중 무렵에도, 여전히 무대 근처를 어슬렁거리고 있을 랑페의 정신, 랑페의 악마를 느끼곤 했다.

"랑페가 저를 감시하는 것 같다고요."

어느 날은 연출자를 찾아가 진지한 얼굴로 직접 그런 말을 하기도 했다. 그러나 그는 내 말을 그저 자신에 대한 찬사 정도로 받아들이고 말았다. 그것도 진심에서 우러나오는 찬사가 아닌, 그냥 의례적으로 하는 인사 같은 찬사로. 그는 내가 심심해한다고 생각한 모양이었다. 뭐든 시간을 보낼 만한 걸 찾다 보니 실없는 상상력을 발휘하게 된 거라고 여긴 게 분명했다.

나는 분명히 감시당하고 있었다. 체코 동쪽, 모라비아Moravia 지방에 머무는 내내 누군가가 쳐다보는 듯한 느낌을 지울 수가 없었다. 나는 관찰당하는 것이 두려워 움직임을 멈췄다. 그러다 결국, 숙소로 들어가면 씻고 옷을 갈아입고 짐을 챙기는 것 같은 틀에 박힌 일 말고는 거의 아무 일도 하지 않게 되었다. 가끔 책상에 앉아 펜만 까딱거렸을 뿐, 나머지 시간의 대부분은 겨울잠이라고 불러도 좋을 만큼 긴 잠을 잤다.

가끔은 모기가 날아드는 듯한 환청도 들렸다. 지붕에서 날아오른 가고일이 내가 묵는 건물 위를 맴돌며 돌로 된 날개를 휘젓는 소리가 들리기도 했다. 어느 것은 착각이고, 어느 것은 진짜로 모라비아의 겨울바람이 지붕이든 건물 벽이든 어딘가를 때릴 때 나는 소리였을 것이다.

그게 올로모우츠에 머물던 무렵의 내 모습이었다. 그 미칠 듯한 공간의 마력, 그 속에서 한 번 한 번의 공연을 쉬지 않고 이어가는 극단 사람들. 어떤 의미에서 이 겨울나라는 〈랑페의 결백〉과 가장 잘 어울리는 무대였을지도 모른다.

그렇게 생각했다. 그 기괴한 시공간의 매력을 간파해내는 것이, 내가 그 미친 투어에 끼어 별로 기여하는 것도 없이 어슬렁어슬렁 동유럽을 헤매는 이유라고. 그것도 거의 유일한 이유라고. 그렇게 믿었다. 굳게 믿었다. 그 사람이 나타날 때까지는. 그 사람이 랑페의 무대에 등장하기 전까지는.

그리고 마침내 그 사람이 나타났다.

작성자 티모시 볼크는 〈랑페의 결백〉에 관한 한 세상에서 제일 깊이 있는 논평을 내놓을 수 있는 사람이라고 소개되어 있었다. 장준용이 남긴 메모에 있는 말이었다.

은경이를 보고 오는 역할에 가장 어울리는 사람, 어쩌면 그 임무를 위해서 일부러 누군가가 미리 심어놓은 것만 같은 사람이, 검은 조직의 북반구 총책임자 최창수가 나를 찾아오기 한참 전부터 그곳에서 그 일을 하고 있었다는 뜻이었다.

만약 이 글이 최창수의 손에 들어간다면? 아니, 이 정도는 이미 알고 있겠지? 최창수의 손이 아니라 최창수를 움직이는 누군가의 눈에 띈다면? 그래서 그 작은 집단을 동요하게 만든다면? 그들은 어떤 반응을 보일까. 반응을 하기는 할까, 아니면 무슨 일이 벌어질지 좀 더 지켜보는 쪽을 택할까.

최창수에게 중요한 건 그 글 자체가 아니라 그 글이 일으킬 반향일 것 같았다. 예술에 관한 한 연방행정기관의 감수성은 그런 식으로만 작동할 수 있으니까. 연방에는 감수성을 담당하는 기관이라는 게 존재하지 않아서, 스스로 느낀 것에 직접 반응하는 것이 아니라 오로지 다른 사람들이 뭔가를 느끼고 난 후에 일어나는 동요에 대해서만 한 발 늦게 반응할 수 있을 뿐이다.

역시 장무권 쪽 사람들이 섣불리 나설 일은 아니었다. 그것 자체가 반향이 될 테니까. 그렇다고 내가 나서는 건 적절한 일일까. 알 수 없었다. 혼란스러웠다. 전장의 안개 너머에서 일어나는 일이었다. 누가 어떤 계획을 세워놓고 상황을 지켜보고 있는지 알 길이 없었다.

나는 장준용의 메모에 나와 있는 주소를 확인했다. 구석진 곳에 위치한 좁고 긴 건물이었다. 모라비아 쪽 숙소보다 별로 나을 것도 없을, 밤이면 가고일의 날갯짓 소리가 그대로 들려올 것만 같은 건물이었다.

아마도 그는 카를로비 바리에 온천이 있다는 말만 듣고, 김이 모락모락 나는 따뜻한 온천 마을 같은 것을 상상했는지도 모른다. 그래서 얼마간의 휴가를 받자마자, 어쩌면 글을 마무리한다는 핑계로 그 끔찍한 링페의 저주로부터 잠깐이나마 빗어닐 기회를 잡자마자 모라비아를 떠나 이곳으로 달려왔을 것이다. 온천이라고는 하지만 사실은 오리 몇 마리가 간신히 몸을 녹일 정도밖에 안 되는 빈곤한 규모의 온천 마을에.

카를로비 바리의 온천은 마시는 온천이었다. 몸을 담글 만큼 풍족한 온천이 아니었기 때문이다. 그 온천물을 받아 마시기 위해 고안된 특이한 모양의 컵을 파는 가게가 이 지역 여기저기에 널려 있었다. 내 표적이 그런 잔을 들고 숙소 문 안으로 들어가는 모습을 확인했다. 그다지 행복해진 것 같지는 않았다.

나는 외투 속으로 다시 몸을 숨겼다. 나를 떠올릴 수 있을 만한 건 전부 다 감췄다. 모습을 숨기는 기술에 관한 한 나는 거의 악마에 가까웠다. 하지만 내 표적 역시 이미 악마에게 쫓기고 있는 것 같다고 쓴 이상, 그게 뭐가 됐든 또 다른 악마의 눈을 조심하지 않을 수 없었다. 조은수든, 최창수든, 장무권의 잔당이든, 악마가 되어버린 랑페의 세계관이든.

다시 그 생각이 떠올랐다. 악마를 직접 본 기억. 꿈인지 진짜로 본 건지 확신할 수 없는, 그저 감각기관에만 희미하게 남아 있는 잔상 같은 기억.

이번에도 역시 스스로 조직을 떠난 요원이었다. 여름. 장마. 총에 맞아 쓰러진 시체.

발치에 가서 앉지는 않았다. 벌떡 일어나는 시체를 본 뒤로는 한 번도 그러지 않았다.

그의 배신이 단순한 변심이라고는 생각하지 않았다. 무언가 이상한 일이 벌어지고 있다는 것쯤, 회사가 뭔가 꺼림칙한 일을 진행하고 있다는 사실 정도는 이미 누구나 다 알고 있었다.

눈을 뜬 채로 쓰러져 있는 시체. 누군가가 눈을 감기기 전에 그의 눈을 들여다보았다. 이식형 콘택트렌즈, 실험 대상자였다, 시각정보증폭장치라는 이름. 하지만 사실은 시선 패턴 분석을 통해 피실험자의 내면에 관한 정보를 추출해내기 위한 기초자료 수집 연구의 일종. 언젠가 내 남쪽 정보원이 말했다. 그냥 그걸로 끝나는 실험이 아니었다고.

눈에 직접 달라붙어 눈의 미세한 움직임을 하루 종일 분석하는 장치. 그 분석 작업이 진행되는 와중에 재미있는 현상을 발견했다고 했다. 피실험자의 의식을 거치지 않고, 시신경을 통해 무의식과 직접 대화할 수 있는 방법이. 그에게 물었다.

"그 말은, 무의식을 읽어내는 게 아니라……?"

"읽어내는 게 아니라 무의식에 말을 거는 거죠. 일종의 양방향 통신처럼. 뭔가 작은 선들이 눈앞에서 꼬물꼬물하는 느낌이라는데, 눈으로 봐서는 뭔지 알 수 없습니다. 우리는 모르는데 시신경은 반응한다는, 뭐 그런 개념이거든요. 그 꼬물거리는 것과 시신경 사이의 대화랄까요. 더 자세한 건 물론 저도 모릅니다. 그냥 기본 개념만 주워들은 정도죠. 말하자면 개들이 통역을 한다고나 할까요."

"누구와 누구 사이를요?"

"외부에 있는 누군가와 피실험자 안에 있는 무언가. 정확히 말하면 대화를 하자는 게 아니라 조종을 하려는 거겠지만."

"그러니까……."

"피실험자의 의식을 거치지 않고 무의식에 직접 명령을 내린다는 겁니다. 그 장치와 시신경 사이에서 일어나는 반응을 통해서요. 아이디어 수준인지 이미 구체화됐는지는 아무도 모릅니다. 그쪽 조직구조가 좀 복잡해서요. 우리 쪽과 서로 교차 감사를 한다고는 하지만, 사실상 양쪽 다 상호견제가 불가능한 구조로 재편해버렸으니까요."

죽은 그의 눈이 살아 움직이고 있었다. 살아 있는 사람처럼 눈빛을 지닌 눈. 아니, 정확히 말하면 살아 있는 사람의 눈이 아니라 죽어 있는 사람의 눈빛을 가진 눈. 영혼을 잃은 몸. 더 이상 비출 것이 없어진 거울. 꺼져야 정상인 눈빛. 하지만 그 거울 앞에 드리워 있는 또 다른 영혼. 원래 그의 것이 아닌. 남의 영혼. 죽음의 잔상. 내면의 악마.

남쪽 정보원이 말한 피실험자 안에 있는 무언가라는 건, 아마도 인간 내면의 여러 가지 측면 가운데 가장 악마에 가까운 부분이 아니었을까.

'하지만 은수가 정말로 그 일에 개입되지 않은 게 사실일까. 은수보다 더 적당한 사람이 어디 있다고. 누군가가 은수를 도태시키려고 고의로 배제한 게 아니라면.'

그때였다. 살아 움직이던 그의 눈에서 지금까지와는 또 다른 무언가가 느껴졌다. 안광 같은 것이었다. 생명과는 무관한, 영혼의 잔상. 누구의 것인지는 아직 알 수 없는.

그가 갑자기 내 쪽으로 고개를 돌렸다. 그리고 이렇게 말했다.

"버린 자."

나는 정신이 번쩍 들었다. 버린 자.

단 2초였다. 반사신경 말고는 아무것도 제대로 반응하지 못했을 만큼 짧은 시간. 그것 말고는 아무것도 없었다. 안광도 사라지고 그는 아예 스스로 눈을 감아버렸다. 생각할 겨를 같은 게 있을 리가 없었다.

하지만 그 순간 거대한 소름의 구름이 내 몸을 완전히 덮고 지나간 듯, 온몸에 소름이 빠르게 번져갔다 '버린 자'라니. 분명 그때 그 사람이 한 말과 똑같은 말이었다. 목소리 톤도, '버린'과 '자' 사이의 공백도, 단호하고 낮은 음색조차도. 그건 착각이나 악몽이 아니었다. 분명 기억이었다.

버림받은 거냐고 묻고 싶은 충동이 일었다. 하지만 그러지 않았다. 대답을 돌려줄 그의 영혼은 이미 그의 몸을 떠나버린 후였다. 지금 나에게 마지막 말을 전하고 있는 건 그가 아니라 그의 몸이었다. 내 질문을 듣게 될 존재는 그의 영혼이 아니라 그의 몸에 깃들어 있던 제3의 존재일 가능성이 더 높았다.

누구일까! 그 제3의 존재란.

악마. 아무리 비슷하게 흉내를 낸다 해도 나와는 절대 같을 수 없는 존재. 그 순간에도 나는 악마를 흉내 내고 있기는 했지만, 현장 어딘가에서 정말로 악마의 얼굴을 마주하고 싶은 것은 아니었다. 될 수 있으면 만날 일이 없기를. 부디 그런 건 내 일이 아니기를.

하지만 그럴 수 없을 것 같았다. 은경이를 보호하려면, 전장의 안개 너머를 내다볼 수 있는 그 누군가의 눈이 꼭 필요했다. 설령 그게 악마라고 해도.

다시 표적이 말을 이었다. 내 기억을 통해 재생된, 내 머릿속에서만 들려오는 목소리였다.

그리고 마침내 그 사람이 나타났다.

다른 지면에서도 공공연히 밝힌 적이 있지만, 사실 〈랑페의 결백〉에는 연출력이나 연기력으로 커버되지 않는, 미묘하게 어긋나 있는 지점이 숨어 있다. 그래서 어느 한순간, 언제가 됐든 적어도 반드시 어느 한순간은, 이 극을 무대에 올리려고 애쓰는 모든 사람의 관심이 그 미묘한 위화감을 바로잡는 데 쏠리곤 한다. 그러나 결국은 원인을 밝혀내는 데 성공하지 못하고, 모르는 척 덮어버리기로 마음을 먹게 된다. 이 연극을 거쳐 간 수많은 배우와 스태프들이 어떤 형식으로라도 좋으니 언젠가 한번은 이 연극으로 돌아와야겠다고 마음먹는 이유다.

오랜 토론 끝에 우리가 도달한 가장 그럴듯한 결론은, 극의 초반, 무대 위에 올라가 있는 다섯 명의 배우가 왜 그렇게 진실을 파헤치려고 애쓰는가 하는 점이었다. 물론 이런 연극에서 살인사건의 진상을 알아내려는 노력이라는 건 그다지 특이할 게 없는 요소이겠지만, 문제는 이 극에 등장하는 인물들의 성격이나 말투 혹은 섬세한 시선이, 살인사건의 피해자 에레나의 시신을 대하는 순간에 나타나는 태도와 근본적인 부분에서 차이가 난다는 사실이다.

문제를 해결하려는 시도가 없었던 것은 아니다. 인물들이 에레나를 대하는 태도를 전부 고쳐보기로 한 것이다. 그러나 이 시도 역시 어딘가 석연치 않기는 마찬가지였다. 즉, 에레나의 시신은 반드시 그만한 사랑을 받아야 하지만, 그 관심은 또한 반드시 극 전체의 균형에 손상을 입히게 되어 있었다.

그러던 어느 날, 바로 그 사람이 나타난 것이다. 너무나 매력적인 시체. 짙은 갈색 머리의 에레나였다.

이불이 벗겨지고, 침대 위에 피를 흘리며 쓰러져 있는 반라의 에레나를 보는 순간, 나는 그만 잠이 확 달아나고 말았다. 저 자세, 저 팔의 모양, 어째서 그 전 공연에서는 시체를 저런 식으로 두지 않았을까. 저렇게 두는 것 말고 더 완벽하게 에레나를 표현하는 방법이 과연 있기나 했던 걸까.

그리고 그때, 내 머릿속을 가득 채운 생각이 있었다. 아쉬움이었다. 아, 어째서 에레나가 죽어야만 했을까. 왜 에레나는 저대로 영원히 멈춰 있을 수밖에 없단 말인가. 이제 살아 있는 에레나를 볼 수 있는 방법은 없는 걸까.

물론 그럴 일은 없었다. 극 초반에서든 회상 장면에서든 없던 장면을 추가해서 살아 있는 에레나를 보여준다는 건 원작에 대한 있을 수 없는 배신이기 때문이다. 즉, 살아 있는 에레나를 볼 가능성은 이미 20년 전부터 원천봉쇄 되어 있었다고 해도 과언이 아니었다.

에레나는 죽음이었다. 돌이킬 수 없는, 이미 기정사실화 되어버린 차가운 죽음. 그 영원하고도 완전무결한 결론. 순간인 듯 영원히 지속되는 정지 상태. 그런 모순적인 시간 위에 죽음 하나가 놓여 있었다.

시체가 모습을 드러내자 랑페와 그의 친구들은 그 기묘한 죽음을 눈앞에 두고 전에 없던 움직임을 보이기 시작했다. 모순은 여전했다. 랑페의 자기고발, 다른 사람들의 변호, 그 와중에 서서히 발현되는 악마적인 세계, 그 혼란스러운 무대 위에 탄탄하게 서 있는 다섯 친구의 지난한 인생사. 그 진지한 이야기를 전개시키는 와중에, 다섯 명의 인물은 엉뚱한 곳을 곁눈질하고 있었다.

보고 있지 않아도 마찬가지였다. 움직임 하나하나에서 어떤 구심력 같은 게 느껴졌기 때문이다. 마치 다섯 개의 위성이 행성 하나를 감싸고돌듯. 아니, 다섯 개의 행성이 위성 하나를 감싸고돌듯. 그리고 그 순간 퍼즐이 완성됐다. 그 이상한 위화감이 해소되고 만 것이다.

물론 말로 다 설명할 수 없는 부분이 있다는 사실은 잘 알고 있다. 현장을 보지 않으면, 누군가가 현장의 성스러움이라고 표현했던 바로 그 순간의 아름다움을 수용자 본인이 자기 자신의 오감을 통해 온전히 받아들여보지 않고는, 내가 말하는 퍼즐의 마지막 조각이 도대체 어떤 의미인지 거의 짐작하기조차 어려울 것이다. 그럴수록 거기에 대한 묘사는 과감하게 생략하는 편이 차라리 더 나을 것 같기도 하다. 나 자신을 위해서나, 그 경이로운 순간을 위해서나.

아무튼 그 후로 며칠 동안 나는 수십 번도 더 봤던 〈랑페의 결백〉을 다시 들여다보면서, 전에는 별로 고민해본 적이 없는 새로운 고민거리 하나를 떠안게 되었다. 고민의 내용은 이런 것이었다.

저런 것도 과연 연기라고 할 수 있을까?

아무것도 하고 있지 않은데. 전혀 훈련받지 않은 연기자인데. 다른 배우들과 호흡을 맞추기는커녕 무대 위의 시간에 조금도 개입되어 있지 않은 듯한데. 연기는 시간과 관련된 방정식인가. 정지되어 있는, 아무것도 하지 않는 상태는 연기일까 아닐까. 그게 만약 움직일 수 없는 대상을, 흐를 수 없는 시간을, 다시 말해 죽음을 연기하는 거라면.

1층 출입문이 열렸다. 내 표적이, 들어갈 때와 똑같은 복장으로 몸을 잔뜩 웅크린 채 문을 나서고 있었다. 이미 날이 저문 지 오래였다. 나는 자리에서 일어나 멀찌감치 그의 뒤를 밟았다. 식당을 찾아 나서는 모양이었다.

그가 길가에 있는 어느 식당으로 들어가는 것을 확인한 다음, 거기에서부터 다시 숙소로 돌아가기까지 표적을 낚아채기에 적당한 지점이 있는지를 조심스럽게 살폈다. 그러면서 속으로 그의 말에 대답했다.

그런 걸 연기라고 할 수 있을까?

모르겠다. 그런데 그건 중요하지 않다. 삶이 무대고 무대가 삶인 사람이었으니까. 훈련 안 된 삶이었다고 부르지는 말았으면 좋겠다. 그게 연기인지 아닌지 애매한 경계선에 서 있기는 하겠지만, 그걸 뭐라고 부르든 있는 힘껏 할 수 있는 최선을 다하고 있는 건 분명하지 않은가. 그게 아니었다면 전장의 안개 너머에 몸을 숨기고 있는 저 많은 악마들이, 선뜻 나서지도 못하는 주제에 그렇다고 완전히 눈을 떼지도 못하는 상태로 주위를 맴돌 이유가 없지 않을까.

내가 본 은경이는 죽음을 연기하고 있는 게 아니었다. 삶과 죽음의 경계선, 그나마 그렇게 넓지도 않은, 양쪽으로부터 바짝 좁혀 들어와 이미 몸 하나 딱 눕힐 정도밖에 남아 있지 않은 공간에, 정말로 그렇게 죽은 듯이 누워 있는 것이었다.

시간이 흐르지 않기를. 흐르더라도 세상 어느 것과도 반응을 일으키지 않고, 다른 연기자는 물론 벌거벗은 가슴 위에 떨어지는 조명 한 톨, 객석 어딘가에서 터져 나오는 탄식 한마디조차도 아무런 상호작용을 일으키지 못하고, 시선조차 얼어버릴 차가운 시간의 벽 뒤에 마침내 안전하게 몸을 숨길 수 있을 때까지, 천천히 아주 천천히 오로지 시간만이 간신히, 영영 멎어버리지 않을 만큼 조금씩만 반응을 일으키기를. 그렇게 천천히 시간이 흐르기를. 그렇게 바라며 기도하고 있을 것이다. 그게 에레나에게 주어진 역할이라면 다른 누가 그 일을 해낼 수 있단 말인가.

눈 쌓인 골목길 어두운 한구석에, 더 좁은 골목으로 통하는 입구가 기괴한 장식품처럼 입을 벌리고 있었다. 나는 그 속에 몸을 숨겨본 다음, 다시 큰길로 빠져나와 그가 들어간 식당이 보이는 곳에 자리를 잡고 섰다. 또 다른 그림자 안쪽으로 몸을 숨긴 채였다.

매서운 밤바람이 거리를 쓸고 지나갔다. 언 발로 체온이 빠져나갔다. 한기가 한기를 불러들였다. 겨울을 잔뜩 머금은 차가운 대지가 하늘을 향해 희한한 괴성을 질러댔다.

그리고 다시 그의 말이 이어졌다.

시체는 물론 아무 말도 하지 않았지만, 모두가 그 죽음을 보며 호흡을 맞추고 있었다. 호흡을 맞추는 게 연기의 조건이라면 피살자 에레나의 시체는 분명히 연기에 참여하고 있는 셈이었다.

시간은 분명 느리게 흐르고 있었지만, 에레나의 시체 위에서 멎어버린 시간이 무대 위의 시간에 아무 영향도 미치지 않는 것은 아니었다. 시간의 흐름이 달라지는 지점, 눈에는 보이지 않는 그 희미한 경계선 근처에서 공간이 미묘하게 비틀려버린 것이다. 그리고 종종 랑페의 시선은 그 뒤틀린 공간을 힘겹게 지나 그 끝에 놓인 반라의 시신 위에 곡선으로 내리꽂히곤 했다. 관객들의 시선이 가장 자연스럽게 머무는 지점. 그곳에 놓여 있는 어느 매혹적인 죽음.

결국 그 죽음이 〈랑페의 결백〉을 다시 한 번 깨어나게 만들었다. 심지어 무대 밖을 배회하던 거대한 랑페의 악마까지도 한층 더 기괴하게 일그러진 듯했다. 갓 희생된 제물의 붉은 피 냄새가, 저 먼 데까지, 시린 눈밭을 헤매던 들짐승들의 굶주린 영혼을 한데로 불러 모으는 것만 같았다.

그의 말대로였다. 어디선가 피 냄새가 나는 것 같았다. 목도리 밖으로 코를 내밀어 공기 냄새를 맡아보았다. 틈이 열리자 기다렸다는 듯 한기가 발 빠르게 침투해 들어왔다. 거리를 쓸고 지나가던 차가운 바람이 금세 폐 속까지 불어닥쳤다. 기침이 났다. 큰 기침을 몇 번 뱉고 고개를 든 순간, 누군가가 쳐다보고 있다는 느낌에 털이 쭈뼛 곤두섰다.

피 냄새를 맡은 악마가 마침내 전장의 안개를 뚫고 들어와 내가 놓여 있는 칸 바로 위에 눈을 바짝 갖다 대고 있는 듯한 느낌이었다. 아직 흘리지도 않은 피 냄새를 맡고.

'어느 쪽이지? 이건 누구의 낌새일까? 설마 나한테서 나는 냄새는 아니겠지.'

몸이 바짝 움츠러들었다. 나는 그가 들어간 식당 문에 시선을 고정시킨 채, 품에 든 칼을 조심스럽게 만지작거렸다. 아무리 두꺼운 옷 속에 파묻혀 있어도 끝내 살기를 감추지 못하는 시커먼 칼날.

주머니 속에 든 송곳. 눈 덮인 겨울나라의 은경이. 죽음의 냄새로도 속일 수 없는, 그 누구보다도 날카롭게, 그 어떤 생명체보다도 생생하게, 칼끝처럼 아프게 생을 견뎌내고 있는, 은경이의 그 아슬아슬한 망명 생활 같은.

'그러니까 그건 너무 위험한 글이야. 은경이를 알아봐준 건 고맙지만. 진심으로 고맙지만. 하지만 아주 조금, 조금만 더 천천히 알아봐 주었다면.'

그 생각만으로도 다시 살기가 일어났다. 증오하거나 두려워서가 아니라, 딱 한 단계 더 복잡한 이유 때문에 생겨난 살의. 그런 게 가능할 거라는 생각은 해본 적이 없었다. 딱 한 단계 더. 누군가를 파괴하고야 말겠다는 근원적인 의지가, 내 존재의 밑바닥에 잠재해 있던 욕망 때문이 아니라 다른 누군가를 위하는 마음 때문에 깨어날 수도 있다니.

그 순간, 나는 더 이상 사무적인 태도로 살인을 생산해내는 연방의 행정적 수단으로 돌아갈 수 없게 되었다. 지극히 정상적인 절차에 따라 단지 주문받은 죽음을 현장에 정확하게 배달할 뿐인, 감정 없는 연방의 비공식 직원으로도.

나는 이미 너무 먼 곳까지 와 있었다. 삶과 죽음의 경계를 직접 마주할 만큼. 다른 사람의 것이 아닌, 바로 나 자신의 경계를.

문이 열리더니 다시 표적이 모습을 드러냈다. 그가 곧장 숙소 쪽으로 발걸음을 옮기는 것을 확인한 다음 뒷골목을 지나 아까 봐둔 장소로 재빨리 걸어갔다. 그리고 그곳에서 몸을 숨겼다. 좁은 골목 안, 가로등 불빛도 들지 않는 어두운 공간. 낮이었어도 아무도 눈치채지 못할, 시선이 잘 닿지 않는 세상의 사각지대.

그를 기다렸다. 발자국 소리가 들렸다. 그의 걸음걸이를 알고 있었다. 손을 품속에 집어넣어 칼날을 더듬었다. 차가운 칼날. 고통스러운 비명마저 그대로 얼려버릴 것 같은 과묵하고 검고 날카로운 무기. 그의 마지막 말이 머릿속을 스쳐 지나갔다.

죽음이다. 그 일그러진 공간 위에 곱게 놓여 있는, 아무렇게나 버려져 있다고 하기에는 너무나 아름답고 정교한 죽음. 옛 시청 앞

광장의 시계탑을 장식한 저 죽음처럼, 그곳이 아니면 놓일 곳이 없는, 그리고 반드시 그 자리를 차지해야만 하는 바로 그 죽음. 그 죽음을 통해 에레나는 다시 생명을 얻고 있었다. 영원히 변질되지 않을 긴 생명을.

'그래. 하지만 아직은 아무도 그렇게 생각해선 안 돼. 지워버리겠어!'

칼 손잡이를 꽉 움켜쥐었다. 잠시 후에 일어날 일들을 머릿속으로 그려보았다. 오래 걸리지 않는다. 아무런 동요도 일어나지 않을 것이다. 마치 아무 일도 없었던 것처럼, 그 누구의 휴식도 방해하지 않은 채, 조용히 죽음 하나를 만들어내고 사라지면 그만이었다.

입김이 새 나가지 않도록 호흡을 멈추고 어둠 속을 응시했다. 표적보다 먼저 그림자가 다가왔다.

검은 눈송이가 눈앞을 스쳐 지나갔다. 눈을 들어 하늘을 올려다보았다. 밤하늘이 그대로 쏟아져 내리는 것 같았다. 밤보다 더 검은 색. 회색이 짙어진 것 같은 흐릿한 색이 아닌, 일부러 골라낸 듯 선명한 검정색.

'저건 난데. 저런 새까만 색을 낼 수 있는 건.'

칼에 닿은 손끝이 검은색으로 변해 있었다. 직접 보지 않고도 분명히 알 수 있었다. 검은색의 감각. 시선을 아래로 떨어뜨렸다. 내 발밑에서부터, 검은색이 물감 번지듯 번져가고 있었다.

나는 절망했다.

그리고 칼을 빼들었다. 그가 다가왔다. 그림자를 따라.

내 방 형광등 아래에서 두 팔을 벌리고 맞이했던 환희가 떠올랐다.

생생한 기억. 머리카락이 쭈뼛 곤두섰다.

얼마 남지도 않은 여생. 하얀 사람으로 살고 싶었는데.

한 발 앞으로 다가섰다. 그가 지나갈 길목. 손만 뻗으면 심장이 닿을 수 있도록.

"티모시 볼크."

그의 이름을 속삭였다. 그날 처음으로 입 밖에 낸 말이 입김에 둘러싸여 허공으로 퍼져나갔다. 좁은 골목길. 아주 작은 메아리 소리가 들렸다. 속삭이는 메아리 소리. 벽을 울리고 되돌아오는 소리가 아니라 누군가가 내 말을 따라 하기라도 하는 듯 낮고 힘없고 기분 나쁜 목소리. 그건 그냥, 내 목소리였다.

그 소리를 들으며 그의 눈을 노려보았다. 고개를 들어 내 쪽을 바라보는 표적. 따뜻한 방으로 돌아가는 길, 뜻밖의 장소에 그어져 있는 삶과 죽음의 경계. 날카로운 예감, 죽음의 냄새. 내 손에 들려 있는 검은 칼날. 수없이 많은 사람의 목숨을 무로 되돌린 사람에게서 나 느낄 수 있는, 경력이 묻어나오는 여유로운 자세.

그는 아무 준비도 되어 있지 않았다. 순간 그의 표정이 굳어졌다. 생명이 이런저런 징후들을 견디지 못해 마침내 죽음으로 흘러가는 방식이 아니라, 방금 저녁을 먹고 식당 밖으로 튀어나온 일상이 완충재 없이 곧바로 죽음으로 이어지는 순간. 아무도 예고해준 적 없는 갑작스러운 최후. 가만히 그 운명을 맞이해야 할 시간.

그의 표정에서 슬픔이 느껴졌다. 그는 마지막 해명조차 해볼 기회가 없으리라는 사실을 잘 알고 있는 듯했다. 뭘 해명해야 할지 알 수 없었기 때문만은 아니었다. 그보다는 자기 이름을 발음하는 내 목소리에서 더 많은 정보를 읽어냈는지도 모른다. 어차피 서로 말이 통하지 않는 사람이라거나, 이쪽에서는 이미 돌이킬 수 없는 확고한 결정을 내린 상태라거나.

"미안합니다. 뭐라고 말해야 좋을지 모르겠습니다. 미안합니다."

내가 말했다. 난생처음이었다. 죽기 직전의 표적에게 그런 말을 건넨 건.

물론 그는 우리말을 알아듣지 못했다. 그래도 마음만은 읽어냈을지도 모른다.

그가 몸을 움직여 달아났다. 그런데 그게 딱 반걸음이었다. 뒤로 주춤. 그렇게 반걸음.

그의 몸이 완전히 굳어 있었다. 건드리기만 해도 깨질 것 같은, 두려움과 당혹감으로 딱딱하게 굳은 자세.

오른팔을 뒤로 당겼다. 앞으로 찔러 넣기 위해서였다. 두꺼운 외투를 고통 없이 한 번에 꿰뚫기 위해.

그 상태로 잠깐 멈칫했다. 시간이 느려졌다. 그 짧은 순간이 한없이 느리게만 느껴졌다. 은경이의 시간이 나에게 덮어씌워진 듯했다. 에레나의 죽음이, 은경이의 무대가, 그 기괴하게 일그러진 공간이 나를 감쌌다. 세상이 다시 5도쯤 더 기울었다. 호박 속에 갇혀 수천만 년의 시간을 빼앗긴 채 살아 있는 모습 그대로 죽음이 되어버린, 이름을 알 수 없는 무언가의 화석처럼. 나는 그렇게 무언가가 되어버렸다. 팔을 뻗지 못하는, 칼을 움켜쥔 킬러.

나를 구해줘. 누가 좀. 표적이 내는 목소리가 아니었다. 내 목소리였다. 시간이 다시 흐르게 해줘. 다음 페이지로 넘겨줘. 한 쪽씩 말고 열 장 스무 장씩.

슬픔이 밀려왔다. 미안합니다. 내가 그에게 남긴 마지막 말이 메아리가 되어 돌아왔다. 저렇게 짧은 파장이었구나. 이렇게 거의 멈출 듯 시간이 느려지지 않는다면 들리지 않을 소리였겠구나.

그 소리가 들려왔다. 다시 시간이 흘러야 한다는 뜻이었다.

손을 앞으로 내밀었다. 허리를 오른쪽으로 틀며 팔꿈치를 앞으로 쭉 내밀었다. 손으로는 칼 손잡이를 단단히 쥔 채였다.

칼날이 외투를 파고들었다. 손끝으로 떨림이 전해져올 시간. 그의 표정이 굳어졌다. 떨림이, 떨림이, 떨림이 전해져오지 않았다.

칼날이 힘없이 뒤로 쑥 빠졌다. 전혀 진동을 머금지 못하고 맥없이 돌아 나온 칼날이 아쉬운 듯 입맛을 다시는 듯했다.

칼끝이 심장에 닿지 못했다. 닿지 못한 걸까, 닿지 않은 걸까.

다시 그와 눈이 마주쳤다.

도망가도 되나요? 그의 눈이 물었다. 아니요, 그럴 수는 없습니다.

다시 팔을 뒤로 당겼다. 군더더기였다. 굳이 뒤로 당기지 않아도 될 텐데. 그냥 앞으로 찔러 넣는 게 맞는데. 곁눈질로 칼날을 살펴보았다.

칼끝이 하얘. 칼날은 다 검은데 딱 저 칼끝만.

아무도 찌를 수 없는 칼날. 하지만 이대로 물러설 수는 없어. 그러면 은경이가 대신 목숨을 걸어야 해!

시간이 다시 나를 에워쌌다. 한기조차 체온을 빼앗아가기를 멈춰버린 순간. 그렇게 다시 한 번 시간이 무한히 느려지려는 찰나.

물러날 수 없어. 꼭 해야 돼. 꼭!

다시 칼을 바짝 움켜쥐었다.

그리고 그때 목소리가 들려왔다.

"그만해."

그 소리에 시간이 멎었다. 내리던 눈송이가 허공에 그대로 멈춰 섰다. 내 뒤쪽 어딘가에서 들려오는 소리.

갑자기 호흡이 뚝 끊어졌다. 심장이 두 번 연속 엇박자로 뛰었다.

신경이 바짝 곤두섰다. 내면의 소리나 환청 같은 게 아니었다. 분명히 현실세계에서 일어난 일이었다. 나는 고개를 돌리지 않은 채로 육감만으로 뒤쪽을 조심스럽게 살폈다.

한 다섯 걸음 정도밖에 떨어지지 않은 비좁은 골목길 어두운 그늘 아래. 거기에 누가 있었다!

언제부터? 여기를 어떻게 알고? 그리고 도대체 왜?

시간이 다시 흘렀지만 손은 전혀 움직이지 않았다.

"이제 됐어."

다시 그 목소리였다. 그리고 기침 소리가 이어졌다. 죽어가는 사람처럼 힘겨운 기침. 목숨을 다 뽑아낼 듯 집요한 외침.

"내려놔도 돼, 그거."

나는 어깨에 힘을 빼고 그 자리에 가만히 멈춰 섰다. 그러자 표적이 발을 뗐다. 술래가 바뀌었으니 이제는 자신이 도망갈 차례라고 주장하는 듯한 표정이었다. 나는 재빨리 그를 뒤쫓았다. 그런데 그게 딱 반걸음이었다.

"괜찮아. 거기까지만 해."

누군가가 등 뒤에서 손을 뻗어 내 어깨를 건드렸다. 뒤를 돌아보았다. 외투며 목도리며 마스크로 꽁꽁 싸어서 도저히 누군지 알아볼 수가 없었다. 하지만 나는 그 목소리를 기억하고 있었다. 그리고 그 사람이 서 있는 모양을 정확히 알아볼 수 있었다.

"조은수?"

메아리가 울렸다. 정말로 벽을 때리고 돌아오는 진짜 메아리였다. 등 뒤에 악마가 서 있었다.

은수가 기침을 터뜨렸다. 대답 대신이었다. 폐가 기침을 쏟아내는 게 아니라 겨울이 기침을 억지로 뽑아내는 것처럼 요란한 몸짓이었다.
"나 알아보는구나."
은수가 미소를 머금었다. 다 죽어가는 목소리. 수묵화의 농담처럼, 그것도 제일 먼 데 있는 산처럼 희미한 웃음.
"너, 어떻게 된 거야? 너는, 여기 없잖아."
"아직 안 죽었냐고? 그래, 아직은."
은수가 쓰러지듯 나에게 기댔다. 안색이 좋지 않았다. 이마에 손등을 대보니 손난로처럼 뜨거웠다.
"내가 언제 죽는 거 봤어?"
다시 은수가 말했다. 나는 아무 대답도 하지 못했다. 그리고 아무것도 물어볼 수 없었다. 하루 종일 물어봐도 다 못 물어볼 이야기들이 갑자기 머릿속을 가득 채웠다.
그리고 바로 그 순간이었다. 은수의 뜨거운 이마가 닿은 곳, 내 손등이 어느새 하얘지기 시작했다. 발밑을 내려다봐도 마찬가지였다. 언제 그랬냐는 듯 다시 새하얀, 눈길 위.
악마가 아니었다. 그냥 은수였다. 내가 아는 바로 그 은수.
'이건, 진짜야!'
여전히 매서운 밤바람이었다. 바람 사이에 난 결을 따라 하얀 눈송이들이 가지런히 날리고 있었다.

만약에

"쟤 너 좋아해."
"응?"
"은수 말이야. 너희 반 조은수."
열여덟 살의 은경이가 그렇게 말했다. 나는 뒤를 힐끗 돌아보았다.
"뭐하는 거야? 보지 마. 쟤 아까부터 너 쳐다보고 있었거든. 오늘만 그런 게 아닌 것 같은데."
"너 쳐다보는 거 아닌가?"
그 말에 은경이가 눈을 동그랗게 뜨고 내 눈을 들여다보았다.
"연방바보학교 아니야? 애들이 왜 다 이 모양이니?"
은경이는 교복을 필요 이상으로 단정하게 입고 다녔다. 남의 눈을 의식해야 하는 집안 내력 때문이 아니라 다른 학생들에게 미안해서였다. 언제나 단정하게, 흐트러지는 일 없이, 남들이 알아주든 말든. 그렇게라도 해야, 성적이 공개되지 않는 유일한 장학생으로 지내는 일이 조금은 덜 민망할 듯해서였을 것이다.
하지만 정말이었을까. 은경이는 정말로 재능이 없는 아이였을까.
"나는 쟤 좀 무섭던데."

내 말에 은경이가 되물었다.

"왜?"

"좀, 이상하지 않아? 표정도 그렇고. 정확히는 모르겠는데, 사람을 너무 빤히 쳐다보잖아. 괜히 등 뒤에 누가 서 있는 것 같아서 흠칫흠칫 놀란 게 한두 번이 아니야. 그것도 꼭 저렇게 멀리 떨어져 있을 때만 그래. 막상 마주보고 이야기할 때는 약간 삐딱하게 옆만 보고 말해. 자신이 없는 것도 아닐 텐데 왜 그러나 몰라."

"아, 그거. 뭔가 들떠 있어서 그래. 그거 가라앉힐 때 하는 버릇인 것 같아."

"뭐가 그렇게 좋아서?"

"글쎄. 근데 넌 그런 표정을 여러 번 봤어?"

"볼 때마다 그러잖아, 쟤."

"그래? 볼 때마다?"

은경이가 묘한 표정을 떠올렸다. 나는 아무 대답도 하지 않고 그 표정을 가만히 들여다보았다. 다시 은경이가 말했다.

"나는 쟤 그런 표정 별로 본 적 없는데. 너는 자주 봤단 말이지."

"무슨 말을 하려고 그래?"

"너한테 말 거는 게 좋았나 보다."

"윽. 무슨 말을 하려고?"

"그래서 저러는 거 맞아. 그리고 그런 사소한 건 그냥 넘어가. 내가 좀 이 학교 학생 같지 않게 멀쩡해서 하는 말인데, 이 학교 애들 전부 어딘가 한 군데씩은 이상해. 너도 좀 무서운 데가 있기는 한데, 뭐 그건 됐어. 아무튼 다 그래. 그러니까 그런 건 넘어가."

은경이에게는 사람을 끌어당기는 매력이 있었다. 어른들은 은경이의 든든한 배경 때문에 영악한 아이들이 모여드는 거라고 생각하는 모양이었지만, 그런 건 전혀 사실에 가깝지 않았다.

은경이에게 배경은 장점이 아니라 단점이었다. 일단 은경이 스스로가 바로 그 점 때문에 한껏 움츠러들어 있었다. '그럼에도 불구하고' 은경이 주위에는 늘 사람이 많았다. 모두가 은경이에게 말을 걸고 있는 것도 아니었고, 떠들썩한 분위기가 만들어져 있는 것도 아니었다. 그보다는 오히려 조용한 편이었다. 하지만 은경이 근처에서는 늘 따뜻한 기운이 느껴졌다. 나는 그 기운이 은경이로부터 나오는 에너지가 아니라, 다른 아이들이 은경이를 향해 뿜어내는 은은한 온기 같은 데에서 비롯된 것이라는 사실을 알고 있었다.

'네가 좀 더 밝아졌으면 좋겠어. 네가 좀 더 사랑받았으면 좋겠어. 네가 좀 더 행복했으면 좋겠어.'

은경이를 향해 날아드는 그 은은한 전파 신호들. 기원을 담아, 마음으로 보내는 이런저런 사소한 메시지들. 은경이는 늘 그다지 행복해 보이지 않았으니까.

"내가 이상해?"

은경이에게 물었다.

"아주 가끔. 하지만 괜찮아. 그런 건."

나는 은경이가 재능 없는 아이라고 생각하지 않았다. 본질을 볼 줄 아는 사람이었으니까.

학교에서도 마찬가지였다. 조기교육으로 만들어진 그 나이 또래의 가짜 천재들은 저마다 과장된 특기를 한두 개쯤 갖고 있었다. 수학에 재능이 있다거나, 시각예술 분야에서 탁월하다거나. 하지만 그런 특기의 절반 정도는 가짜였다. 본인 스스로도 알고 있는 가짜 재능.

그래서 그게 가짜라는 걸 들키지 않기 위해 보다 더 필사적으로 연습을 해야 하는 족쇄 같은 재능. 은경이는 그런 가짜 재능에 현혹되지 않고 그 아이들이 갖고 있는 진짜 재능을 찾아내는 눈을 갖고 있었다.

물론 심심풀이로 떠벌리거나 누구를 깎아내리기 위해 하는 인물평 같은 것은 아니었다. 단지 인간 내면에 잠재해 있는 진짜 아름다움을 발견해내기 위한 방법이었을 뿐. 그리고 은경이는 가끔 자기가 발견해낸 것을 나에게만 살짝 이야기해주곤 했다. "쟤는 저것보다는 아예 공부를 쭉 하는 편이 더 나을 텐데. 본인한테나 부모님한테나 결론적으로 그쪽이 더 좋은 일일 것 같은데 말이야. 근데 뭐, 뭘 해도 나보다는 훨씬 잘할 거야." 그런 식이었다.

그렇게 말하는 은경이에게 나는 이런 이야기를 들려주었다.

"너는 기수 같아. 왕의 기수."

"기수?"

"응. 중세 때 말 탄 기사들이 싸움터에 나가면 왕의 깃발을 중심으로 기병들이 이렇게 정렬을 하거든. 나팔로 신호를 하면 왕이 소집한 기사들이 깃발 주위에 빽빽하게 늘어서는 거야. 돌격할 준비를 하려고. 왜 돌격을 하냐면, 중무장한 기병 수백 명이 빽빽하게 늘어서서 말을 타고 눈앞으로 달려오면 훈련 안 된 사람들은 그냥 그걸 보기만 해도 겁에 질려서 도망을 치게 돼 있거든. 진짜로 그래. 직접 해보지는 않았지만 틀림없어. 횡단보도 양쪽에 사람들이 쭉 늘어서 있는데, 신호가 바뀌자마자 한가운데로 오토바이 네 대가 딱 붙어서 달려온다고 생각해봐. 정확히 그런 느낌일 거야. 하지만 상대도 훈련받은 기병대라면 이야기기 좀 달라져. 양쪽 다 도망치거나 대형이 무너지지 않고 정면으로 쾅 부딪치는 거지. 그다음에는 속도를 잃고 양쪽이 섞여버려서 난장판이 되거든. 그때쯤에 왕의 호위대가 전장 어딘가에 깃발을 높이 세우고 나팔을 불어. 그러면 기사들은 난잡해진 전장을 빠져나와서 다시 그쪽으로 모이는 거야. 왕의 곁에. 그러고는 다시 돌격을 하는 거지. 그렇게 몇 번을 반복해. 승패가 결정될 때까지. 깃발이 서 있고 나팔이 부는 한 몇 번이고 다시 시작되는 거래. 몇 명이 남았든 마찬가지야. 아직 진 게 아니거든. 이쪽에서 깃발이 서고 돌격 준비가 갖춰지면, 상대도 똑같이 맞서는 게 예의야. 명예를 존중해주는 거지. 사상자가 얼마나 되든 머릿수 차이가 얼마가 나든 마찬가지래. 그러다 깃발이 다시는 위로 올라가지 않게 된 순간이 오면, 그때서야 비로소 패배를 인정하는 거야. 싸울 의지가 없어졌다는 뜻이니까."

"그런데 나는 왜 기수야, 기사도 아니고? 왕도 있는데 하필 그 옆에 있는 사람을."

"기수는 창끝에 왕의 문장이 새겨진 깃발을 매달고 달리는 사람이야. 왕의 바로 곁에서."

"그렇겠지."

"깃발이 내려가면 왕의 기사단 전체가 싸움을 포기했다는 뜻이 되니까 절대 깃발을 내리면 안 돼. 어떤 상황이 와도. 심지어 목숨이 위급해지는 상황이 오더라도 말이야. 그래서 기수는 깃발이 달린 창을 무기로 사용해서는 안 돼. 그림 사형이래. 무섭지. 그런데 이걸 봐. 이 그림. 전장에서 적진으로 돌격을 할 때 기사들이 들 수 있는 창은 하나뿐이야. 두 개를 든다고 해서 더 강해지는 건 아니거든. 사람 하나에 직선 하나. 그 직선을 되도록 많이 모으고, 모두가 한 방

향을 향하게 하는 거. 기수가 든 창은 그런 일을 해. 똑같은 직선 하나일 뿐이지만, 그리고 다들 정면을 향하고 있는데 혼자만 아무것도 없는 허공을 향하고 있지만, 그 창 한 개는 전장에 나와 있는 다른 모든 창들을 전부 합친 것보다 더 강한 무기거든."

"그게 나라고?"

"그래."

나는 은경이의 대답을 기다렸다. 은경이는 잠시 아무 말도 하지 않고 내 얼굴을 가만히 들여다보았다. 그러더니 마침내 이렇게 말했다.

"멋지다."

"멋지지?"

"멋져. 근데 그거, 내가 아니고 네 이야기 같은데."

"응?"

"너 같다고. 절대 깃발을 내리지 않을 사람. 남들보다 싸움을 더 잘하는 건 아닐지 몰라도, 아무튼 남들보다 오래 깃발을 들고 있을 사람. 그것도 무지하게 오래. 세상 끝나는 날까지 쭉."

"그런가."

나는 멋쩍은 얼굴로 은경이의 두 눈을 바라보았다. 웃고 있는 은경이. 뭐가 그렇게 좋은지 장난기가 가득한 은경이의 눈가.

은경이가 덧붙였다.

"그런데 있잖아, 그걸로는 부족해."

"뭐가?"

"너 말야. 넌 좀 수도사 같은 데가 있거든. 깃발을 내리지 않을 건 확실한데, 어느 순간 그만 그 깃발 자체를 숭배해버릴지도 모른단 말이지."

"내가?"

"응. 넌 좀 그래. 그런 식으로 과격해. 깃발도 멋지긴 한데, 너 혼자 달랑 들고 있으면 좀 버겁기는 할 거야."

"그런가?"

"그래서 말인데, 넌 누군가가 같이 있어줘야 돼. 그래야 완전해져."

"누구? 너?"

"아니, 나 말고. 히히. 기대했구나. 아닌가? 아니면 미안. 아무튼 너는 혼자 있으면 안 돼."

"그럼 어쩌라고."

"그래서 말인데, 만약에 말이야, 만약에……."

은경이가 뜸을 들였다. 눈동자가 살짝 흔들리는 것 같았다. 나는 은경이의 시선이 향했던 곳을 돌아보았다. 그 아이가 앉아 있었다. 다시 은경이가 말했다.

"만약에, 쟤랑 한 팀이 되면 어떨까?"

"누구?"

"조은수. 쟤라면 확실해. 믿어도 좋아."

"초천재 조은수? 쟤가 뭐가 아쉬워서 나랑 팀이 돼? 졸업하고 나면 쟤는 나 같은 건 구경도 못 할 세상에서 살고 있을걸."

"아니야. 안 그래. 꼭 그런 건 아니야."

"왜?"

"쟤는 너 좋아하거든."

"우왝."

"잘 생각해봐. 지금 말고 나중에. 언젠가 이 생각이 날 일이 있을 거야, 살다 보면. 아무튼 기수가 깃발을 들면 그 아래 모일 직선들이 있기는 있어야 할 거 아니야. 쟤는 혼자서도 최소한 삼만 개는 될 거야. 쟤는 진짜, 진짜거든."

"그래서, 그때가 되면 쟤가 나 좋아하니까 그거 이용이라도 하라는 거야? 나는 그건 좀 아닌 것 같은데."

"뭐, 그럼 어쩔 수 없지만. 그래서 처음부터 그렇게 말한 거야. '만약에' 라고."

만약에.

그날의 기억이 떠올랐다. 문득 그런 생각이 들었다. 애초에 조은수와 내가 같은 곳에서 일하게 된 건 우연이 아니라 누군가의 바람이었을지도 모른다는 생각.

만약에 은경이가 선택한 게 나 하나가 아니었다면? 아주 오래전에, 이 모든 일이 벌어지기 훨씬 전, 이 사건의 전조조차 보이지 않은 아주 먼 과거에, 은경이가 이미 나와 은수를 동시에 선택한 거였다면?

나는 비로소 내가 놓여 있는 체스판이 어떻게 생겼는지를 어렴풋이 알 것 같았다. 어쩌면 이건 처음부터 은경이가 만들어놓은 체스판일지도 몰랐다.

'적어도 은경이가 기울여놓은 체스판 정도는 되겠지. 여기 어디쯤에서 은수와 내가 다시 만나게 되어 있는.'

그 순간 나는 체스판의 나이트가 아니라 깃발을 든 기사, 왕의 기수가 되어 있었다. 만약에 이 판이 정말로 은경이가 디자인한 판이라면, 판 전체에서 가장 강력한 기물은 조은수나 최창수 혹은 장무권의 비밀무기나 랑페의 악마가 아니라 바로 나일 게 틀림없었다.

   나는 은수를 바라보며 고개를 끄덕였다. 그리고 다시 깃발을 들어 올렸다.

   어디선가 재집결을 알리는 나팔 소리가 들려오는 것 같았다.

전술무기, if

"도망가게 내버려둬. 어차피 이 근처에서 사라지면 골치 아파. 자기 발로 시 외곽으로 빠져나갔을 때 실종 처리 해야 돼. 마지막으로 사라진 곳이 이렇게 쉬운 데면 저쪽 분석가만 도와주는 꼴이거든. 먼 데까지 족적이 이어지게 내버려둬. 그러다 예상 경로가 분산되는 교차로 같은 지점에서 알아서 사라질 거야. 영원히."

힘없는 목소리. 은수는 내 표적을 뒤쫓지 않았다. 대신 내 팔에 기댄 채 느릿느릿 어디론가 나를 이끌었다.

"최창수한테 놀아난 거야."

은수가 속삭이듯 말을 이었다.

"마지막 작전 때 내 디코이를 뺏겼거든."

"마지막으로 네가 추적당했을 때 말하는 거야?"

"그래. 숨겨둔 개인 연구실이 세 개가 있었는데, 한 군데가 그만 최창수 손에 들어갔어. 자폭장치가 작동을 안 해서. 그거 가지고 내 디코이를 재생한 거야."

"나한테 전화 걸었던 너?"

"그래. 장무권 쪽에도."

"내가 통화한 건 결국……."

"음성변조한 최창수."

"십대 소녀인 줄 알았는데 알고 보니 배 나온 사십대 대머리 아저씨, 뭐 그런 건가."

은수가 피식 웃음을 지었다. 그 작은 소리에 겨울바람이 살짝 뒤로 물러났다. 마음이 한결 편안해졌다.

하지만 저 웃음을 믿어도 좋을까. 내 표정을 보고 은수가 말했다.

"그게 내가 아니면, 어떻게 알고 이 순간에 딱 여기에 나타났냐고? 신호를 봤거든. 브르노에서 네가 남긴 신호. 최창수가 먼저 움직이는 바람에 어떻게 손쓸 수가 없었지만, 그 신호 수신인이 원래 나니까 내가 보는 건 당연한 거야. 어차피 그쪽도 내가 만든 기술로 그 신호를 알아챈 거니까. 그러니까, 어떻게 알고 이 순간에 여기에 왔는지는 문제가 아니야. 시간이나 장소 따위는."

다시 기침 소리가 이어졌다. 그리고 한참 후에야 은수가 다시 말을 이었다.

"문제는 내가 왜 직접 나타났느냐겠지."

"직접 나타나지 않으면 내가 안 믿을 테니까."

"그래. 그럼 이제 믿냐?"

"절반 정도는."

"그래. 그 정도면 충분해."

"그보다, 어디로 데려가는 거지?"

"멀리 갈 건 아니야. 산책이나 하려고."

"한가하게 면회나 할 상황인가? 상황이 이렇지 않았대도 일단 날씨가 이 지경인데."

"위성 때문에."

"위성?"

"널 지켜보고 있으니까."

"숨는 건가?"

"못 숨어. 위성이 아니라도, 어떤 식으로든 움직이기만 하면 위치가 탄로 나게 돼 있어."

"그럼?"

"디코이."

다시 기침 소리가 이어졌다. 나는 기침 소리가 끝나기를 기다렸다가 다시 물었다.

"숨을 수 없으니까, 오히려 나를 더 많이 보여주는 거구나."

"응. 스물네 시간에 한 번씩 분열해. 디코이 하나당 여덟 개씩. 그리고 여덟 시간에 한 번씩 반감기가 와. 절반씩 지도에서 사라지는 거지. 그래서 늘 일정한 숫자를 유지해."

"몇 개?"

"백스물여덟. 최근에 확 늘였어. 그러니까, 백혈구처럼. 무슨 비유인지 이해가 돼? 일종의 면역체계처럼 작동하게 해놨거든. 그런데 지금은 최창수가 요전 사흘 동안 네 위치를 알고 있었으니까 찾아낼 확률이 제법 높아져 있어."

"그래서?"

"전부 한 지점으로 모을 거야. 그러니까, 정확히…… 17분 뒤에 저 아래로. 그리고 모으자마자 다시 흩뜨릴 거야. 7분이 더 지나면 반감기가 올 테고. 그때 사라져야 해."

"어떻게?"

"그건…… 됐어. 그것까지는 몰라도 돼. 그냥 나 따라가보면 알아."

은수를 부축해서 내리막길을 내려갔다. 얼어붙은 눈길에 은수가 몇 번이나 휘청거렸다.

카를로비 바리는 여름이 더 아름다운 도시였다. 시가지 한가운데를 가로지르는 강물, 양옆에 늘어선 알록달록한 건물들, 그 사이를 가로지르는 다리, 그리고 오리들. 하지만 사방이 겨울에 포위된 카를로비 바리는, 눈 덮인 건물 위에 밝은 조명이 내려앉아 모든 건물이 일부러 색깔을 맞추기라도 한 듯 단조로워 보였다. 보기에 따라서는 그쪽이 훨씬 더 운치 있어 보일 수도 있지만 어딘지 엄숙하고 차가운 느낌만은 지울 수가 없었다.

"넌 언제부터 지켜보고 있었던 거야?"

내가 물었다.

"최근에."

"은경이를 지켜보고 있었던 거야?"

"그래. 하필 너 있는 데로 왔으니까."

대답이 짧았다. 조은수다운 대답은 아니었다. 하긴 딱 보기에도 평소의 조은수 같은 상태는 아니었다.

"그동안은 어디에 있었는데?"

"그걸 내가 너한테 알려줄 것 같냐?"

다시 침묵이 흘렀다. 발자국 소리가 그 공백을 메웠다. 하늘에서는 여전히 눈이 내리고 있었다. 나는 은수가 내는 발소리에 가만히 귀를 기울였다. 방금 내린 눈 위로 새로 찌히는 발소리. 나는 이 사람의 발소리마저 기억하고 있었구나. 하지만 그 발소리는 전혀 건강하게 들리지가 않았다. 단순히 감기에 걸린 정도가 아닌 것 같았다.

그래서 늦었구나. 내가 최창수의 함정에 걸렸다는 사실을 알아낸 순간에는 몸을 움직일 수 있는 상태가 아니었을지도 몰라. 그렇다면 지금은, 이대로 뒀다간 무슨 일이 더 벌어질지 모르는 상황이었다는 뜻일까.

"티모시 볼크에 관해서도 알고 있었어?"

"그것도 최근에. 최창수 쪽에서 주시하고 있더라고."

나는 순간 걸음을 멈췄다. 은수는 내 쪽을 한번 돌아보지도 않은 채 가던 길을 계속 걸어가고 있었다. 내가 옆으로 다가서자 은수가 말했다.

"장준용을 믿은 거야? 그거 알아? 장준용 뽑을 때 내가 인사위원회에 반대 의견 낸 거. 당연히 회사 쪽에서도 감시하고 있었지. 계속. 지금은 이쪽에 잠복시켜놓은 현장요원들하고도 연락이 뚝 끊어져버렸겠지만."

"그건, 네가 한 거야?"

은수가 대답 대신 어깨를 으쓱했다.

"둘밖에 없었어. 내가 직접 한 건 아니고, 외주로. 보시다시피 내가 상태가 좀 이래서. 지금은 티모시 볼크를 쫓아갔을 거야."

나는 은수의 상태가 정확히 어떤지 알 수가 없었다. 얼마나 안 좋은 걸까. 혹시 생명이 위태로울 정도인 걸까.

다시 은수가 말했다. 생기가 느껴지지 않는 담담한 목소리였다.

"내가 그랬지? 너는 이중첩자 같은 거 할 재목은 안 된다고."

"그랬나?"

"여러 번. 근데 이번에는 그 비슷한 게 됐네. 이중첩자는 아니고, 이중미끼. 최창수가 내 디코이 뒤집어쓰고 널 전략무기개발네트워크에 미끼로 던졌다는 걸 깨닫고 나서 장무권 쪽에서 뭘 했게? 다시 널 낚싯바늘에 끼워서 최창수한테로 던진 거지. 여기로 말이야."

"왜? 그보다, 최창수가 판 함정인 걸 그쪽에서도 알았나?"

"당연하지. 그쪽도 그 정도 정보망은 갖고 있어. 미리 알아내지는 못했어도 나중에 깨달을 정도는 되지. 충분히. 아무튼 최창수가 쳐놓은 함정이 한 번 간파당했으니까, 회사 쪽에서는 네가 장무권 쪽이랑 손잡았을 거라고 생각하지 않겠어? 그걸 기대한 거야. 이건 추측이 아니고 내가 직접 도청한 이야기니까 맞아. 물론 장준용이 너한테 뭔가를 건네준 건 진심이었을 수도 있어. 나는 별로 안 믿지만. 아무튼 대세에는 지장이 없겠지."

"미끼를 물면 어떻게 되는데?"

"장무권이 아주 옛날부터 회사에다 쳐놓은 미끼가 있어. 너도 알지? 핵잠수함."

"그 문제의 전략무기?"

"그래. 문제의 전략무기. 진짜 문제지. 진짠지 아닌지 알 수가 없으니까. 장무권이라는 사람이 참 인물인 게, 그게 또 함정이 몇 단계로 쳐져 있었거든."

"그래?"

"공식적으로 전략무기개발네트워크에서 개발하기로 돼 있는 건 초장거리미사일 발사체야."

"ICBM?"

"아니, 그건 문제가 아니지. 벌써 오래전부터 갖고 있었으니까. 그런데 그거, 갖고 있어봐야 사실 별 도움이 안 된단 말씀이야."

"도움이 안 된다는 건, 핵억지력 차원에서 하는 말이야?"

"그래. 선제공격이나 하려고 갖고 있는 거면 몰라도, 연방이 방어적인 전략으로 돌아서 있으면 사실 별 쓸 데가 없어요. 어차피 위치다 노출돼 있어서 선제공격 당하면 모조리 날아가는 거니까."

"그럼, 장무권이 개발하던 발사체라는 게…… SLBM이라는 거야?"

"그래. 잠수함발사탄도미사일."

"설마."

"설마가 아니야. 그 시점에는 연방도 분명히 보복공격 능력을 갖추는 걸 전략목표로 삼았어. 핵무기 선제사용은 포기. 그 대신 보복공격 능력은 확실하게 보유. 그래서 핵억지력을 갖는 쪽으로 방향을 확실히 잡았다고."

"그게 먹혀?"

"안 먹힐 것 같았는데 결과적으로 먹혔지. 그래서 장무권이 대단하다는 거야. 그렇잖아. 장무권이 개발하던 게 뭔지 확실하게 아는 사람이 아무도 없거든. 우리도 모르는데 다른 나라라고 알겠어? 몰라. 그럼 우리 핵탄두 위치는 확실하게 숨겨져 있는 거지. 아무도 모르니까. 결과적으로 핵억지력은 달성이 됐어. 있는지 없는지 아무도 모르지만 이 지구 바다 어딘가에 연방 핵잠수함이 핵탄두를 실은 채로 띠다니고 있을지도 모른다는 의심은 다들 갖게 했으니까. 그거면 됐지 뭐. 그럼 세컨드 스트라이크를 확보한 거야. 연방이 폐허가 돼도 보복공격을 할 핵탄두 하나는 남는 거니까, 보복공격 능력이 있는 셈이지."

"그런데 거기에 문제가 있는 거구나. 네가 그렇게 깊이 파고 들어간 걸 보면."

"그렇지."

"무슨 문제?"

"일단, 발사체를 개발한 흔적이 없어."

"응?"

"발사체 개발 인력은 빤해. 빤한 만큼 온갖 나라 스파이들이 다 주시하고 있었다고. 그런데 그 인력이 안 움직였어. 그러니까 그 프로젝트가 베일에 가려져 있는 거기도 하지만."

"그 말은, 발사체를 안 만들었다는 말이잖아. 그 인력 아니면 연구개발 인력을 또 어디서 데려와? 그 짧은 시간에 다시 키울 수도 없고."

"내 말이."

은수는 거기까지 말하고는 제자리에 멈춰 서서 다시 기침을 해댔다. 말을 계속하느라 찬바람을 들이마셔서인지 아까보다 기침 소리가 훨씬 더 거칠었다. 나는 그런 은수를 걱정스럽게 바라보며 어느 상상의 바닷속을 떠다니고 있을 핵잠수함을 떠올렸다. 전장의 안개, 그 너머의 바다. 안개 속을 걷고 있는 건 나만이 아니었다. 회사 역시 그 점에 관해서는 나와 마찬가지인 모양이었다. 내가 놓여 있는 체스판의 모양이 조금 더 구체적으로 드러났다. 바다를 끼고 있는 체스판. 혹은 바다 한가운데 자그마한 육지가 동동 떠 있는 모습.

기침 소리가 잦아들었다. 나는 바닥에 떨어져 있는 붉은색 눈을 애써 외면하며 은수에게 물었다.

"그런 게 진짜로 있기는 힌 기야?"

"있어."

입가에 피가 묻은 채로 은수가 속삭였다.

"있는 것 같아. 장무권 주머니 속에 떠 있는 핵잠수함이라는 말도 돌았어. 그러니까."

"착복?"

"그래. 그 설이 어느 정도 맞아. 증거가 꽤 있거든. 은행 계좌, 자금 세탁, 옛날 외화공급선, 어쩌고저쩌고. 근데 거기서부터가 문제야."

"자금 빼돌린 게 아니야?"

"빼돌린 거 맞아. 내가 보기에는 거의 그래."

"그런데?"

"그런데 잠수함이 있어."

"어떻게?"

"샀어."

"응?"

"개발한 게 아니라 샀을 거야. 잠수함발사탄도미사일이 장착된 구식 핵잠수함 한 대를."

나는 다시 제자리에 우뚝 멈춰 섰다. 은수도 발걸음을 멈추고 내 쪽을 돌아보았다.

"끝까지 추적은 못 했어. 그쯤에서 회사 정리하느라. 나도 그거 알아낼 때까지만 버텨보려고 했는데, 위에서 압박이 장난 아니었거든. 나처럼 빽 없는 사람은 연방정부 등쌀에는 못 배겨나. 진짜 연방정부면 또 몰라도, 그 회사 사실상 연방조직도 아니잖아. 시키면 노인네들. 그림자 뒤에 숨어가지고."

"그럼 그 핵잠수함, 진짜 있는 거야?"

"확증은 못 잡았으니 잘 모르겠지만, 일단 위에서는 그렇게 알고 있을 거야. 사실 더 겁나는 건 그 무렵에 사라진 총알 한 발의 행방이겠지."

"총알?"

"핵탄두."

나는 찬 호흡을 가다듬었다. 그리고 다시 길을 걸었다. 핵탄두와 악마와 은경이가 놓여 있는 체스판. 깃발이 휘날리는 호텔 앞을 지나 언 발로 조심스럽게 굽이진 강가를 걸으면서, 나는 내 머리 위에서 휘날리고 있을 깃발을 상상했다.

그러고는 판을 엎듯 금세 머릿속을 깨끗하게 비웠다. 다시는 그 어떤 함정에도 걸려들지 않기 위해서였다.

은수가 말했다.

"회사가 왜 그렇게 김은경한테 목숨 거는지 알겠어?"

나는 말없이 고개를 끄덕였다.

"그래서 장무권 잔여 세력이 너를 미끼로 던질 수 있었던 거야. 상대가 미끼를 물지 않을 수가 없으니까."

"하지만 그 미끼를 삼킬 수는 없겠구나."

"그렇지. 그쪽에서 준 정보를 가지고 움직였다는 건 네가 그 사람들이랑 손을 잡았다는 의미로 읽히니까. 그리고 네가 연합했다는 건 김은경까지 전부 이어질 가능성이 있다는 뜻이기도 하고."

"그러니까 그 말은, 어떻게 되는 거야? 은경이한테는 그게 위협이 되는 거야? 아니면……."

"걱정돼?"

"물론이지."

은수는 한참 동안이나 내 얼굴을 바라보았다. 나는 그 표정의 의미를 알 수가 없었다.

"괜찮을 거야. 김은경은. 핵억지력이 확보됐다고 했잖아. 그게 원래는 연방을 보호하기 위한 핵억지력이었는데, 연방이 장무권을 숙청하면서 전넷과의 연결고리를 놓쳐버렸어. 방아쇠가 어디 있는지 모르는 거지. 그러니 그 핵우산이 누구를 보호하겠어? 더 이상 연방을 보호하지는 않을 거 아냐."

"최창수는 그 핵우산이 은경이를 보호하고 있다고 생각하는 거구나."

"그래. 김은경을 제거하면 세컨드 스트라이크가 자동으로 발동될지도 모른다고 생각하고 있겠지. 장무권 잔당이 다 와해돼도 보복공격에 쓰일 핵탄두 한 발은 남아 있을 테니까. 확률을 얼마로 보는지 모르겠지만, 아무리 희박한 확률이라도 핵탄두가 시내 한가운데에 떨어지기라도 한다고 쳐봐. 그 피해 규모를 가지고 기댓값을 계산하면 거의 무한대가 되니까."

"나를 미끼로 바쳐서 네 디코이를 장무권 쪽 세력에 접근시키려고 한 건 결국 그 잠수함 위치를 알아내기 위해서였나?"

"아마도. 그게 성공했으면 진짜로 잠수함을 확보했겠지. 그게 진짜로 존재하는 게 맞다면. 연방 노인네들 머릿속에만 떠 있는 게 아니라."

"있긴 있다며."

"그래. 있긴 있다고 말했지. 그렇게 말을 하긴 했는데, 함정이 한 단계 더 있는 것 같단 말이야."

은수는 다음 말을 잇지 않았다. 그리고 혼자서 생각에 잠겼다.

다시 발소리가 크게 들려왔다. 무언가 골똘히 생각할 때의 발걸음. 그런 마음가짐. 생각의 길 위를 한 걸음 한 걸음 조심스럽게 걸어가는 듯한 느낌. 생각이 뻗어나가는 길을 따라, 그림자처럼 발걸음이 따라오는 듯한 소리. 은수의 머릿속. 은수가 일하는 방식. 은수의 머릿속에서 은수와 나란히 걷는 듯한 기분.

조은수의 머릿속을 걷는다는 건 좋은 일일까, 아니면 위험한 일일까. 문득, 전략무기개발네트워크가 나를 미끼로 던져서 낚으려는 게 하나가 더 있었을지도 모른다는 생각이 들었다. 그리고 그건 아마도 내 옆에서 걷고 있는 사람, 조은수일 게 분명했다.

그렇게 한참을 걸어 예정된 장소에 다다랐다. 128명의 내가 모두 한자리에 모이기로 한 곳. 물론 내 눈에는 아무것도 보이지 않았다. 오로지 전장의 안개 너머, 저 높은 곳에서 내내 아래를 내려다보고 있는 거대한 악마들의 눈에만 보이는 내 잔상들.

은수가 그 자리에 멈춰 서서 전화기를 꺼내 들었다. 나 또한 그 옆에 잠자코 서 있었다. 128명의 내가 합쳐지는 시간. 바람이 매섭게 불어왔다. 길바닥에서 눈가루가 먼지처럼 피어올랐다.

"완전히 겹쳐져야 해. 한 발 왼쪽으로. 좋아."

보이지 않는 거울상들이 나를 향해 다가오고 있었다. 나와 같은 취향. 하지만 조금씩 다른 선택을 해온 디코이들. 그 선택이 너무 많이 쌓이지 않도록 몇 시간마다 한 번씩 무無로 돌아가는 내 그림자.

무로 돌아가지 않는 건 오로지 진짜 나밖에 없겠지. 그런데 나는 누굴까. 내 디코이들은 나의 어떤 부분을 복제해서 가져가는 걸까.

은수는 내가 어떤 사람이라고 생각하는 걸까. 은경이는?

은수를 바라보았다. 은수는 전화기 화면에 떠 있는 지도를 빤히 내려다보고 있었다. 그러더니 내 옆으로 다가와 눈앞에 그 화면을 들이밀었다.

"이렇게 모이는 거야. 지금은 딱 이 근처만 확대해놓으니까 겹쳐 보이지 않지만, 이걸 보헤미아Bohemia 전체 지도로 확대해봐. 이렇게. 그럼 보이지?"

딱 한 점. 체코 서부 어딘가에 밝게 빛나는 점 하나가 있었다. 그게 바로 내 현재 위치였다.

"최창수 눈에는 딱 이렇게 보일 거야. 128개를 다 추적하지는 못했겠지만, 위성으로 이 근처를 확대해서 보면 네 정수리가 백 개 넘게 찍혀 있겠지. 15분 전부터 전부 이쪽으로 이동하기 시작했으니까, 거의 전투기 같은 속도로 땅을 뚫고 날아온 디코이들도 있을 테고."

은수의 설명을 들으면서 나는 문득 그런 생각이 들었다. 그럼 내 적들도 내가 어떤 사람인지 속속들이 알고 있다는 말인가. 인적사항이나 신원진술서 같은 거야 당연히 갖고 있겠지만, 그런 것들만이 아니라 내 내면을 추측할 수 있는 자료들까지 전부 노출되어 있는 거라면. 나는 정말로 몸을 숨기고 있는 게 맞을까. 다 드러내 보였는데 뭘 더 숨길 수 있지? 디코이가 아무리 많다 한들 내면이 전부 파악됐다면 언젠가는 꼬리를 잡히는 게 아닐까.

그러는 사이에 디코이들이 모여들었다. 그리고 하나씩 혹은 여럿씩 내가 서 있는 곳으로 다가와 정확하게 한 점으로 겹쳐졌다. 잠시 후에 모든 점이 하나로 수렴되었다. 조금씩 꿈틀꿈틀 움직이는 점. 마치 바람에 흔들리는 별빛처럼.

"지금이야. 이쪽으로 와."

은수가 말했다. 그리고 그때였다. 점들이 갑자기 사방으로 퍼져나갔다. 수명을 다해 폭발하는 초신성처럼.

폭발음 같은 건 들려오지 않았다. 소리를 전할 공기가 없어서 아무 소리도 들리지 않는 우주공간의 대폭발처럼, 내가 서 있는 곳 주변은 폭발이 일어난 곳이라고는 상상도 할 수 없을 만큼 고요하고 한산했다. 그러나 나는 분명히 폭발하고 있었다. 누구는 두리번거리고 누구는 당당하게 걸어가고 누구는 일부러 혼란을 주려는 듯 왔다 갔다 계속해서 방향을 바꾸고. 그게 전부 내 가능성들이었다. 가지 않은 길들. 그러나 충분히 갈 수 있었던 길들.

나는 은수가 이끄는 대로 걸어갔다. 아까보다는 조금 더 빨라진 걸음걸이였다.

"어디로 가는 거야?"

"저격하러."

"내 디코이?"

"아니, 너."

길을 걸었다. 굵은 눈발이 흩날리고 있었다. 나는 은수를 따라 다리를 건너고 골목길을 오갔다. 방금 지난 다리를 다시 건너고, 골목길을 몇 번이나 들락날락했다. 선을 그리고 있는 게 분명했다. 맨 처음 조은수의 디코이를 불러냈을 때처럼, 위에서만 알아볼 수 있는 암호 같은 선을 그리려는 것이었다.

디코이들이 내 뒤를 따랐다. 여전히 어느 점이 나인지는 알 수 없는 상태였다.

은수는 가쁜 숨을 몰아쉬며 쉬지 않고 나를 이끌었다. 은수가 즐기기관차처럼 기침을 할 때마다 연기처럼 커다란 입김이 피어올랐다.

연기가 끊어질 때를 기다렸다가 은수에게 물었다.

"위성에 포착된다며. 넌 내 옆에서 걸어도 괜찮아? 네 옆에 있는 게 진짜 나일 거 아냐."

"내가 만들었는데 저기서 내가 보이게 했을 것 같냐? 나는 투명해. 저걸로는 안 보여."

은수가 숨을 헐떡이며 말을 이었다.

"1분 안에 저 끝까지 가야 해. 저 가로등 아래까지만 가면 돼. 거기에 가서 서 있어. 천천히 따라갈게."

다시 기침이 터졌다. 금방이라도 쓰러질 듯 허리를 굽힌 채 언 땅을 향해 기침을 뱉어내는 은수.

은수를 둘러업었다. 그리고 은수가 가리킨 방향을 향해 걸어갔다. 눈길에 발이 미끄러지지 않도록 조심조심. 하지만 할 수 있는 한 가장 빠른 걸음으로.

등에서 체온이 느껴졌다. 그냥 체온이라기보다 고열에 가까웠다.

"안 이래도 되는데."

은수가 속삭였다. 안 그래도 될 것 같은 목소리가 절대 아니었다.

"너랑 이렇게 나란히 걷고 싶었어."

"나도."

누가 먼저 한 말인지는 기억나지 않았다.

발이 미끄러져 눈밭에 몸이 앞으로 쓰러졌다. 다시 은수를 업고 자리에서 일어나, 불 꺼진 가로등을 향해 천천히 걸어갔다. 그리고 마침내 가로등 아래에 다다랐다. 은수를 내려놓고 위를 올려다보았다.

물론 아무것도 보이지 않았다.

"됐다. 접수 완료."

힘겨운 목소리로 은수가 말했다. 그러고는 다시 전화기를 꺼내 들었다. 전화기 화면에는 우리가 걸어온 동선이 새겨져 있었다.

"여기서 너를 없애면 돼."

은수가 품속에 손을 찔러 넣었다. 그러더니 총을 끄집어냈다. 눈에는 보이지 않는, 실제로는 존재하지 않는 투명한 총. 허공을 움켜쥔 손. 허공의 방아쇠에 걸려 있는 손가락. 은수가 그 총으로 내 심장을 겨누었다. 그리고 방아쇠를 잡아당겼다.

"빵!"

심장으로 날아드는 총알. 성대를 울리며 튀어나온 목소리. 다시 기침 소리.

현장에 나선 순간에는 단 한 번의 예외도 없이 상대의 미간 아니면 목을 노렸던 은수. 하지만 나한테만은 장난으로조차 얼굴을 겨누지 못하는, 진짜 은수.

"너는 이제 없어."

투명해졌다. 곧 디코이 반감기가 찾아왔다. 128개의 디코이가 64개로 줄어드는 순간. 내가 지워졌다. 검지도 하얗지도 않은, 투명한 나.

갑자기 은수의 눈에 눈물이 고였다. 어떻게 반응해야 할지 알 수가 없었다.

그게 끝이 아니었다. 우리는 다시 왔던 길을 되돌아갔다. 티모시 볼크가 머물던 곳, 그의 방을 향해서였다.

"너는 어차피 이 휴가가 마지막이었어."

은수가 말했다.
"알아."
"칼이 무뎌졌지?"
"그렇더라고."
"퇴로도 없을 거고. 일곱 달 남았나? 시한부 인생. 아깝다, 휴가."
"아깝지."
"그래도 김은경이 찾아왔잖냐. 면회도 와주고 좋겠다."
"그리고 너도."
잠시 침묵이 흘렀다.
"그래, 나도 왔지."
"나 때문에 온 거야?"
"응?"
"은경이 때문은 아니고?"
"동정심이 생겼냐? 글쎄."
"은경이는 널……."
"알아."
"알아?"
"그럼. 김은경이 너 낙하산으로 꽂아 넣고 나서 말이야……."
"내가 낙하산이었어?"
"몰랐어? 그렇지 않냐? 현장요원 치고는 운동신경이 뛰어난 것도 아니고, 분석요원을 할 만큼 엄청 머리가 좋은 것도 아니고. 뭐, 머리가 나쁘다는 건 아니지만 이쪽에서 필요한 자질이라는 게, 네가 가진 능력 같은 건 절대 아니니까."
"그랬군."

"스카우트라도 된 줄 알았어? 스카우트는 나지. 김은경이 누구한테 부탁했는지 널 낙하산으로 꽂아 넣고 나서 말이야, 또 인사시비가 있었어."

"나 때문에?"

"너 때문에. 근데 연방정부 하는 일이 만날 그래. 늘 인사시비야. 어디 출신을 얼마나 뽑느냐, 지역 안배는 어떻게 하고 상호견제는 어떻게 하고. 그러다 보니 사소한 것 같고도 시비가 생겨. 그래서 그 낙하산 논란 잠재우려고 날 데리고 온 거거든. 아주 파격 대우로."

"그건 성공이었겠구나."

"그래 보였겠지, 처음에는. 나중에는 골치가 좀 아팠겠지만. 그런데 그때 김은경이 날 골랐어."

"너야 뭐, 누군들."

"아니야. 그렇지도 않아. 선택의 폭이 꽤 넓었어. 그런데 누군가가 상당히 힘을 썼더라고. 무리해서."

"그래, 은경이라면 그랬을 거야. 널……"

"좋아했나? 글쎄. 좋아한 것 같지는 않은데. 그보다는 그냥…… 뭐, 됐어."

"이용했다고?"

"말하자면."

"마음을?"

"응. 어쩌면 날 이용한 게 아니라 널 이용한 걸지도 몰라."

은수의 말을 가만히 생각해보았다. 은경이가 은수를 영입하기 위해 일부러 나를 먼저 끌어들이기라도 했다는 말인가. 마음을 이용하려고.

그럴 리가 없었다. 은경이는 그런 식으로 움직이지 않았다. 적어도 내가 아는 한은. 물론 내가 아는 은경이가 은경이의 전부는 아닐지도 모른다. 하지만 나는 은경이를 꽤 잘 알고 있었다. 그렇게 믿고 있었다.

그러나 그와 동시에 부인할 수 없는 사실 한 가지가 머릿속에 떠올랐다. 나를 위험한 곳에 던져놓으면 결국 조은수를 끌어낼 수 있으리라는 사실. 은경이도 알았고 장무권 쪽 잔여 세력들도 알고 있었고 나 역시도 어느 정도는 짐작하고 있었던, 일종의 상식처럼 되어버린 어떤 마음에 관한 공식.

"그렇다고 네가 아무 의미 없는 미끼라는 뜻은 아니야. 최창수가 파놓은 함정에서 결국 빠져나왔잖아. 그것도 마지막 순간에. 그거 알아? 하필 마지막 순간에 빠져나오는 바람에 최창수가 꽤 골탕 먹었을 거다. 처음부터 안 걸려들었으면 그런 데 시간을 허비하지도 않았을 거고 상황도 벌써 다 정리됐겠지. 그러니까 자괴감 같은 건 가질 필요 없어. 그리고 그건 김은경도 마찬가지야. 김은경은 절대 만만한 사람 아니야."

은수가 속삭이듯 말했다.

"연방정부 늙은이들이 장무권 후계자로 김은경을 의심하는 이유가 다 있어. 다섯 겹의 주머니 속에 든 송곳 같은 애니까. 김은경은 자기확신이 강한 사람이야. 그냥 순종하고 조용히 지낼 애가 아니라고."

자기확신. 자기애. 문득 은경이의 맨살이 떠올랐다.

스물셋. 북쪽 나라의 어느 호숫가. 운전을 할 줄 모르는 은경이에게 선물로 들어온 하얀색 캠핑카. 속살이 드러나자 어깨며 목, 가슴으로 빠르게 번져가던 소름.

맨살이 닿는 감촉, 은경이의 숨소리. 은경이를 움직이는 작은 근육들. 관절들. 그리고 예민해진 감각.

입술, 손끝. 손으로 나누는 대화. 한 번도 배운 적 없는 언어들. 이렇게 해도 좋을까, 소리 없는 질문들. 동의의 뜻을 담은 이런저런 몸짓들. 이렇게 할 거야. 그래. 이렇게? 이렇게. 말 한마디 없이 이어지는 몸과 몸의 대화.

매혹. 황홀. 긴장. 포근함. 그리고, 그리고, 깨달음.

'나를 사랑하는 게 아니었구나.'

그 깨달음 뒤에 내 마음대로 붙여놓은 '아직은'이라는 단서.

나와 체온을 나누고 있던 바로 그 순간, 은경이를 매혹시키고 있었던 것은 아쉽게도 내가 아니었다. 물론 다른 누군가도 아니었다. 그것은 바로 은경이 자신이었다. 누군가의 손에 닿은 자신의 몸. 숭배받듯 조심스럽게 떠받들어지는 자기 가슴. 누군가의 시선을 사로잡는 쇄골. 충동적으로 떨리면서 동시에 우아하게 비틀리는 팔과 다리와 허리의 굴곡. 사랑받는 자신의 몸. 스스로 사랑해마지않는 그 사랑스러운 영혼.

나를 가장 미치게 만드는 건 은경이의 팔이었다. 길고 매끈한 팔. 예민한 부분에 내 손이 닿을 때마다 어느새 다가와 살짝살짝 밀쳐내며 견제하던 손. 그러다 어느 순간, 더 이상은 내 손을 밀쳐내지 않고 그대로 먼 곳에 머물러 있던 팔. 막아서고 싶지만 한편으로는 오히려 막고 싶지 않은, 단 하나일 수 없는 마음의 갈래. 움찔거리는 팔. 온몸을 내맡긴 채 내 몸이 닿는 대로, 그저 가만히 누워 경련하듯 움찔거리기만 하던 몸. 거기에서부터 길게 이어져 움직일 듯 말 듯 기묘하게 비틀리며, 황홀을 향해 날아가는 날갯짓이라는 게 얼마나 기괴하게 뒤틀려 있는지를 말없이 표현해주던 그 긴 팔다리.

나는 거울이었다. 영광스럽게도 나는 은경이의 온몸을 비출 수 있도록 허락받은, 은경이의 키보다 조금 크고 기다란 전신거울이었다.

그러나 그게 다였다. 더 이상은 가까이 다가가지 못했다. 더 다가갈 공간이 한참이나 남아 있다는 사실도 그때 처음 깨달았다. 어쩌면 영원히 좁혀지지 않을지도 모를 가깝고도 먼 마음의 거리.

화제를 돌렸다.
"아까 그 이야기는 뭐야? 함정이 한 단계 더 있는 것 같다는 이야기. 핵잠수함이 결국 진짜가 아닐지도 모른다는 거야?"
"아, 그거? 응."
"짚이는 데가 있어?"
"곤충연구소 때문에."
"그게 뭔데?"
"뭐긴, 말 그대로 곤충에 대해서 연구하는 데겠지."
"그게 왜?"
"그쪽 연구 인력한테 장무권 쪽 자금이 흘러간 적이 있거든. 큰 액수는 아니지만."
"곤충 연구를 왜 했지?"
"나도 모르겠더라고. 그런데 그거, 공식적으로는 장무권이 손댈 수 있는 분야가 아니거든. 돈세탁을 해야 쓸 수 있는 돈이라는 말인데, 동기가 이해가 안 갔어. 귀찮은 일을 벌였으니 뭔가 목적이 있었을 텐데. 그러다 그걸 찾은 거야."

"뭘?"

"IF라는 코드가 붙은 프로젝트. 꼬리가 하나 밟혔다고 해야 되나. 장무권이 진행하던 프로젝트 파일 이름 하나가 걸려들었는데 말이야, 그 프로젝트 코드가 IF라고, 전에 들어본 적이 없는 거였거든. 그러니까 아마 그게 비밀무기 프로젝트였겠지. 맞을 거야. 하긴 뭐, 그래봐야 그렇게 긴 꼬리라고는 할 수 없지. 그게 뭐의 약자인지도 몰랐으니까."

"핵잠수함이나 초장거리 발사체 코드는 확실히 아닌 것 같고."

"응. 그러다가 그 곤충연구소에서 이상한 걸 찾아낸 거야."

"이상한 벌레 같은 거?"

"아니, 풍동실험실이라고, 비행기 공기역학 같은 거 연구하는 시설이 있어. 그런데 그 곤충연구소에 그게 들어간 거지. 보통 풍동실험실에 비하면 소형이었지만 정밀도만큼은 어디에 내놔도 전혀 안 떨어지는 시설이었어. 그래서 그걸 좀 더 캐봤는데, 역시 자금 출처가 이상하더라고. 예산집행 방식이 다른 돈하고는 달랐어. 한참 동안 계속 자금줄을 추적했는데 아무것도 안 나오는 거야. 그래서 결국 접을 생각이었는데, 막판에 또 이상한 걸 봤지."

"이상한 거?"

"IF 코드. 딱 걸린 거지. '곤충,' 'IF,' 이렇게 추적해 들어가니까 한 가지가 툭 튀어나왔어. 그 곤충연구소에 있는 풍동실험실 이름에 IF라는 말이 딱 들어가 있더라고."

"그게 뭔데?"

"인섹트 플라이트Insect Flight. 그 IF 코드의 비밀은, 곤충비행 연구

였던 거야."

"응? 왜지? 생물무긴가?"

"생물무기였으면 풍동실험실 말고 유전학실험실이나 화학실험실 같은 걸 지원했겠지. 그만한 크기의 풍동실험실은 아무튼 희귀한 거거든."

"희귀하지만 전혀 없는 건 아니구나."

"어, 있었어. 그런 걸 이용해서 무기를 제조하는 시설이."

"다 찾은 거야?"

"그럼."

"무슨 공장인데?"

"잠시만 기다려봐. 결정적인 증거만 찾아내면 알려줄게. 여기에 있을 거야."

나는 발걸음을 멈추고 고개를 돌렸다. 은수가 가리키는 곳에는 티모시 볼크가 머물던 건물이 서 있었다.

'이런 곳에? 그냥 연극 평론가 아니었나? 곤충비행 실험 같은 것과 관련이 있다고?'

나는 은수를 따라 그 건물로 들어갔다. 한참 만에 맛보는 온기가 낯설게 느껴졌다. 호스텔 주인이 걱정스러운 눈으로 지켜보는 가운데 은수가 참았던 기침을 한꺼번에 터뜨렸다. 기침이 멎은 은수의 두 눈에 고통스러운 눈물이 맺혀 있었다.

곧 은수가 호스텔 주인에게 다가가 뭔가를 보이더니 그가 묵었던 방의 열쇠를 얻어왔다. 자연스럽다 못해 지나치게 느긋한 동작. 마치 일부러 우리 얼굴을 기억할 시간을 주려는 듯 과장스러운 몸짓.

"티모시 볼크의 편지야. 물론 내가 썼지만. 여권도 있고, 달러도 조금. 잠깐 뭘 가지러 갔다 온다고 했어. 진짜 잠깐이면 될 거야."

나는 고개를 끄덕였다. 그리고 계단을 따라 3층으로 올라갔다. 얼었던 몸이 스르르 녹아내려 오히려 걷는 품이 어색했다. 빠르게 온몸으로 파고드는 온기. 다시는 밖으로 나가고 싶지 않을 만큼 무기력해진 몸. 발가락에서 통증이 느껴졌다. 감각이 다시 살아나는 모양이었다. 다시 밖으로 나가야 할 텐데. 차라리 그냥 언 채로 있는 편이 나을 것을.

방문 앞에 다다랐다. 은수가 걸음을 멈추더니 열쇠구멍에 열쇠를 찔러 넣고 내 쪽을 바라보며 검지를 세워 입술에 갖다 댔다. 그리고 이렇게 속삭였다.

"문 열면 빨리 방 안으로 들어가. 바로 문 닫을 거니까. 그리고 안에 들어가면 아무 소리도 내면 안 된다. 알았지?"

나는 고개를 끄덕였다.

그러자 은수가 문을 열더니 재빨리 방 안으로 들어가 문고리를 잡고 섰다. 나는 은수가 지시한 대로 그 뒤에 바짝 붙어서 방 안으로 들어갔다.

문이 닫혔다. 도청장치 때문일까. 은수는 손가락을 계속 입술에 갖다 댄 채로 방 안 구석구석을 조심스럽게 살폈다. 증거를 찾는 모양이었다.

한 걸음 한 걸음, 소리를 내지 않도록 조심하면서 책상 쪽으로 다가갔다. 노트북 컴퓨터가 놓여 있었다. 내가 손가락으로 컴퓨터를 가리키자 은수가 고개를 끄덕이며 그쪽으로 다가왔다. 그리고 화면을 켠 다음 조금도 주저하지 않고 비밀번호를 입력했다.

'어떻게 한 거지?'

은수가 직접 파일을 찾아 삭제했다. 〈랑페의 결백〉에 관한 티모시 볼크의 원고 전문이었다. 그리고 가만히 컴퓨터에서 물러났다.

나는 은수가 컴퓨터를 뒤지지 않는 게 의아했다. 증거를 찾는다고 하지 않았던가. 그 방에 곤충비행 연구와 관련된 증거 비슷한 게 있을 만한 곳이라고는 단 한 군데, 바로 컴퓨터밖에 없었다. 그런데 은수는 그 컴퓨터에 무관심했다. 아무것도 기대할 게 없다는 태도였다.

은수는 방 구석구석을 살피고 있었다.

'그런 데를 뒤져서 뭐해? 날씨를 봐. 파리 한 마리도 못 살아남겠구만.'

그때였다. 갑자기 잊고 있던 무언가가 떠올랐다. 티모시 볼크의 글. 파리 한 마리도 살아남을 수 없는 차가운 날씨. 아니, 파리가 아니라 사람도 얼어붙을 만큼 고약한 바람. 웅덩이란 웅덩이는 다 얼어붙었을 겨울나라의 겨울. 이미 성체가 된 벌레라면 혹시 살아남을지 몰라도, 아직 탈피하지 않은 새끼라면 도대체 어디에서 온기와 습기를 동시에 찾아야 할지 도무지 알 수 없을 가혹한 환경.

'그런데 모기가 있었어. 티모시 볼크가 그랬잖아. 모기 소리가 들렸다고. 가고일이 날갯짓하는 소리로 착각까지 했다고. 물론 거기가 이 방은 아니겠지. 하지만 그래봐야 모라비아잖아. 거기가 여기보다 더 따뜻한 것도 아니고. 그런 일이 가능할 리가.'

은수는 모기를 찾고 있었다. 추위에도 떨지 않고 한겨울의 위세에도 겁먹지 않는 튼튼한 모기. 그러니까, 마치 인조인간 같은.

은수가 내 어깨를 툭툭 쳤다. 나는 그쪽으로 한 걸음 다가갔다. 은수의 시선이 향하는 곳. 벽이 천장과 만나는 곳에 작은 곤충 한 마리가 앉아 있었다. 모기라고 하기에는 좀 두껍고 파리라고 하기에는 너무 날렵한, 전에는 한 번도 본 적 없는 실루엣. 그리고 무엇보다, 파리나 모기와 비교하기에는 일단 크기부터가 너무 작았다.

그때 은수가 의자를 가리켰다. 내가 조심조심 의자를 가져오자 은수가 기침을 틀어막으며 그 위에 올라섰다. 그리고 주머니에서 뭔가를 꺼냈다. 금속재로 된 무언가였다. 화장품 통처럼 작고 납작한 모양이었지만, 그냥 금속 통이 아니라 무슨 특별한 목적을 위해 제작된 특수장비가 분명했다. 은수는 그 안에다 벌레를 집어넣었다. 그리고 뚜껑을 닫은 다음 스위치를 켰다. 벌레가 잠자코 통 안으로 들어간 것을 보면, 누가 접근하고 있다는 사실을 전혀 눈치채지 못한 모양이었다.

다시 은수가 손가락 하나를 들어올렸다. 한 마리가 더 있을 거라는 의미였다. 방 안을 뒤져 한 마리를 더 찾았다. 이번에는 침대 옆에서였다. 다시 금속 통에 불이 켜졌다.

그 통을 들고 방을 빠져나왔다. 계단을 내려가 로비에 열쇠를 반납한 다음 호스텔 대문을 열어 차가운 겨울바람을 다시 한 번 온몸으로 맞이했다.

"생각보다 시간이 오래 걸렸네. 서둘러야겠어. 시간이 그렇게 많지 않아. 최창수 쪽 현장요원이 달려오고 있을 거야. 저 아래에 차를 대기시켜놨어."

은수가 말했다. 서두르는 듯한 목소리였다. 그러나 분명 할 일을 다 마친 사람의 여유가 느껴지는 목소리이기도 했다.

눈보라를 뚫고 차 쪽으로 걸어가면서 은수에게 물었다.

"증거라는 게 그거야?"

"그래."

걷는 속도가 약간 벅찼는지 은수가 숨을 헐떡이며 대답했다. 하지만 속삭임은 아니었다. 바람 소리에 묻히지 않을 만큼 큰 소리. 그리고 조금은 들뜬 목소리였다. 나도 그렇게 큰 소리로 물었다.

"무슨 공장이었어? 그 풍동실험실!"

"아까 아이에프IF가 인섹트 플라이트랬지?"

"그래."

"장무권 쪽 작전 코드는 대문자가 아니라 소문자로 아이에프라고 씌어 있었어. 딱 이프if처럼 읽히게!"

"그런데? 그래서 그런 풍동실험실이 어떤 무기제조시설에 있다는 거야?"

"이거."

은수가 손에 든 두 개의 통을 들어 보이며 말했다.

"초소형비행체 생산공장! 그런데 이쪽은 소문자로 아이에프였어."

"소문자로? 그건 또 무슨 뜻인데?"

"글자 그대로 초소형비행체보다 더 작은 거. 초초소형비행체 정도? 무슨 말인지 모르겠어? 이 안에 든 거, 벌레가 아니고 비행기야. 사람이 만든 비행체! 장무권의 전략무기개발네트워크가 비밀리에 만들어낸 게 바로 이거야. 그러니까 김은경을 보호해줄 핵잠수함 같은 건 이디에도 존재하지 않는다고! 처음부터, 그리고 앞으로도 쭉!"

작은 비행기들

차를 몰고 카를로비 바리를 빠져나갔다. 눈이 계속해서 내리고 있었지만 도로에 차가 많지 않아서 운전하기가 그다지 불편하지는 않았다. 다시 눈 덮인 경사로 위. 20도는 되어 보이는 급한 내리막길. 어째서 돌아가는 길마저 내리막길일까. 내 세상은, 은경이와 나와 은수의 세상은, 도대체 어느 방향으로 기울어져 있는 걸까.

내리막 쪽으로 굴러떨어지는 느낌. 과속이 아니어도, 커브길이 나타나지 않아도, 자꾸만 브레이크 위에 발을 올려놓는 마음.

고개를 돌려 기울어진 지평선을 바라보았다. 내 몸이 세상과 똑같은 각도로 기울어져 있었다. 삐딱한 지면에 대해 정확히 수직으로. 그렇게 삐딱하게 놓여 있는 몸.

세상도 나도, 모든 게 삐딱해졌으니 아예 처음부터 아무것도 삐딱하지 않았던 걸로 해버려도 좋으련만, 여전히 삐딱해지지 않고 남아 있는 내 눈. 나는 그 눈이 본 것을 착시라고 말할 수가 없었다. 현장요원으로 무려 11년을 버티게 해준, 나에게 허락된 그 수많은 무기들 중 가장 중요한 무기이기 때문이었다.

눈을 크게 뜨고 다시 정면을 바라보았다. 내리막길이 끝없이 펼쳐져 있었다. 분명 내리막길이었다. 기울어진 쪽은 내 눈이 아니었다. 세상이었다. 그리고 그 기울기는 시간이 갈수록 더 가팔라지고 있었다. 앞으로도 한참을 더 그 길을 따라 달려가야만 할 것 같았다. 끝을 알 수 없는 저 아래 어딘가에서, 만나야 할 그 무언가를 만나게 될 때까지.

그런데 그게 뭘까. 혹시 은수는 알고 있을까.

차 안이 따뜻해지자 은수는 곧 잠이 들었다. 잠이 든 건지 쓰러진 건지 알 수가 없었다. 신경이 잔뜩 곤두서서, 운전하는 내내 뒷좌석에 귀를 기울여야 했다. 거의 10분 동안을 그렇게 달리고 나서야 마침내 숨소리가 고르게 들렸다.

나도 온몸에 온기가 퍼지면서 쌓였던 피로가 한꺼번에 밀려왔다. 하지만 아직은 차를 멈출 수가 없었다. 최창수가 보낸 현장요원이 몇 명이나 그 근처를 지날지 알 수 없기 때문이었다. 그런 인적 없는 도로에 차를 세워 괜히 지나가는 사람들의 시선을 끌 필요는 없었다.

은수는 카를로비 바리 남쪽, 언덕 너머에 있는 공항을 통해 이곳으로 날아왔다고 했다. 그리고 지금은 왔던 길로 되돌아가지 않고 나와 함께 다음 여정을 이어갈 예정이었다.

하지만 조은수를 믿어도 좋을까.

지금의 조은수는 은경이나 내가 기억하는 열여덟 열아홉 시절의 그 은수가 아니었다. 그것은 최근 몇 년 사이에 갑작스럽게 일어난 변화도 아니었다. 딱 스무 살이 되던 해부터 이미 그랬으니까.

나는 여전히 눈보라 속을 달려가고 있었다. 그러나 전장의 안개는 짙어 보이지 않았다. 적어도 수백 킬로미터 밖까지는 걸릴 것 없이 시야가 탁 트인 기분이었다. 나는 내가 놓여 있는 체스판이 어떻게 생겼는지를 대충 알 수 있었다. 심지어 그 위에 놓인 기물들, 혹은 상대방이 손에 든 카드들이 대강 어떤 종류인지까지 알 것 같았다.

그게 다 조은수 덕분이었다. 나는 조은수의 어깨 위에 올라앉아서 조은수의 눈으로 아래를 내려다보고 있었다. 완전히 신뢰할 수는 없다 해도, 전장의 안개에 싸여 아무것도 보지 못하는 것보다는 그편이 나았다. 그것도 조금 편리한 정도가 아니라 결정적인 차이라고 해도 좋을 만큼 이점이 많았다. 적어도 어디로 어떻게 움직여야 할지는 판단할 수 있게 됐으니까.

"어떻게 이프가 거기에 실전배치 됐는지 알았냐고? 장무권 잔당들 도청해서 알았지 뭐. 아까 그 호스텔에 있던 티모시 볼크의 노트북, 그거 인터넷 접속이 안 되는 거였거든. 문서 작업용으로 일부러 외부 접속을 차단해버린 거지. 그런데 그 초고는 어떻게 빼냈을까. 나도 못 빼내는 걸. 최창수도 아직 그 원고 자체는 못 봤을걸."

나는 졸음을 쫓아가며 은수가 한 말을 되짚어보았다.

"그런데 장준용이 그걸 알고 있더란 말이지. 아무데도 실리지 않은 미발표 초고를 너한테 딱 건네주기까지 했으니까. 더 신기한 건 뭔지 알아? 비밀번호를 알고 있더라고. 그 노트북 비밀번호를. 그건 말이 안 되거든. 그러니 답은 딱 하나지."

"외부에서 접속한 게 아니라 비밀번호를 입력하는 장면을 직접 본 거로군."

"그래, 그거. 그런데 문제가 있잖아."

"문제?"

"최창수가 감시하고 있었으니까. 현장을 직접 가서 보기는 했는데 보는 모습을 들키지는 않았다……. 그래서 의심한 거야. 초소형비행체를 정찰기로 썼을 가능성."

다음 목적지는 플젠Plzeň이었다. 그곳에는 은수가 임시로 마련해둔, 실험실로 쓸 작은 공간이 준비되어 있었다. 난방에 별로 신경을 쓰지 않은 창고 같은 건물.

도착하자마자 잠깐 눈을 붙였다. 기절하듯 잠에 빠져들었으나 깊이 잠들지는 못한 모양이었다.

얕은 새벽잠에 악몽이 끼어들었다. 잠들어 있는 내 모습을 위에서 가만히 내려다보고 있는 랑페의 악마. 등에는 커다란 날개가 달려 있었다. 날개는 생각보다 빠르게 움직였다. 글라이더처럼 천천히 묵직하게 움직이는 게 아니라 새처럼 가볍고 빠르게 움직이는 날개. 바람이 악마 주위를 맴돌았다. 한기에 몸이 잔뜩 움츠러들었다.

악마가 고개를 숙여 내 얼굴을 빤히 들여다보았다. 나는 눈을 감은 채로 랑페의 악마와 눈이 마주쳤다. 눈동자에서 심연이 느껴졌다. 어디를 보고 있는지 가늠할 수 없는 깊은 눈. 나를 뚫고 지나가 저 머나먼 곳 어딘가 내 존재의 근원이 놓여 있는 곳까지 아주 먼 곳을 응시하고 있는 듯한 새까만 눈동자.

이식형 콘택트렌즈. 시커먼 조직의 시각정보증폭장치.

눈동자가 안광을 띠었다. 이글거리는 눈빛. 그 눈빛을 기억하고 있었다. 죽었으나 아직 죽지 못한 사람들.

그 목소리가 들려왔다.

"버린 자."

바로 옆에서 누군가가 말해주는 것처럼 너무도 생생하고 현실적인 목소리였다. 나도 모르게 몸서리를 쳤다.

문틈으로 새어 들어오는 한기에 잠이 깨보니, 은수가 탁자 위에 놓인 장비를 가지고 무언가를 만지작거리고 있는 모습이 보였다. 아직 현실감을 회복하지 못하고 멍하니 그쪽을 바라보고 있는 나를 향해 은수가 들릴 듯 말 듯 힘없는 목소리로 말했다.

"더 자. 아직 새벽이야. 따뜻하지 않아서 별로지? 난방이 시원찮네. 그런 건 별로 신경을 안 쓰고 위치만 보고 골랐더니."

그 말이 한참 동안이나 귓가를 맴돌았다.

'조은수잖아. 조은수는 죽었는데. 그럼 저건 뭐지?'

잠을 떨쳐내고 현재 상황을 파악하기까지는 생각보다 시간이 많이 걸렸다. 한 30초쯤.

정신이 완전히 돌아왔다. 무슨 일이 있었는지 생생하게 기억이 났다. 긴 이틀이었다. 그렇게라도 한번 정리해두지 않으면 급할 때 당장 끄집어낼 수도 없을 만큼 방대하게 쌓여버린 기억 더미들. 하지만 아직도 정리가 덜 끝난, 나와 은경이와 은수에 관한 기억들.

"괜찮아. 그런데 너야말로 좀 쉬지. 또 일하는 거야?"

"아, 이거. 분해하고 있어."

은수가 초소형비행체를 담은 통을 들어 보였다. 밝은 데서 보니 안색이 너무나 안 좋았다. 나는 그저 말없이 고개를 끄덕였다. 다시 혼잣말처럼 은수가 말했다.

"방금 뭐가 열렸다 닫혔는데, 뭐지? 카메라가 달려 있네. 아직도 전지가 남아 있었나. 방전시키느라 넣어놨는데. 역시 내가 생각했던 거랑은 다르게 설계돼 있는 모양이고."

작은 비행기들 **175**

"그 기계는 뭐야?"

"아, 이거? 초소형정밀기계장치 수선할 때 쓰는 로봇 팔 같은 거야. 반자동 장비. 손으로 직접 다룰 크기가 아니니까. 지금 거에 딱 어울리는 건 아니고. 좀 더 정밀하게 움직이는 게 있었어야 하는 건데……. 야, 카메라구나, 이게. 진짜 아무것도 없네. 비행장치 빼면 조종장치하고 카메라뿐이군. 게다가 이건 비디오카메라도 아니잖아. 스틸 샷 사진기네."

나는 은수 곁으로 다가가 수술대 위에 놓인 작은 비행기를 들여다보았다. 알아볼 수 있는 게 아무것도 없었다.

"현미경으로 봐. 근데 이거 진짜, 잘 모르는 사람이 봐도 정말 단순한 구조네. 아무것도 없어. 전지 크기 좀 봐. 오히려 카메라 때문에 더 작게는 못 만들었겠구나. 카메라가 요만해. 송신장치 같은 것도 없어 보이고. 그럼 다른 놈 배 속에 들어 있던 게 송신장치였겠군. 촬영장치랑 전송장치를 두 마리로 나눴어."

"왜?"

내가 현미경을 들여다보며 물었다. 여전히 알아볼 만한 것은 별로 없었다. 날개 말고는.

은수가 대답했다.

"크기 때문에. 작게 만드는 게 제일 중요하니까. 촬영장치에 송신장치까지 한 대에 다 들어가 있었으면 아마 육안으로 쉽게 알아볼 정도로 크기가 커졌을 거야. 들켰을길. 그렇게 징시간 매복을 하고 있었으니. 아무튼 꽤 신경을 썼구나. 이런 세부 전술까지 개발할 정도면. 이거 원래 정찰용도 아니었을 텐데. 둘 다."

날개가 움직이는 모습을 들여다보며 은수에게 물었다.

"원래 정찰기가 아니야?"

"글쎄, 내가 보기에는 순수한 정찰 용도라기보다는, 공격용 기종이 따로 있겠지?"

"공격용?"

"정밀타격용 순항미사일처럼 쓰는……. 그런 게 아니면 설명이 안 돼."

"뭐가?"

은수는 작업에 완전히 정신이 팔린 듯 내 쪽을 돌아보지도 않고 건성으로 대답했다.

"핵탄두 말이야. 사라진 핵탄두. 핵잠수함에 안 실었으면 어디로 갔겠어? 행방이 어떻게 됐든 결국 장무권 입장에서는 돈으로 환산되지 않았을까. 핵탄두 하나에, SLBM이 장착된 핵잠수함 한 대 값이면, 이런 거 겨우 몇 대 만들고 끝날 돈은 아니거든."

"대량구매를 했을까?"

"장무권 조직 이름이 뭐야. 전략무기개발네트워크잖아. 네트워크라고, 연구소 한 개가 아니라. 그것도 전 세계에 조직이 퍼져 있는 초국적 생산네트워크. 보통 그런 데서 뭘 만들 때 얼마나 만들어? 열 개? 백 개?"

"대량생산했다는 거야?"

"아마도. 이걸 대량으로 구매한 게 아니라 아예 대량생산시설을 만들었겠지. 공격용 기종이 분명히 있을 테고, 그것도 최소한 만 대 단위로 있을 거야. 아니, 그게 통산 몇 대로 셀 수 있는 게 아닐걸. 스톡 개념으로는 세지도 못하고 어쩌면 플로우 개념으로 세야 될지도 몰라. 분기당 3만 대. 2/4분기 생산량은 거기서 플러스 마이너스 몇 퍼센트, 이런 식으로."

그게 전략적으로 어떤 의미가 있을까. 핵억지력을 보유하기 위한 전략무기를 그런 전술무기 대량생산체제로 바꿨을 때의 전략적 이점. 첫째는 사용할 수 있는 무기가 된다는 것이었다. 잠재적인 공격에 대한 보복공격용으로 어딘가에 꽁꽁 숨겨놓은 무기가 아니라 실제로 조금씩 사용할 수 있는 무기. 그리고 그 공격의 형태는 선제공격, 그것도 기습공격일 것이 분명했다. 아무도 대처 방법을 알지 못하는 사이, 상대의 무게중심에 광범위한 타격을 가해 전의를 상실하게 만드는 방식으로.

은수에게 말했다.

"그런데 그 무게중심이라는 게 여기가 아니잖아. 연방의 핵심이 뭐가 됐든, 그게 체코 같은 데 있을 리가 없으니까."

"내 생각도 그래."

"아무튼 공격 지점은 무조건 연방 수도 어딘가라는 거지?"

그 말에 은수가 마침내 내 쪽을 돌아보았다.

"그렇지 않을까?"

"그럼 장무권 쪽 잔당이 이 근처에서 어슬렁거리고 있는 건, 역시 미끼?"

"그렇지. 너만 미끼가 아니라는 소리지."

아무 대답도 하지 않았다. 나만 미끼가 됐던 게 아니라는 말은, 곧 은경이 역시 미끼였을 거라는 뜻이었다. 은경이 근처에서 최대한 긴장감을 고조시켜서 실제 공격 지점과 그 시기를 은폐하려는 전략.

"차라리 그 핵잠수함으로 김은경 머리 위에 핵우산을 씌워놓는 게 더 안전해 보이지?"

"그래."

핵잠수함이 존재하지 않는다는 사실이 밝혀지는 순간, 은경이는 더 이상 쓸모가 없어질 테니까.

"위급한 상황에서 굳이 김은경을 보호하려고 하지도 않을 거고."

다시 무대 위의 은경이를 떠올렸다. 은경이가 숨 쉴 수 있는 공간은 여전히 좁아 보였다.

은수가 로봇 팔을 움직이는 소리가 들렸다. 수술대 위에 놓인 작은 비행기가 빠르게 날개를 퍼덕였다.

"곧 장준용을 만나게 될 거야."

"응?"

"초대했거든."

한층 더 창백해진 얼굴로 은수가 말했다. 그리고 몇 분 뒤에 그 자리에 쓰러졌다. 절대 병원에는 데려가지 말라는 말을 남긴 뒤였다.

3부

후계자의 계보

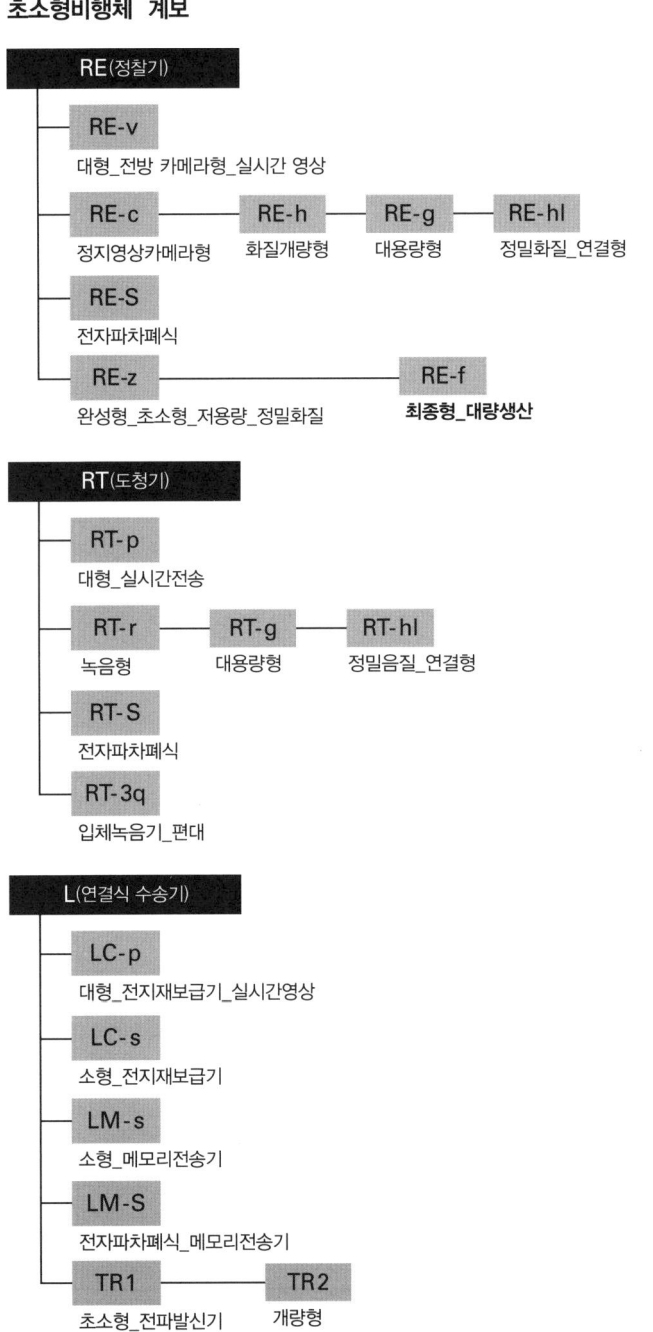

BT (조류퇴치기)

- **BT-q** — 음향공격기_편대
  - **BT-q2** — 개량형
- **BT-tx** — 독소공격기

F (공격기)

- **FB-p** — 대형_전방카메라형_폭격기_동체폭발식
- **FB1** — 초소형_폭격기_동체폭발식
  - **FB-h** — 폭발력_개량형
  - **FB2** — 비행성능_개량형
  - **FB-z** — 완성형_시제품_초소형_폭격기
  - **FB-f** — **최종형_대량생산**
- **TX** — 독소주입기_단발
  - **TX2** — 3발
  - **TX-H** — 체공식_시형형_단발
  - **TX-Hz** — 완성형_시제품
- **BG1** — 혈액채취기
  - **BG-H** — 체공식
- **SG1** — 저격유도기
  - **SG2** — 전파개량형
- **FB-S** — 초소형_공격기_전자파차폐식

BZ (소음발신기)

- **BZ-q** — 입체소음발신기_편대
  - **BZ-Hq** — 체공식
- **EP1** — 전자파충격기_자폭식

G0 (무중력침투기)

- **Go-p** — 관성비행시험기

핵심부품

"그렇게 복잡하게 생각하실 건 없습니다. 종류는 많지만, 결국 중요한 건 딱 한 종류뿐이니까요."

장식이 거의 없는 하얀 방. 눈앞에 검은 점 하나가 떠 있었다. 나는 그 점을 유심히 바라보았다. 그 점은 마치 원래부터 그 자리에 박혀 있기라도 한 듯 조금도 흔들리지 않고 똑같은 지점에 그대로 머물러 있었다. 나는 그 점의 생김새를 거의 알아볼 수 없었다. 그런 게 존재한다는 사실을 미리 알고 있는 사람이 아니라면, 아주 가까이에서 보고도 거의 눈치를 채지 못할 만큼 작고 정교하고 정확한 기계였다.

거의 무의식적으로 그쪽을 향해 손을 뻗었다. 그러자 붙박이처럼 허공에 박혀 있던 그 조그만 점이, 화들짝 놀라기라도 한 듯 크게 뒤로 물러났다. 그 곡선을 기억에 새겨 넣었다. 그것은 분명히 인공적인 선이었다. 기계적이기보다는 차라리 인간적인 느낌이 좀 더 짙게 밴 기체의 궤적. 나는 새로운 위치를 차지하고는 다시 그 자리에 멈춘 채 꼼짝도 하지 않고 있는 그 작은 점을 눈싸움하듯 가만히 들여다보았다.

"성능만 놓고 보면 시제품이 더 뛰어나죠. 잠재력을 거의 한계점까지 끌어올린 디자인이거든요. 이런 움직임을 얻기까지 시행착오를 한두 번 겪은 것도 아니고요."

그 말과 함께 허공에 머물러 있던 점이 재빠르게 움직이기 시작했다. 날아가다 멈춰 서고, 90도 이상 방향을 꺾어서 또 조금 날아가다 멈춰 서고. 곡선에 이어 직선으로, 아래로 축 늘어지듯 떨어지다가 갑자기 위로 솟구쳐 올랐다가, 벽을 타고 빠른 속도로 방을 한 바퀴 돌았다가, 원래 있던 자리로 돌아와 다시 점으로 변신이라도 한 듯 제자리에 가만히 멈춰 섰다가. 현기증이 일었다. 자연스러운 궤적이 아니기 때문일지도 몰랐다.

"소문자로 z라는 식별기호가 붙은 기종이 바로 이런 기종입니다. 시제품이라고도 부르고 완성형이라고도 부릅니다. 하지만 그게 최종형은 아닙니다."

나는 그를 돌아보았다. 그가 직접 조종하는 게 아니었다. 아마도 조종사는 다른 방에서 카메라를 통해 그 공간을 관찰하고 있는 것 같았다. 그가 설명을 계속했다.

"이 초소형비행체 계보의 최종 승자는 f라는 식별기호가 붙은 기종입니다. z계열보다 성능이 뛰어난 건 아니지만, 최종적으로 선택을 받은 디자인은 바로 이쪽이죠. 왜냐하면, 완성형 z디자인 기종은 보통 서른 대 이상은 생산할 수가 없거든요. 핵심부품 일부를 수작업으로 만들어내야 하니까요. 그렇지만 f디자인은 대량생산이 가능합니다. 성능을 희생해서라도 무조건 대량생산에 적합하게 재설계한 버전이거든요. 부품 생산만 계획대로 진행되면 그런 걸 하루에 수백 개씩 찍어낼 수 있다는 겁니다."

"그래서, 이제는 그런 걸 숨기지도 않고 가르쳐줘도 되겠다고 판단한 건가."

"동맹을 제안하는 거니까요. 우리한테 그 동맹이 왜 필요한지 아시는 게 좋지 않을까요. 뭐 제일 중요한 내용은 이미 다 파악하고 계신 것 같고요. 이런 건 굳이 숨길 것도 없죠."

"그럼 그쪽에서 생각하는 동맹의 목적이 뭐지?"

"조은수. 살아 있는 진짜 조은수죠."

"그렇게 당하고도?"

"상관없습니다. 리스크야 늘 있겠지만, 진짜라면야."

"나를 카를로비 바리로 보낸 건, 진짜 조은수를 무대 위로 끌어올리는 생각도 있었던 거겠지?"

"전혀 없었다고는 할 수 없죠. 크게 기대한 건 아니었지만."

"김은경과 당신들이 연합하게 되는 상황이 올지도 모른다고 했던 게 결국……."

"그렇습니다."

"그래도 여전히 그쪽 목표는 김은경이 아니라는 건가?"

"결국은 그렇게 될 겁니다. 조은수는 완성형이고 김은경은 최종형이라고 할 수 있으니까요."

나는 잠시 생각에 잠겼다. 다시 그가 말했다.

"결국 김은경을 후계자로 선택하기야 하겠지만, 그 전에는 조은수의 역할이 더 크다는 뜻입니다."

"어째서?"

"명분으로야 김은경이 낫지만, 실리로 따지면 조은수가 좀 더 확실하니까요. 조은수를 영입했다는 게 알려지면 작은 규모로나마 네트워크 핵심 부분이 다시 움직이기 시작할 겁니다. 그걸로 뭔가 일을 도모해봐야겠죠. 결과가 좋으면……."

비로소 은경이를 후계자로 인정할 여력이 생기겠지. 그 전에는 후계자고 뭐고 이어받을 조직 자체가 존재하지 않는 거나 다름없을 테니까.

"이제 와서 드리는 말씀이지만, 우리 쪽에서도 아직 정체를 드러내지 않은 사람들은 사실 앞으로 조직이 어떻게 되든 별 상관없다는 입장이거든요. 절박한 사람들이라고 해봐야, 저처럼 어느 정도 정체가 드러나버린 소수일 뿐이고요. 나머지는 그냥 각자 자기 손에 들어온 기술을 조용히 끌어 쥐고 잠적해버릴 생각인지, 사실 핵심 생산네트워크의 상당 부분이 이미 지하화해버린 정황이기도 하고요."

"통제가 안 돼?"

"원래부터 일방적으로 통제할 수 있는 조직이 아니었으니까요. 그래서 초기비용이 적게 든 건데, 아무튼 결과적으로는 자발적으로 기어 나오게 만들지 않으면 끝이죠."

"그래서 이벤트가 필요하다?"

그가 대답 대신 고개를 끄덕였다. 다시 내가 물었다.

"이벤트라는 건, 예를 들면 선제공격 같은 걸 말하는 건가?"

"역시."

그의 눈을 들여다보았다. '조은수의 자문을 받고 있는 게 확실하군요.'라는 말이 생략된 표정이었다. 나는 다시 한 번 조은수의 그림자 아래 서 있게 된 모양이었다.

은수는, 장준용이 나를 찾아올 것을 정확히 알고 있었다. 포획한 조소영비행체의 카메라가 자기 사진을 찍는 것을 보고 또 다른 기체를 통해 그 사진을 전략무기개발네트워크에 전송한 게 조은수 본인이었으니, 장준용이 우리를 찾아오리라고 미리 알아낸 것 자체는 그다지 신기한 게 아니었다. 정말로 신기한 건 다른 부분이었다. 장준용이 제 발로 내 앞에 나타나 묻지도 않은 조직의 비밀을 스스로 선선히 털어놓으리라는 것.

은수는 그들의 절박함을 잘 이해하고 있었다. 모든 일에 대비할 수 없을 때는 선제공격을 할 것. 내가 상대의 행동을 짐작하느라 쩔쩔맬 게 아니라 상대가 내 행동에 맞춰 반응하도록 주도권을 찾아올 것. 그 원칙대로였다.

"단도직입적으로 말해서, 우리 공격 계획은……."

"잠깐. 그것까지 말해주려고?"

"조은수를 설득하려는 겁니다. 그럴듯해 보이면 이쪽으로 합류하라고요."

이용하려는 게 아니라, 진짜로 동맹을 맺을 생각인 모양이었다. 악마든 뭐든 상관하지 않겠다는 태도. 그래도 되는 걸까. 그럴지도 모른다. 하지만 적어도 나에게만은 그런 태도가 용납되지 않았다. 나는 아직 혼자였으니까. 판단 착오는 절대 있어서는 안 됐다.

그가 계속해서 말을 이었다.

"공격 시점은 곧 있을 연방대의원대회. 연방 설립 후 쭉 이어온 관례대로 회의장 인근에 대의원 이외의 고위급 참관인들을 위한 숙소가 마련되어 있고요, 우리는 야간에 그 호텔로 침투할 계획입니다. 바로 요 기체, TX-Hz를 투입할 생각이고, 표적은 30명. 명단은 작성 중입니다. 방 구조가 똑같이 생겨서 침투로와 탈출로를 확보하기가 용이할 것으로 보이고, 거의 동시에 침투해서 잠복해 있다가 지정된 시간 오차범위 30초 안에 작전을 모두 끝내고 대략 12분 안에 건물 밖으로 모두 탈출할 계획입니다. 계획대로 잘만 진행된다면 무슨 일이 있었는지는 아무도 모를 테고, 대비가 불가능하니 2차공격도 역시 기습공격이 되겠죠. 물론 최상의 시나리오대로 흘러갔을 때 이야기입니다. 명단은 한 차례 기습공격으로 안보전략 라인을 일시에 마비시킬 수 있도록⋯⋯."

"조은수가 없었어도 어차피 진행할 생각 아니었나?"

내 말에 그가 말을 멈추고 조용히 고개를 끄덕였다.

"그건 수도에 있는 사람들이 할 일이고, 그럼 당신 임무는 소란을 피우는 정도? 상대가 전선이 이쪽이라고 착각하도록 말이지. 아마도, 김은경을 미끼로?"

다시 침묵이 흘렀다. 잠시 뒤에 그가 입을 열었다.

"구출 계획은 물론 우리 쪽에서도 생각해두고 있습니다. 다만 지금은 김은경에게 직접 접촉하기 어려운 단계고, 그보다는 현실적으로⋯⋯."

"우선순위에서 뒤로 밀렸겠지."

"그렇습니다."

"지금은 어떻지? 우선순위를 앞당길 생각이 있나?"

"동맹 요구조건입니까?"

"협상 전권을 갖고 있나?"

"물론입니다. 임무가 바뀌었으니까요. 조은수를 영입하는 게 언제나 첫 번째 목표였거든요. 언제든 조은수가 살아만 있다면. 그렇지 않으면 말씀하신 대로 그냥 소란이나 일으키는 게 제 주요 임무지만요."

다시 그의 얼굴을 가만히 들여다보았다. 신뢰해도 좋을까? 은수는 분명 부정적이었던 것 같은데.

"그런데 당신들, 조은수한테 정확히 뭘 요구하는 거지?"

"일단 조은수가 우리 쪽에 합류했다는 사실 자체."

"그걸로 충분해?"

"그것만으로도 최창수의 시선을 완전히 체코에 묶어둘 수 있을 테고, 또 이런 변수도 있습니다. 이 TX-Hz 독소주입기의 날개를 보세요. 보이지 않을 만큼 빠르게 움직이고 있지 않습니까. 그런데 저 한 번 한 번의 날갯짓 모두에 전지가 소모되는 게 아니거든요. 복잡하긴 한데 최대한 단순하게 말하자면, 안쪽에서 스프링처럼 빠르게 진동하는 부품 하나가 들어가 있어서 그게 저 비행 전체를 지탱하는 겁니다. 그런데 금속은 같은 동작을 반복하면 피로해지거든요. 진동을 충분히 전달하면서도 끊어지지 않고 계속 저 반복운동을 견뎌낼 수 있는 초정밀부품이라는 게, 생각보다 조달이 쉽지가 않아서요."

"핵심부품이겠군."

"핵심이죠. 금속도 아니고 유기체도 아니고, 아무튼 구하기 쉬운 물건이 아니니까요. 조은수가 있으면 그 핵심부품 생산 라인을 돌릴 수 있습니다."

"왜? 거기 조은수 팬클럽이라도 있어?"

"그렇게 말할 수도 있겠죠. 조은수를 발탁하고 키웠던 분들이 계시니까. 조은수와 아무 원한관계가 없는, 조은수에 대해서 가장 우호적인 입장을 취하고 있는 분들입니다."

"그런데?"

"그분들이 제시한 요구조건이 있습니다."

"뭐지?"

"또 다른 핵심부품."

"핵심부품? 그걸 조은수가 가지고 있다고?"

"조종장치에 들어가는 핵심부품. 거기까지만 알고 계시면 됩니다. 나머지는 조은수에게."

장준용이 나를 완전히 신뢰하고 있지는 않은 듯하다는 생각이 들었다. 조종장치라니, 그게 뭘까.

"그보다, 팀장님은 어떻게 조은수와 다시 연합하신 겁니까?"

"내가 고른 게 아니야. 조은수가 찾아온 거지."

"왜 신뢰하시는 거죠? 팀장님이야말로 그렇게 당하시고도?"

"이번에는 진짜였으니까. 진짜 살아 있는 조은수가 찾아왔잖아."

그러자 그가 대답했다.

"저도 똑같습니다."

"그렇겠지."

"아무튼 조은수에게 전달해주시면 고맙겠습니다. 합류한다면 서른 개의 표적 중 일부를 할당할 용의가 있다고요."

"지분이군. 그런데 그거, 사실상 청부살인 아닌가."

"뭐라고 부르시든. 현금보다 그런 식의 지분을 더 좋아하는 사람들도 있거든요."

'그래 가지고 한 번 기습공격에 안보 라인을 전부 무너뜨릴 만큼 정확한 타격이 되기나 하겠어?'

그를 돌려보내고 은수의 은신처로 돌아갔다. 미행은 처음부터 따라붙지 않았다. 사람 대신 초소형비행체가 따라붙기에는 겨울바람의 기세가 만만치 않았다.

은신처로 돌아가면서 조금 전에 장준용에게 한 말을 떠올렸다. 나는 조은수를 신뢰하고 있을까. 진짜 조은수면 덮어놓고 무조건 신뢰해도 좋은 걸까. 진짜 조은수보다 조은수의 디코이를 뒤집어쓴 최창수가 더 위험하다는 생각은 과연 타당할까.

그보다 그 조종장치라는 건 뭘까. 조은수가 전략무기개발네트워크의 일부가 되어 R&D 분야에 직접 참여하기라도 했단 말인가. 그것도 핵심부품과 관련된 일에. 그런 말은 없었는데. 마치 초소형비행체라는 걸 어제 처음 본 것처럼 말했는데.

그런 질문들에 대한 답을 알아내지 못한 채로, 느슨하게나마 새 동맹이 맺어지고 있었다. 그리고 그 동맹에서 나는 조은수의 대리 역을 맡고 있었다. 조은수의 전령, 조은수의 분신. 어디엔가 조은수를 숨겨놓은 채, 조은수를 조건으로 다른 무언가를 얻어내야 하는 협상가. 조은수가 전략무기개발네트워크에 전송한 사진은, 나에게 협상에 관한 모든 권한을 위임한다는 일종의 전권 위임장으로 통했다.

그래서였을까. 그들은 나를 의심하지 않았다. 경계하기는 했지만 그뿐이었다. 자신들이 그토록 애타게 찾고 있던 조은수라는 보물이 사실은 대리인인 내 손에 감금되어 있을 거라는 생각 같은 건 어쩌면 단 한 번도 해보지 않은 모양이었다.

감금. 그래, 감금이지. 은수는 지금쯤 깨어났을까.

시계를 들여다보았다. 그리고 몇 시간 전에 본 장면을 떠올렸다. 쓰러져 있는 은수를 소파로 옮기다가 우연히 보게 된 광경이었다. 은수의 손목에 나 있는 작은 상처.

시작은 그랬다. 대수롭지 않게 생각하고 넘겨도 그만인 상처였다.

그만큼 작은 흔적이었다. 그러나 나에게는 그렇지가 않았다. 나는 은수를 소파에 내려놓은 다음 그 자리에 그대로 쪼그리고 앉아 한참 동안이나 그 상처를 들여다보았다. 이제 거의 다 아문 상처. 상처라기보다는 흉터에 가까운, 열흘이나 보름쯤 된 작은 고통의 흔적.

덜컥 가슴이 내려앉았다. 숨을 깊이 들이쉬었다. 두려운 생각이 밀려왔다. 눈앞에 보이는 흉터 때문이 아니라, 앞으로 보게 될 것들 때문이었다.

나는 한 손으로 은수의 손목을 가볍게 쥔 다음 다른 한 손으로 은수의 옷소매를 걷어 올렸다. 아주 천천히. 마치 그렇게 하지 않으면 은수의 팔이 옷소매에 긁혀 또 다른 상처가 남기라도 할 것처럼.

상처가 이어져 있었다. 손목에서부터 팔을 따라 쭉 화상의 흔적이 드러났다. 제대로 치료를 받지도 못하고 아무렇게나 아물어버린 상처가 보였다. 팔꿈치까지 올라가자 주삿바늘로 인해 생긴 것 같은 흔적들이 여러 개 나타났다. 다른 상처들에 비하면 비교적 최근에 생긴 흔적 같았다.

'치료를 받은 흔적일까, 아니면……?'

아니면, 뭔가를 주입한 걸까. 다시 소매를 내린 다음, 은수가 입고 있는 겉옷을 노려보았다. 그리고 조심스럽게 지퍼를 내렸다. 목도리가 나타났다. 목도리를 풀고 옷깃을 들췄다. 목이 드러났다. 단추 두 개를 푼 다음 윗옷을 살짝 풀어헤쳤다.

다시 숨이 턱 막혔다. 완전히 아물지 않은 멍 자국이 나타났다. 가늘고 뾰족한 것에 피부가 관통당한 상처도 보였다.

그리고 그 상처는 하나가 아니었다. 무언가가 들어갔다가 나온 듯한 상처가 아래쪽을 향해 이어져 있었다. 어디까지 뻗어 있을지 가늠할 수 없는.

자리에서 일어나 아래를 내려다보았다. 긴 한숨이 새어나왔다.

의식을 잃고 쓰러져 있는 은수. 아무 이야기도 듣지 못했지만 나는 은수의 몸이 어쩌면 생명이 위태로울 만큼 위독한 상태일지도 모른다는 사실을 잘 알고 있었다. 조은수 자신도 숨기려 하지 않은, 아니, 어쩌면 숨길 수 있는 시기를 이미 훨씬 지나쳐버린, 더는 돌이킬 수 없는 진실 같은 것이었을지도 모른다. 은수의 수명이 이제는 그렇게 많이 남지 않았다는 사실.

그러니 그렇게 쓰러져 있는 은수를 보는 것만으로도 마음이 아프지 않을 수 없었다. 게다가 그런 끔찍한 상처라니. 그 짧은 여생의 출발 지점이, 그 길었던 삶의 마지막 기억이, 강요된 물음, 강요된 고통이었다니. 그동안 은수는 어디에서 무슨 일을 겪으며 살아왔던 걸까.

그러나 그와 동시에 무서운 생각이 고개를 쳐들었다. 감당할 수 없을 만큼 두려운 예감.

고문이었다. 어쩌면 세뇌였을지도 모른다.

끔찍한 생각들이 떠올랐다. 꼬리에 꼬리를 물고 이어지는 상상. 보지 않은 일들이 눈앞에 보였다. 듣지 않은 이야기가 자꾸만 떠올랐다. 병원에 데려가지 말라고 한 건 우리 위치가 탄로날까 봐서가 아니라 그 상처가 드러날까 봐 한 말인 것 같았다.

마지막 제거작전에서 조직이 포획한 건 조은수의 디코이만이 아니었을지도 모른다. 정말로 조은수 본인을 생포한 것일지도 모른다. 그때가 아니었다면 그다음에라도.

얼마나 붙들려 있었던 걸까. 그리고 무슨 일을 겪었던 걸까.

눈물이 핑 돌았다. 어떻게 그럴 수가. 어떻게 은수에게 그런 일이 일어날 수 있을까. 모두가 악마처럼 두려워한 사람이기는 했지만, 진짜 악마는 아니었는데.

가만히 은수를 내려다보았다. 감겨 있는 두 눈. 메마른 입술. 의식을 잃고 쓰러져 있는 은수. 아무 말도 하지 않고 아무 행동도 하지 않고 아무 표정도 짓지 않고 아무 생각도 하지 않는 은수. 조은수로서 기능하고 있지 않은, 모든 기능을 다 정지시킨 채 그냥 있는 그대로 존재할 따름인, 진짜 조은수라고 불러도 좋을 유일한 상태.

하지만 눈을 뜨면 곧 거짓말이 되겠지. 아마도 최창수의 미끼가 되어 나를 얽어매겠지. 아무리 의심해도 결국 설득당할 수밖에 없는, 다른 사람은 몰라도 적어도 나에게만은, 빠져나가기에는 너무나 무거운 조은수라는 이름의 새빨간 거짓말.

뭘 어떻게 해서가 아니라 조은수라는 존재 자체가 나에게는 함정이 될 것이다. 장준용이 그토록 확신에 차서 말한 것처럼, 아무것도 하지 않고 그냥 살아서 가만히 숨만 쉬고 있어도 우리는 결국 그 함정에 걸려들고 말 것이다. 그러라고 은수를 나에게 보낸 거겠지.

나는 정신을 차리고, 쓰러지기 전에 은수가 알려준 대로 응급조치를 했다. 가방을 뒤져 주사기를 찾아낸 다음, 다시 팔을 걷어 이름 모를 약물을 주사했다. 새로 만들어진 주사 자국 바로 근처에 나 있는 흉터들을 보면서 그런 생각이 들었다.

'어차피 숨길 생각도 아니었구나. 기만으로 속아 넘어가는 함정이 아니라, 어떻게 해도 걸려들 수밖에 없는 촘촘한 그물 같은 포위망이라고 생각한 거구나.'

응급조치를 끝낸 다음 무거운 마음으로 은수의 손발을 묶었다. 어차피 설득당할 거짓말이라면 깨어나기 전에 미리 묶어두기라도 해야 공정한 싸움이 될 것이라는 생각에서였다.
'은수는 깨어났을까.'
은신처로 돌아가는 내내 그 생각이 머릿속에 가득했다. 발걸음이 점점 더 빨라지는 것 같았다.
동맹이 맺어지려는 순간이었다. 그 동맹이 맺어지면 진짜로 은경이를 구해낼 수 있을지도 모른다. 하지만 아직은 마음을 놓을 수가 없었다. 제일 중요한 것 하나가 빠져 있었기 때문이다. 내 손에는, 새 동맹 파트너가 가장 간절히 원하는 것, 복잡하지도 애매하지도 않은 단 하나의 조건, 바로 조은수가 빠져 있었다. 조은수를 팔아먹을 수 없다면 동맹도 없다. 그리고 지금의 조은수는 내 것이 아니었다. 내 것은 고사하고, 오히려 함정일지도 모르는 상태였다.
은수의 이야기를 들어야 했다. 그리고 절대 설득당하지 않아야 했다. 그럴 수 있을까. 자신이 없었다. 그래도 꼭 그래야 했다. 그러지 않으면 결국 은경이만 조금 더 고립되고 말 테니까.
그러나 은경이를 고립시키지 않기 위해 은수를 고립시키는 건 괜찮은 일일까. 정말로 그래도 되는 걸까. 그것 또한 함정이 아닐까. 그런 꼴이 되어버린 은수를 보는 것 자체가 은수의 입장을 난처하게 만드는 일이라는 것쯤은 저쪽에서도 이미 다 알고 있을 텐데. 다 알고 던져놓은 미끼일 텐데.

문을 열고 은신처 안으로 들어섰다. 은수는 이미 깨어 있었다. 나는 무표정한 얼굴로 은수를 바라보았다. 은수 역시 마찬가지였다.
"설득해봐."

내가 먼저 말을 건넸다. 대답 대신 긴 침묵이 되돌아왔다. 나는 대답을 재촉하지 않았다. 대신 그 침묵을 읽어내려고 애썼다.

마침내 은수가 말문을 열었다.

"설득할 생각은 없어. 설득하기 어려울 거라는 것도 잘 알고. 무슨 말을 해도 궁색한 변명으로밖에 안 들릴 테니까. 그런 줄 알고 풀어준 거야, 저쪽에서도. 설득하기 쉽지 않은 상황이라는 걸 알고."

힘없는 목소리였다. 체념한 듯 맥없는 속삭임이었다.

"그리고 설명하지도 않을 거야. 말하고 싶지 않은 이야기니까. 평생."

평생이란 말에, 복잡했던 머릿속이 깨끗하게 비워졌다. 은수에게 남은 시간이라는 건 얼마나 될까. 일곱 달 남아 있던 나의 여생은 이제 얼마나 남아 있을까. 더는 강요할 수 없는 물음이었다. 그런 여생을 걸고 하는 말이라면.

다시 은수가 말했다.

"날 너한테 보낸 게 아니야. 그냥 풀어놓은 거지. 그래. 풀어놓으면 어차피 너한테로 갈 거라는 건 알았겠지. 그러면 장무권 잔당들이 다시 너를 찾아내게 돼 있었을 테고. 그러니까 너만 추적하면 모든 걸 알아낼 수 있다고 생각한 거야. 그런데 내가 널 지울 수 있을 줄은 몰랐을걸. 네 흔적뿐 아니라 디코이까지 전부. 그리고 내가 티모시 볼크의 방에서 뭘 찾아내게 될지도. 그래서 온 거야. 전부 저쪽이 의도한 대로 되는 건 아니니까."

예상했던 말이었다. 그런 말을 듣는다고 의문이 해결되는 건 아니었다.

"내가 그 말을 믿어야 돼?"

"처음부터 말했잖아. 반만 믿으면 충분하다고. 나에 대한 신뢰 같은 건 바라지도 않아. 너한테 나는 최우선이 아닐 테니까. 그런 건 괜찮아. 신경도 안 써. 하지만 진짜로 화가 나는 게 뭔지 아냐? 네가 나를 이렇게 묶어뒀다는 거야. 이럴 줄은 몰랐다. 봤잖아, 그 상처. 내가 겪은 일을 조금이라도 마음 아파했다면 이렇게 내 손발을 묶어둘 수는 없었을 거다. 못 믿겠으면 차라리 그냥 없애버리지 그랬어? 그게 네 직업이잖아. 다시 눈뜨지 못해도 상관없었어. 그게 마지막이어도 괜찮았다고. 마지막으로 본 게 너였으니까. 그런데 이게 뭐야? 내가 꼭 이 꼴을 하고 정신이 들었어야 하는 거냐? 이건 진짜…… 죽었으면 죽었지 두 번 다시 겪고 싶지 않은 일이었다고."

은수는 그날 일을 이야기하고 있었다. 연방영재학교 시절의 어느 축제날. 손발이 묶인 채, 하필 은경이가 등장하는 연극무대에, 거꾸로 매달린 채로 서서히 내려지던 순간. 나와 마주친 두 눈. 당황한 듯 일그러진 표정. 두 번 다시는 떠올리고 싶지 않았을, 치욕적이고도 날카로운 기억.

말없이 은수를 바라보았다. 은수는 옆으로 누운 채로 내 발을 빤히 내려다보면서 의외로 차분한 목소리로 그 말을 내뱉었다. 격정 같은 것은 느껴지지 않는 목소리였지만, 그렇다고 그 말이 주는 전율이 반감되는 것은 아니었다.

순간, 슬픔이 밀려왔다. 그리고 다시 긴 침묵이 흘렀다.

설득할 수 없는 말. 설득당할 수 없는 말. 격정을 싣지도 못하는 관계. 그렇게 일부러 생략해놓은 격정을 그냥 못 보고 지나칠 수도 없게 된 사이.

좀 더 좋은 시기에 너를 다시 만났더라면. 따뜻한 바람이 부는 어느 한가한 오후에 길을 걷다 우연히, 그 누구의 의도도 개입되지 않은 채 정말로 우연히 마주친 거라면. 그런 우연이 허락될 때까지 충분히 오래 기다릴 수만 있었다면. 너와 나, 둘 중 어느 누구도 이 만남을 억지로 재촉할 필요가 없었다면. 그랬다면 우리는 지금보다 행복했을까?

카를로비 바리에서 우리가 주고받은 말이 떠올랐다. 누가 먼저 말했는지 알 수도 없는, 어쩌면 그걸 굳이 따질 필요조차 없을 정도로, 두 사람 모두에게 간절했던 그 말.

"너랑 이렇게 나란히 걷고 싶었어."
"나도."

은수의 시선이 좀 더 아래쪽을 향했다. 눈물 말고는 더 떨어질 게 없는 곳.

담담한 목소리로 내가 말했다.

"장준용을 만났어. 손을 잡자고 하더라고. 지금 당장은 원하는 게 아무것도 없대. 그냥 네가 합류하기만 하면, 그것만 가지고도 그쪽 나름대로는 목적을 달성할 수 있다고. 지금 당장은."

"아닐걸."

은수가 말했다.

"나한테 원하는 게 하나가 더 있어."

내가 물었다. 궁금함마저 생략한 건조한 목소리로.

"뭔데?"

"조종장치."

"네가 개발한 거야?"

은수도 역시 건조한 목소리로 대답했다.

"장무권 때문에 개발한 건 아니야. 그쪽에서 일방적으로 관심을 가진 거지. 장무권이 살아 있을 때부터. 그때는 왜 자꾸 거기에 눈독을 들이는지 계속 궁금했어. 사실 오늘 아침까지도 몰랐고."

내가 모르는 이야기였다. 그러니까 여기가 바로 균열이었다. 아주 작은 균열. 정체가 뭔지 정확히는 알 수 없지만, 아무튼 좀 더 파고들어야 할 무언가. 별로 그러고 싶지 않았는데도 굳이 은수를 묶어야만 했던 이유.

'내가 너를 이렇게 만들지 않았어도 네가 그 이야기를 나한테 털어놨을까.'

일단 균열을 발견했으니 물을 붓고 그 물을 얼려야 했다. 부피가 늘어난 얼음이 틈새 양쪽의 바위를 밀어내도록.

"그쪽에서는 그런 말 안 하던데."

물을 부었다. 틈을 벌리기 위해 정보를 왜곡했다. 은수가 대답했다.

"네가 중간에 있으니까 말을 안 했겠지. 널 동맹에 끼워줄 생각이 없었던 거야. 어쨌거나 넌 김은경을 첫 번째 조건으로 내걸 테니까. 그 전에 나를 직접 만나서, 혹시 내 요구조건은 좀 다른지 확인하려고 들걸. 어쩌면 내가 그걸 조종기로 쓸 수 있다는 사실을 아는지 어떤지 확신이 없었을지도 몰라."

빈틈없는 대답이었다. 균열이 드러나고, 내가 그곳을 빤히 노려보고 있다는 사실을 알고 있는데도 은수는 별로 흔들리지 않았다. 당황하지도 망설이지도 않는, 전혀 방어적일 필요가 없다는 듯 단호하고 또 견고한 입장. 허장성세일까, 틈새를 잘못 파고든 걸까.

그래도 다시 질문을 이어가야 했다.

"왜? 왜 확신이 없어?"

"원래 조종장치로 개발한 게 아니니까. 잘만 하면 조종장치로 쓰일 수도 있을 뿐이지. 장준용이 뭐래? 내가 합류하면 어떤 식으로 목적이 달성되는지 이야기했나?"

"핵심부품 생산체계가 돌아간다고."

"거봐. 그럼 그거 맞아. 그쪽 노인네들, 숙청 안 당하려고 아마 몸을 잔뜩 사리고 있겠지. 최소한 그 정도는 확보를 해야 승산이 있다고 생각하는 거야."

"그 조종장치?"

내 시선을 외면한 채 은수가 고개를 끄덕였다.

"갖고 있어?"

"그럼."

"넘겨줄 거야?"

"협상해야지. 그걸로 얻어내야 할 게 있으니까. 안 그래?"

얻어내야 할 것. 그래, 은경이. 나도 모르게 그만 고개를 끄덕이고 말았다. 그리고 고개를 끄덕였다는 사실을 깨달은 순간, 대화를 멈추고 밖으로 나갔다. 은수를 그대로 남겨둔 채.

설득을 당했다. 알고 있었는데도 피할 수가 없었다. 어쩌면 피할 방법 같은 건 처음부터 아예 없었을지도 모른다. 그리고 그건 내가 정말로 듣고 싶었던 이야기가 아니었다.

그 후로 쭉 몇 시간 동안, 나는 좀처럼 끝나지 않을 것 같은 긴 고민에 빠져들었다.

'어떻게 해야 할까. 그리고 이 고민, 과연 결론을 낼 수 있는 고민이기는 한 걸까?'

실로 오랜만에 한파가 주춤해진 날이었다. 오후에는 잠깐 햇빛이 비치기도 했다. 은수에게도 햇빛을 보여주고 싶었지만 채광에 거의 신경을 쓰지 않은 건물이라 그럴 수가 없었다.

다시 세상이 5도 정도 더 기울었다. 벌써 30도나 경사진 내리막길 위의 세계. 마냥 한가할 수만은 없는 오후였다. 다시 무언가를 해야만 했다. 나에게 그 무언가란 오로지 은수뿐이었다. 내 질문을 받아줄 유일한 사람. 질문을 던져 그 작은 균열 사이로 파고들어야 했다.

묶었던 끈은 풀어주기로 했다. 조은수의 진짜 중요한 부분은 그런 끈 같은 걸로 결박할 수 있는 게 아닐 테니까. 그리고 이미 은수의 영혼은 붙들어 매는 게 무의미할 만큼 약해져 있었으니까.

그렇게 또 마음이 무너졌다.

"금방 찾을 수는 있어."

은수가 발목을 매만지며 힘겹게 말을 이었다.

"그런데 내가 그걸 찾기 시작하면 최창수한테 의도가 노출될 거야."

"최창수도 아는 거로군."

"알긴 알겠지. 내가 갖고 있던 자료들이랑 거의 비슷한 규모의 사본을 가지고 있으니까. 다만 뭐가 중요한 건지 모르고 있을 뿐이지."

"그래서, 어쩌게?"

"견본이 있거든. 시제품. 물론 장준용이 원하는 건 그냥 시제품 수준은 아니야. 직접 제작을 해야 하니까 결국은 데이터를 요구할 텐데, 일단은 이걸로 거래를 할 수 있을 거야. 데이터는 천천히 넘겨주기로 하고."

"그래. 이쪽 카드를 미리부터 다 내밀 필요는 없으니까. 어차피 저쪽도 첫 시연 같은 걸 하려는 셈일 테고. 그런데 그건 어떤 거야? 그 조종장치라는 거?"

그때였다. 해야 할 변명을 전부 생략하고도 여전히 완벽하게만 보이던 은수의 세계에, 흠집이라고 불러도 좋을 커다란 균열이 생겨난 순간.

"아, 그거?"

내 질문을 받은 은수의 얼굴에 어쩔 수 없다는 듯한 표정이 떠올랐다. 잠깐 동안의 망설임. 별로 이상할 것도 없는 균열. 무언가의 전조라고 느끼기에는 너무나 평범하고 사소한 제스처. 하지만 나는 그 순간, 은수가 왜 그런 표정을 짓는지가 궁금했다.

도대체 뭐가 이상한 건지는 알 수가 없었다. 그런데 분명 뭔가 이상했다. 본능적으로 그런 생각이 떠올랐다. 아, 이 대목이 제일 중요한 부분이구나. 무슨 일인가가 벌어지려 하는구나.

그리고 곧 은수의 말이 이어졌다. 전혀 생각지도 못했던 깜짝 놀랄 만한 이야기였다.

"원래는 조종장치가 아니야. 그냥 시각정보증폭장치 정도로 개발한 건데, 생긴 건 보통 콘택트렌즈처럼 생겼어. 흔히들 눈에 보이는 걸 해설해주는 증강현실 안경의 축소판 정도로 생각하는데, 이건 그런 게 아니야. 좀 더 섬세한 기계거든. 눈을 훨씬 더 잘 보이게 해주는 거랄까. 색깔도 훨씬 선명하게 보이고, 윤곽선도 더 뚜렷하게 보이고. 정보량이 너무 많아서 뇌에 좀 무리가 가기는 하는데……."

나는 숨을 죽이고 은수의 말을 듣고 있었다. 그러다 문득 숨을 죽여서는 안 되겠다는 생각이 들었다. 천천히 숨을 내뱉었다. 그리고 다시 들이쉬었다. 어색하지 않게. 누가 봐도 자연스럽게.

하지만 집중하기가 쉽지는 않았다. 머릿속이 온통 이런 말들로 가득 차 있었다.

시각정보증폭장치! 그리고 콘택트렌즈!

시선을 천천히 다른 곳으로 돌렸다. 동공이 커지는 게 느껴졌기 때문이다.

'뇌에 무리가 가는 어떤 일!'

들어서는 안 될 이야기를 들은 것 같았다. 뭐가 그렇게 이상하게 느껴졌는지 알 것만 같았다. 은수 역시 마찬가지였다. 스스로도 그 이야기를 어색하게 느끼고 있었다. 그리고 그 어색함을 감추려 하고 있었다. 왜일까. 왜 저 이야기가 은수의 입에서 나오는 걸까.

침이 꼴딱 넘어가는 것을 간신히 참았다. 재빨리 물병을 집어 들고는 물 한 모금을 입에 머금었다. 은수의 눈빛이 아주 살짝 흔들렸다. 하지만 다행히 하던 말을 멈추지는 않았다.

"신경에 직접 작용하니까 뇌에 부담을 주더라고. 그래서 그 부담을 줄여야 했거든. 선명해진 정보를 전부 다 뇌로 보내는 게 아니라 일부만 선택해서 보내기로 한 거야. 그러려면 눈이 어디를 집중해서 보려고 하는지 알아야 되는데, 그래서 시신경과 렌즈 사이의 미세한 상호작용을 분석하는 쪽으로 개발 계획이 살짝 바뀐 거지."

가슴이 두근거렸다. 그 작지 않은 진동에 내 몸의 다른 부분들이 요동을 칠 것만 같았다. 그럴수록 몸을 움직여야 했다. 그냥 잠자코 있을 수만은 없었다. 은수가 어색하게 느끼지 않도록 무언가 반응을 해야 했다. 나는 그 상황에서 내가 낼 수 있는 가장 태연한 목소리로 질문을 던졌다. 그러기 위해 온 신경을 집중했다.

"그게 어떻게 조종장치가 되는 거지?"

"시신경에만 영향을 미치는 게 아니라는 걸 알았거든. 운동반응이 전체적으로 빨라지는 효과가 나타났는데, 잘만 컨트롤하면 몸 전체의 운동신경을 좀 더 효과적인 방식으로 조절할 수 있다는 걸 알게 된 거야. 그러니까……."

"살인에 적합하게?"

"그래. 분노했을 때나 생명의 위협을 느꼈을 때보다 훨씬 더 싸움에 적합하게 바뀌면서 흥분은 오히려 가라앉는 거지. 판단력이 더 좋아진다는 뜻이야. 물론 훈련을 한 10년쯤 하면 다 되는 거겠지만, 그 훈련을 안 하고도 그런 경지에 오를 수 있다면 그걸 누가 마다하겠어. 그런데 그게 거기에서 끝나지 않은 거야."

"왜?"

"워낙 세밀한 과정이라, 점점 더 깊이 들어갈수록 아무도 예상 못 했던 특이한 결과가 발견되곤 했거든."

"예를 들어?"

"예를 들어 아무도 입력하지 않은 정보에 대한 출력 같은 거. 아무 정보가 주어지지 않았는데도, 시신경이 증폭장치에 반응을 하는 거야."

"환각 이야기야?"

현장 곳곳에서 악마를 본 기억을 떠올렸다. 그건 환각이 아니었다. 진짜였다. 나는 내 눈을 의심하지 않았다. 그런데 설명을 할 수가 없었다. 그건 대체 뭐였을까. 뭘 본 걸까. 은수의 설명이 이어졌다.

"그 반응만 놓고 보면 그렇게 들리지. 그런데 정작 그걸 차용한 사람은 아무것도 모르더라고. 뭘 본 게 아니었어. 환각이 아니라 아무것도 본 적이 없는 거지. 그런데 그것보다 더 신기한 건 오히려 증폭장치 쪽이었거든. 원래 그 증폭장치가, 눈이 하는 말을 듣게 돼 있긴 했어. 그러니까 시야에 뭔가가 들어올 때, 눈에서 뇌까지 이어지는 시각체계가 정확히 어떤 정보에 관심을 갖는지 측정하게 돼 있었단 말이야. 단, 시야에 뭔가가 들어왔을 때에만. 그런데 이 장치가, 분명히 아무것도 안 보여줬는데 반응을 하는 거야. 아주 미세하게."

"그거야, 눈을 감고 있어도 눈은 움직이니까. 진짜로 아무것도 안 보이는 것도 아니고."

"그러니까 그 반응 이상의 뭔가를 출력했다는 소리야. 과정은 복잡하지만 아무튼 결론만 말하면 눈이 뭔가를 내보냈다는 뜻이거든."

"대화를 했다는 거야?"

"정확히 그 표현대로야. 대화. 우리 모르게 대화를 한 거지. 렌즈를 착용한 사람과 그걸 관찰하는 사람들도 알지 못하는 사이에, 자기들끼리만 대화를 한 거였어. 렌즈랑 시신경이. 그건 정말로 이상한 일이었거든. 정말로. 그래서 개발 방향이 완전히 변경됐어."

"뇌 연구 같은 걸로?"

"어. 뇌가 하는 이야기를 직접 포착해내는 기술 쪽으로."

"그래서 그걸 조종장치로 이용할 수 있다는 거구나. 뇌파 조종 같은 개념으로."

"그렇지. 뇌파보다 좀 더 직접적인 방식이지만. 저쪽은 이프를 대량생산할 생각이니까, 여러 명이 비행기 한 대에 달라붙어서 운용하는 방식으로 가지는 못할 테고, 반대로 한 명이 수백수천 대를 다루는 시스템을 구축해야 할 거야. 그런 상황이면 뭔가 엄청나게 효율적인 조종 방식이 필요하지 않을까."

"그래서 장무권이 눈독을 들였다?"

"응."

그렇게 은수의 말이 이어졌다. 늘 그랬던 것처럼 익숙한 얼굴로.

그래도 그 말을 믿을 수는 없었다. 그렇게 믿고 넘어가버리기에는 내 눈에 보인 균열이 너무나 컸다. 11년간 단련해온 현장요원의 눈. 단숨에 멀리까지 보지는 못해도, 조금씩 오랫동안 쌓여버린 기억만큼은 누구라도 쉽게 무시해서는 안 될, 악마를 직접 목격한 눈.

달아난 현장요원들의 시신이 떠올랐다. 그 눈이. 그리고 되살아난 육체가. 무엇보다 절대 잊고 넘어갈 수 없는 한 가지. 바로 그 목소리였다. '버린 자.' 버려진 자들. 그들이 나에게 하려고 했던 말.

그런데 은수는 왜 그 이야기를 숨기려고 하는 걸까. 왜 악마라는 단어를 언급하지 못하고 조종장치라는 말에 힘을 주는 걸까. 나 아닌 다른 누구라도 연방이 이미 오래전부터 '악마'라는 이름의 무언가를 제조하고 있다는 것쯤은 알고 있을 텐데. 은수는 무엇을 기대하는 걸까. 내가 그 말을 떠올리지 않기를 바라는 걸까. 하지만 이 상황에서 어떻게 그 말을 떠올리지 않을 수 있지. 악마라고 불리던 조은수 본인을 눈앞에 두고 있는 상황에서.

그리고 왜 지금 와서 저런 식으로 이야기를 하고 있는 걸까. 기껏해야 반만 진실인, 거짓말 아닌 거짓말을. 제일 중요한 조각이 빠진 퍼즐 세트. 아무리 열심히 그려도 절대 온전한 그림이 그려지지 않을, 조각난 진실의 몇 가지 파편들.

그 순간 나는 은수가 무슨 말인가를 전하려 한다는 사실을 깨달았다. 근거 같은 건 하나도 없었다. 단지 그런 느낌뿐이었다. 그래서 드는 생각이었다. 은수가 하고 있는 말, 입 밖에 꺼내지 않았지만 그래도 분명히 하고 있는 그 말의 수신인은, 다른 사람이 아니라 바로 나라고. 내가 아니면 아무도 들을 수 없는 말. 은수는 말이 아닌 공백을 통해 나에게 그 말을 전하려 하고 있는지도 몰랐다. 어쩌면 은수는 내가 그 이야기를 듣고 어느 부분이 빠졌는지를 충분히 알아낼 수 있다고 믿고 있는 건지도 몰랐다.

'중요한 건 은수가 나에게 말한 부분이 아니라 말하지 않은 부분이야. 그 퍼즐 조각이 어떻게 생겼는지 알아내야 해. 그게 뭘까. 알 것도 같은데.'

그런데 왜 그런 식으로 말하는 걸까? 설마 지금도 감시당하고 있는 건가. 아니면, 은수야말로 절대 빠져나갈 수 없는 함정 같은 데에 걸려 있는 게 아닐까.

기울어진 세계가 떠올랐다. 생각할 수 있는 가장 거대한 함정이었다. 어디로 가든, 어떤 선택을 하든, 결국은 걸려들 수밖에 없는 거대한 덫. 어쩌면 우리는 같은 함정에 걸려든 건지도 몰랐다. 결국은 만나게 될 운명. 결국은 하게 될 일들. 아주 잠깐 동안은 오르막으로 방향을 돌린 듯한 착각이 들기도 했지만, 결국 우리는 어느새 마찰력을 모두 잃고 깊이를 알 수 없는 저 어두운 심연 속으로 내동댕이쳐질 운명인지도 몰랐다.

'조은수! 도대체 무슨 말이 하고 싶은 거야?'

그때였다.
"그래서 네가 그걸 착용하라는 거야."
이런저런 생각으로 복잡해진 내 머릿속을 뚫고 은수의 목소리가 갑자기 또렷하게 들려왔다. 착용. 그 장비를. 악마와 직접 대화하는 이식형 콘택트렌즈를, 나더러 직접 착용하라는 제안.

다시 정신이 맑아졌다. 나는 호흡을 가다듬으며 조심스레 물었다.

"왜?"

"시제품을 덜렁 넘겨줄 수는 없잖아."

"그래도 조종 같은 건 자신 없는데."

"조종을 하라는 게 아니라 성능을 보여주라는 거야. 조종장치를 당장 만들 수 있는 것도 아니니까. 조종장치로 개량하는 건 그쪽 몫이고, 우리는 그냥 핵심부품 생산 노하우를 제공한다고 생각하면 돼. 그러면 시제품 감도가 얼마나 좋은지 보여주는 게 핵심 아니겠어?"

"그런데 어떻게?"

"원래 용도대로 해야지. 나랑 직접 연결하는 거야. 우리 옛날에 하던 것처럼 한 세트씩 나눠 끼고, 너는 현장을 맡고 나는 후방지원. 그렇게 같이 현장에 나가는 거야."

"현장?"

"올로모우츠. 선제공격이야. 가서 쓸어버리자고. 전넷 쪽에 이쪽 요구사항이 뭔지 확실히 전달해야 되지 않겠어? 그쪽에서 노리는 카드가 뭔지 알고 있으니, 대충 속여서 얻어갈 생각 말고 동맹이면 동맹답게 우리 전략목표부터 확실하게 보호해달라는 거지."

물론 우리 전략목표라는 건 은경이를 두고 하는 말이었다. 그리고 그게 바로 은수의 함정이었다. 은수는 끝까지 거짓말을 하고 있었다.

'나더러 그걸 믿으라는 거야?'

나는 은수의 두 눈을 들여다보았다. 그러자 다시 한 번 이상한 생각이 들었다. 아까와는 또 조금 다른 느낌이었다. 마치, 진짜로 믿으라는 건 아니라고 대답하는 듯한, 은수의 눈.

털어놓고 싶지만 털어놓을 수 없는 무언가. 부탁하고 싶지만 부탁해서는 안 되는. 구체적으로 어떻게 해달라고 말할 수도 없고, 그냥 외면해버리라고 할 수도 없이, 그저 애타게 바라보는 수밖에. 매달려볼 손조차 달려 있지 않아서 구차해질 기회조차 허락되지 않은, 마음. 그 절박한 마음.

은수는, 뭔가 할 말이 더 남아 있는 것 같았다. 그러나 그 말을 들을 수는 없었다. 어쩌면 앞으로도 내내 그럴 것만 같았다. 내가 은수에게 직접 연결되어 있지 않은 한.

"좋아."

그래서였다. 나는 그만 고개를 끄덕이고 말았다. 은수의 제안에 동의한다는 뜻이었다. 그 균열의 정체를 알아내야 했다. 틈새에 물을 붓고 얼음을 얼려야 했다. 부어서 얼릴 물을 구할 수 없다면 나 스스로가 물이 되는 수밖에 없었다.

정말로 그럴 거야? 그러지 마. 은수의 눈이 내게 말하는 것 같았다.

나를 설득한 건 바로 그 눈빛이었다.

세상을 기울인 악마

　　　　　　　　　　선을 긋는다. 그다지 길지 않은 선.
　생겨서는 안 될 곳에 선이 그어지기 시작하자 무언가가 달려들어 선을 가로막는다. 칼날을 살짝 기울여 미끄러지듯 재빨리 그 위를 빠져나간다.
　살인이다. 그게 바로 내 직업이다.
　죽음이 다가와 그 선을 읽어낸다. 접수 완료. 즉석에서 신속하게 판독이 끝난다. 집행유예 없이 죽음 하나가 처리된다.
　선이 그어진 시커먼 사람의 몸에서 순식간에 살의가 빠져나간다. 팔다리를 지탱하던 삶의 의지가 거짓말처럼 한순간에 사라져버린다. 영원에 대한 집착을 잃어버린 몸. 생명이 비로소 맨 얼굴을 드러낸다. 마지막 순간을 직접 대면하기 위해.
　그 순간 경련이 일어난다. 미세한 떨림이 칼끝으로 전해진다. 총을 주로 쓰는 사람들은 좀처럼 알 수 없는 느낌. 직접 칼을 쓰는 킬러만이 느낄 수 있는 감각. 생명의 맨 얼굴. 거기에 직접 닿아 있는 칼날. 칼날에 닿아 있는 손. 손으로부터 이어져 있는 팔. 그 끝에 달려 있는 내 생명. 생명이 다른 생명을 거두어들이는 순간. 그 순간에 느껴지는 복잡한 감각. 몇 번을 해도 좀처럼 익숙해지지 않는, 누구도 결코 베테랑이 될 수 없는, 맨살을 드러낸 살인의 감각.

내 안의 무언가가 꿈틀거리는 게 느껴졌다. 비명 같은 게 들려오는 듯했다. 즐거운 비명. 순수한 환희. 온몸으로 퍼져나가는 짜릿한 전율. 포식자의 잔인함. 승리의 쾌감. 줄곧 내 안에 담겨 있던 것이라고는 도저히 믿기지 않는, 인간을 전혀 닮지 않은 기괴한 감정. 그리고 자아도취.

'자아도취라고? 도대체 무엇에 대해?'

내 질문에 대답이라도 하듯, 영혼을 잃은 시체가 눈밭 위에 힘없이 무너져 내렸다. 그게 바로 내 전리품이라는 의미 같았다.

흠칫 놀라 한걸음 뒤로 물러섰다. 왼쪽 눈동자가 시큰거렸다. 대화를 하고 있는 모양이었다. 내 시신경과 콘택트렌즈 사이의 대화. 무슨 말을 하는지 전혀 알아들을 수 없는, 내 무의식과, 정체를 알 수 없는 다른 어떤 존재 사이의 속삭임.

낄낄거리는 웃음소리가 들리는 것 같았다. 비웃음에 가까운 웃음소리였다. 나를 비웃는 듯한 소리. 방금 전에 내가 한 발 물러선 것에 대해서.

그 소리에 귀를 기울였다. 무슨 이야기가 오갔는지는 알 수 없었지만 적어도 한 가지만은 확신할 수 있었다. 내 안에 있는 무언가가 죽음을 즐겼다는 사실. 칼끝으로 전해진 그 살인의 감각에 짜릿한 비명을 질렀다는 사실이었다.

'누구와 대화하는 걸까, 내 안의 악마는? 이 눈의 정체는 도대체 뭐지? 어째서 내 몸 안에 있는 무언가가 나도 모르는 사이에 나 아닌 다른 사람과 대화를 나눌 수 있는 거지?'

은수의 목소리가 들려왔다.

"처리했어?"

귀를 거치지 않고 곧바로 머릿속으로 전해지는 목소리였다. 누군가의 생각이 인간의 언어를 거치지 않고 곧바로 내 생각에 섞여 들어오는 과정. 그런 복잡한 과정 치고는 처리 속도가 너무도 빨랐다. 은수가 느끼는 것들이 거의 동시에 내 안에서도 느껴진다고 해도 좋을 만큼 빠른 속도였다.

대답하는 법에 익숙하지 않아서 결국 아무 대답도 하지 못했다. 은수가 몇 번 더 대답을 재촉하다가 알겠다고 말하고는 다음 단계로 넘어갔다. 대답을 듣기를 포기한 건지, 아니면 내 안에 있는 나 아닌 누군가가 대신 대답을 해버린 건지 알 수가 없었다. 은수에게는 그 둘을 구분하는 게 별 의미 없는 일일지도 모른다는 생각이 들었다. 내가 직접 대답하든, 내 안에 있는 다른 누군가가 대답하든.

당황할 틈도 없이 발이 다시 움직였다. 조금의 망설임도 없이 날렵한 움직임이었다. 내 몸을 통제하는 건 이제 나뿐만이 아니었다. 나는 내 몸 안에 깃들어 있는 유일한 존재가 아니었다. 혼자서 차 한 대를 운전하고 있다고 생각했는데, 내가 핸들을 놓은 순간 뒷좌석에 앉아 있던 누군가가 갑자기 원격조종장치를 작동시켜버린 기분이었다. 그것도 나보다 훨씬 더 운전을 잘하는 사람이.

모든 상황이 은수의 플롯대로 흘러가고 있었다. 또한 그 일은 분명 내가 스스로 선택한 일이기도 했다. 그런데 속도가 생각보다 빨랐다. 그래서 살짝 자신이 없어졌다.

'적절한 타이밍에 빠져나올 수 있을까. 아니면 이대로 돌이킬 수 없는 데까지 흘러가버리는 건 아닐까.'

마음을 다잡아야 했다. 내가 거기에 서 있는 이유를 떠올려야 했다. 기억을 되짚어 초심을 떠올렸다.

연방이 악마를 제작한다는 소문.

생산시설은 국유화, 연방의 소유. 연방의 손발인 검은 사람들 사이에서는 연방이 악마를 제조하고 있다는 소문이 이미 널리 퍼져 있다. 물증은 없지만, 제조 과정에 검은 사람들 중 일부가 원재료로 투입되는 것 같다는 심증도 있었다. 그리고 그 검은 사람들 중 하나인 나는, 조은수라는 특급 정보분석가를 알고 있다. 그런데 그 사람의 별명이 하필 악마. 적어도 연방이 만든다는 악마의 신경망은 그 특급 정보분석가의 창작물일 것이다. 원본이든 불법복제물이든.

다시 좀 더 간략하게. 연방이 악마를 제조한다. 연방의 현장요원들을 재료로. 누가 그 일을 맡고 있을까? 누가 원재료를 선택하고 있었을까?

답이 너무 뻔하다. 그런데 나는 그 답을 정면에서 맞닥뜨린 적이 없었다. 그 대답이 나올 수밖에 없는 질문을 아예 던지지 않았기 때문이다. 마주치고 싶지 않았다. 악마와는. 누군가는 악마를 만들어 내고 누군가는 스스로 악마가 되어버리겠지만, 그래도 상관없었다. 내가 그 일에 개입되지만 않는다면.

악마의 정체 따위 궁금하지도 않았다. 아니, 절대 궁금해해서는 안 되는 일이었다. 조금이라도 더 오래 살아남으려면. 죽어도 죽지 못하는 지경이 되어 비참하게 버려지지 않으려면. 그런데 이제는 그럴 수가 없었다. 회피할 수 없었다. 외면할 수도 없었다. 되도록 눈을 똑바로 뜨고 무슨 일이 펼쳐지는지 똑똑히 목격해야 했다. 그렇게 하지 않으면 아무 문제도 해결할 수 없었다.

아니, 해결 같은 건 아무래도 좋았다. 결과야 어떻든 일단 하지 않으면 안 되는 일이었다. 은경이를 위해. 그리고 은수를 위해. 또 어쩌면 나 스스로를 위해서.

그렇게 나는 현장에 서 있었다. 악마를 몸 안에 담아내기 위해서.

또다시 한파가 몰아치는 밤이었다. 은수는 미리 약속된 길을 따라 올로모우츠 시내를 걸어가고 있었다. 두꺼운 옷을 껴입기는 했지만 정체를 숨기기 위한 차림은 아니었다. 오히려 은수는 일부러 정체를 드러내고 있었다. 올로모우츠 곳곳에 잠복해 있는 조직의 현장요원들을 눈에 띄는 곳으로 불러내기 위해서였다.

"이 루트로 걸어갈 거다. 이쪽 외곽지역에서부터 한 명씩 따라붙겠지. 사람들이 많은 쪽으로 이동할 거니까 바로 어떻게는 못 하고 주위를 맴돌 거야. 사실 인적이 드문 곳이라 해도 나를 어떻게 해야 할지는 판단이 안 서겠지. 이건 별로 예상하지 못했던 일일 테니까. 그러니 일단은 내 주위를 맴돌게 될 거야. 그러면 네가 더 먼 곳에서부터 포위망을 좁혀오면서 내 뒤에 따라붙은 놈들을 하나씩 제거해. 조용히. 그리고 신속하게. 몇이나 제거해야 저쪽에서 비상경보가 울릴지 모르겠지만, 아무튼 그 전에 최대한 신속하게 처리해가는 거야."

그게 바로 은수의 계획이었다.

"그게 가능해? 나 혼자서 그 많은 현장요원들을 포위하라고?"

"가능해. 이게 있으니까."

은수가 콘택트렌즈를 조심스럽게 들어 보였다. 나는 미심쩍은 얼굴로 고개를 끄덕였다.

그리고 그 계획을 실행에 옮기기 위해서는, 우선 은경이에 대한 안전장치를 마련해야 했다. 계획이 확정되자마자 나는 장준용을 만나 우리 쪽 요구사항 세 가지를 전달했다. 맨 먼저, 김은경에게 핵우산을 씌워줄 것. 즉, 김은경의 신변에 위협이 가해질 경우 핵보복을 하겠다는 메시지를 분명하게 전달할 것. 핵우산이 실제로 있든 없든. 그다음은, 초소형비행체를 가지고 수도를 선제공격하기 전에 반드시 김은경을 구출해낼 것. 마지막으로, 안전한 탈출로와 도피처를 마련할 것. 아마도 나와 은수와 은경이를 위해. 셋 중 과연 몇이나 살아남아서 그걸 이용하게 될지는 알 수 없지만.

"좋습니다. 합리적인 선이군요."

그 조건을 듣고는 장준용이 말했다. 이미 예상했던 조건인 듯 아무렇지도 않은 말투였다.

"그렇게 하시지요. 그리고 이거."

그가 무언가를 나에게 내밀었다. 다시 종이봉투. 지난번 것보다는 훨씬 크고 두터운 봉투였다.

"뭐지?"

"선물입니다."

"선물?"

"보시면 압니다. 우리가 김은경을 완전히 방치하고 있었던 건 아니라는 증거 정도로. 읽어보시면 아시겠지만, 사실 별거 없습니다. 사전검토를 전혀 안 거친 원본이거든요. 원본 그대로 공개해도 아무 상관이 없을 만큼 심심한 내용일 겁니다."

나는 그의 눈을 바라보며 봉투를 열었다. 그리고 내용물을 펼친 다음에야 봉투 안에 든 것으로 시선을 옮겼다.

도청 보고서였다. 초소형비행체 RT-hl로 녹음한 내용이라는 설명이 표지에 명시되어 있었다. 장소는 은경이가 3개월째 머물고 있는 올로모우츠 시내의 어느 임대주택이었다.

나는 천천히 페이지를 넘겼다. 은경이는 그동안 어떻게 지내고 있었을까. 한 페이지, 또 한 페이지. 그렇게 몇 페이지를 대충 훑은 다음, 고개를 들어 다시 장준용을 바라보았다. 그가 말했다.

"보신 대로입니다. 별거 없습니다."

"계속 이런 식이라는 거야?"

"계속 그런 식입니다."

그것은 말소리라고는 단 한마디도 없는 도청 보고서였다. 감탄사나 문을 여닫는 소리, 무언가 선반에서 떨어지는 소리나 자명종 시계 소리처럼, 옮겨 적은 사람이 직접 설명을 덧붙여 쓴 부분 말고는 아무것도 볼 게 없는 심심한 보고서.

"김은경이 이렇게 지내고 있다고?"

"그렇습니다."

"한마디 말도 없이."

"거의 석 달 동안 단 한마디 말도 없이."

그 순간 어둠이 내 주위를 감쌌다. 소리조차 전해지지 않는 깊고 짙은 어둠. 그것은 그냥 어둠이 아니라 검은 안개였다. 어쩌면 빛이라고는 들지 않는 캄캄한 바닷속이었을지도 모른다. 누군가가 억지로 씌워놓은 어둠이 아니었다. 스스로 귀를 막고 입을 틀어막아서 자발적으로 만들어낸 어둠이었다. 아무도 찾아낼 수 없도록. 아무도 그 소리를 들을 수 없도록.

핵잠수함이 떠올랐다. 누구에게도 위치를 노출시키지 않은 채, 몇 달이고 몇 년이고 아무 일도 하지 않고 깊은 바닷속을 떠돌아다니는 작은 감옥. 은경이는 이미 그 안에 살고 있었다. 거기가 바로 핵잠수함이었다. 음파탐지기가 샅샅이 훑고 지나가도, 작은 소리 하나조차 잡아내지 못할 깊고 어두운 방.

그리고 그런 어둠이 아니면, 그만큼 두껍고 밀도 높은 어둠이 아니면 도저히 가려지지 않을 만큼 날카로운 빛을 내던 그 사람, 은경이.

다시 대지가 15도쯤 더 기울었다. 바람이 잠시 숨을 고르는 시간. 45도나 경사진 올로모우츠 곳곳에, 지면에 수직으로 함박눈이 쏟아져 내렸다.

눈발에 시야가 잔뜩 어지러워졌지만 내 눈은 오히려 전보다 더 밝았다. 시각정보증폭장치 본연의 기능 때문인지, 눈송이 사이사이로 보이는 풍경뿐만 아니라 눈송이 하나하나까지도 또렷하게 알아볼 수 있을 지경이었다.

세상이 갑자기 머릿속으로 밀려들어왔다. 은수에게 직접 연결된 적외선 위성이 감당할 수 없을 만큼 방대한 정보를 내 머릿속에 마구 쑤셔 박았다.

"감당이 안 돼."

내가 말했다.

"내가 처리할 테니까, 너는 무시해. 최적화하고 있을 거야. 프로세스가 시작된 지 얼마 안 돼서 선별할 정보를 아직 잘 가려내지 못해서 그래. 뇌에 직접 상호작용하면서 최적화해야 하니까 그때까지는 좀 혼란스러울 거다."

은수가 말했다. 나는 고개를 끄덕였다. 정보들이 계속해서 쏟아져 들어오면서 머릿속은 확실히 어지러워졌지만, 마음만은 여전히 침착함을 잃지 않았기 때문이다. 어쩌면 오히려 조금 더 느긋해진 듯한 기분.

그리고 발걸음이 조금 더 빨라졌다. 마치 몸무게가 반으로 줄어든 것처럼 편안한 발걸음이었다. 눈밭을 거칠게 내딛으며 거의 뛰는 듯한 속도로 걸어가고 있었지만, 발을 헛디디거나 눈길에 미끄러지기는커녕 발소리조차 나지 않을 만큼 균형 잡힌 걸음걸이였다.

은수가 왼쪽 골목길로 접어들었다. 상대편 현장요원 하나가 그 길을 우회해 은수의 진행방향 앞쪽으로 달려가는 모습이 눈에 들어왔다. 아니, 사실은 본 게 아니라 그냥 알았다고 하는 게 나을 듯했다. 어떻게 알게 된 건지는 전혀 알 수 없었다. 내가 직접 본 건지, 은수가 보여준 건지. 나는 그냥 그 사실을 알고 있었고, 그 사실을 알자마자 생각할 겨를도 없이 몸이 저절로 다음 동작을 실행에 옮기고 있었다. 마치 내 생각 같은 건 원래부터 건너뛰게 돼 있는 것처럼.

거의 지면을 스치듯 가벼운 동작으로, 은수를 추월하는 검은 사람을 이쪽에서 먼저 포위해 들어갔다. 골목길이 끝나고 큰 길과 만나는 곳. 그곳에서부터 대략 5미터 앞에 인적이 드문 좁은 길목이 입구를 드러내고 있었다.

'거기에서 은수를 잡아챌 생각이군.'

발걸음이 좀 더 빨라졌다. 나는 내가 어떤 식으로 달리고 있는지 알 수조차 없었다. 다만 어느덧 정신을 차리고 보니 이미 그를 한참이나 추월해 그가 목표로 삼은 골목길 어귀에 도착해 있었을 뿐.

다시 품속에 있는 칼을 매만졌다. 그리고 칼날이 손날 쪽을 향하도록 칼자루를 바짝 움켜쥔 다음, 아직은 아무것도 없는 허공을 향해 오른손을 힘차게 앞으로 내뻗었다. 눈송이마저 베어버릴 듯 날카로운 칼끝.

칼끝이 허공을 가르는 순간, 누군가가 모퉁이를 돌아 내 눈앞에 나타났다. 그리고 그는 이미 날아오고 있는 칼끝을 피할 수가 없었다.

그와 눈이 마주쳤다. 그 순간 시간이 느려졌다. 아니, 감각이 좀 더 예민해진 탓이었다.

나는 바로 그 순간 차가워진 칼끝을 스치던 눈송이의 모양을 정확하게 기억해낼 수 있었다. 여섯 개의 팔 중 하나가 칼날에 닿아, 유리조각 깨지듯 부러지던 모양까지.

피가 뿜어져 나왔다. 딱 두 걸음. 재빠르게 두 걸음 뒤로 물러나 튀어나오는 핏줄기를 거의 다 피했다. 달려오던 속도 그대로 바닥에 나뒹구는 그의 몸. 칼끝이 가늘게 떨리고 있었다. 몸에 닿은 시간이 짧았던 만큼 칼끝으로 전해진 전율도 짧았다.

이번에도 조금 전과 마찬가지로 뜻을 알 수 없는 비명 소리가 내 안을 가득 채웠다. 그러자 온몸에 소름이 퍼져나갔다. 렌즈를 낀 왼쪽 눈이 아릿해졌다. 날렵하게 움직이던 몸이 한순간 그 자리에 멈춰 섰다. 아무것도 하지 않고, 숨조차 쉬지 않고 가만히.

그리고 다시 자아도취.

시간이 느려진 이유를 알 것 같았다. 선별적으로 들어오던 온몸의 감각이 한순간 시간을 멈출 정도로 활짝 열렸던 이유를.

내 몸이 죽음을 받아들이고 있었다. 내가 아닌, 내 안에 깃든 무언가가, 죽음의 순간을, 내 손에 방금 목숨을 잃은 어느 생명의 마지막 전율을, 마치 영혼을 갉아먹는 듯한 집요함으로 순간순간 받아 마시고 있었다.

바로 그때였다. 눈이 좀 더 밝아졌다는 걸 깨달은 순간. 어깨 위에 눈송이가 쌓이는 소리가 하나하나 저마다의 리듬을 가진 소리로 들려왔다. 왼손을 들어 떨어지는 눈송이를 손바닥으로 받아냈다. 저마다 다르게 생긴 모서리를 가진 눈송이들이 손바닥을 찌르는 감각이 간지럽게 느껴졌다. 그러나 무엇보다 놀라운 것은, 그 하나하나의 느낌이 모두 다르게 느껴진다는 사실이었다.

"이거, 피를 먹고 자라는구나."

은수는 아무 대답도 하지 않았다. 나는 가슴이 덜컥 내려앉았다. 해명하지 않는 은수. 해명하지 않아도 된다는 건 이미 돌이킬 수 없다는 뜻이기도 했다. 새삼 내가 함정 속으로 걸어 들어가고 있다는 사실이 떠올랐다.

그렇다는데 하고 누군가가 말했다. 다시 환청인 것 같았다. 귀를 통해 전해지는 목소리가 아닌, 머릿속에서부터 들려오는 목소리. 낄낄거리는 웃음소리는 섞여 있지 않았다. 악마는, 그 목소리는, 조금 전처럼 가볍지가 않았다. 마치 똑같은 악마가 아닌 것만 같았다.

당연하지. 그런데 이렇게 서 있을 여유가 없을 텐데.

내 말에 대답하듯 다시 그 목소리가 들려왔다. 나는 그 목소리가 말하는 대로 곧바로 발걸음을 옮겼다. 잠시도 제자리에 머물러 있을 수가 없었다.

내가 듣든 말든, 목소리가 이어졌다.

아까는 시. 나는 언. 똑같은 존재가 아니라고. 다섯 개의 이름을 가진 악마. 하나이지만, 다섯이기도 해.

그 목소리가 잦아들자마자 또 다른 목소리들이 머릿속을 가득 채웠다.

우리 생각이 맞았어.

그래, 우리가 옳아.

이 인간 아주 감이 훌륭해.

그 순간을 진짜로 생생하게 담아내.

맞아, 맞아. 아주 생생해서 좋아. 거의 성스럽다고 해도 좋지 않을까.

사각거리는 듯한 소리. 기분 나쁠 정도로 작게 속삭이는 소리. 눈 위를 스치는 발자국 소리 같았다. 그 소리가 바람 소리에 섞여 환청으로 변한 건지도 모른다.

이 인간, 사실 그걸 숭배하고 있었는지도 몰라.

그래그래. 이대로만 하면 그렇게 될지도 몰라.

어쩌면. 하지만 아직 멀었지.

맞아. 그래도 아마 할 수 있을 거야.

다섯 악마를 모두 깨울지도 모른다고.

환청이 들렸다. 은수가 잠깐 교신을 멈춘 사이, 이상한 잡음들이 신경망을 헤집고 다녔다.

전날 은수에게 들은 설명을 떠올렸다. 부작용에 관한 이야기였다. 꿈을 꿀 수도 있다는 이야기. 게다가 그 꿈은 아마도 악몽일 거라고.

"전기신호가 신경계를 떠다닐 거야. 대부분은 통제를 하겠지만, 그래도 새 나간 신호들이 조금씩 누적될 거거든. 그게 모여서 유의미한 신호를 만들어낼 수 있어. 그게 기억이나 사고과정을 담당하는 신경망 어딘가를 자극하면 너한테 익숙한 이미지나 기억 같은 것들이 연쇄적으로 떠오를 수 있는데, 그게 아무리 이상해도 뇌는 해석을 시도할 거야. 앞뒤를 꿰맞춘다고. 말은 안 되겠지만, 말이 되게 하는 게 목적이 아니고 그냥 너를 설득시키는 게 목적이니까. 알겠어? 속이든 겁을 주든, 네 의식이 알아들을 수 있는 방식으로 앞뒤를 짜맞춰놓고는 그걸로 대충 너를 압박할 거라고. 거의 저항할 수 없을 거야."

"왜 저항을 못 해?"

"이건 기본적으로 무의식을 강화하는 과정이니까. 무의식이 의식을 이기는 게 당연해. 그러니까 굳이 저항할 필요 없어. 억눌리는 건 어쩌면 당연한 거야. 안전장치들을 마련해두기는 했지만 악몽 정도는 나타날 수 있어. 네 신경계는 너를 설득하기보다는 억누르는 쪽을 택할 거거든."

발걸음이 점점 더 빨라졌다. 나는 거의 혼자나 다름없었지만, 나 하나만으로도 꽤 거대한 포위망을 만들 수 있었다. 나는 그만큼 빨랐다. 그리고 전혀 지치지도 않았다.

그동안 세상이 조금 더 기울었다. 50도인지 60도인지 알 수가 없었다. 가라앉는 배의 갑판 위에 놓인 것처럼 서서히 옆으로 기울어가는 세상.

예상치 못한 변수가 생겼다. 은수가 길바닥에 쓰러져버린 것이다. 찬바람에 기침마저 멎어버린 은수. 길 가던 사람들이 은수를 둘러쌌다. 현지 경찰이 먼저 손을 쓰게 하지 않으려면 누군가가 은수를 데려가야 했다.

대기하고 있던 장준용에게 연락을 했다. 그리고 그때, 눈보라를 뚫고 누군가가 은수와 은수를 둘러싼 인파를 향해 성큼성큼 다가가는 모습이 보였다.

아는 얼굴. 조직의 현장요원이었다.

모자를 눌러쓰고 그쪽으로 걸어갔다. 곁눈질로 흘끗 주위를 살폈다. 길 건너편에 또 한 사람, 주위를 두리번거리는 사람이 보였다. 무의식이 기억을 헤집어 곧바로 그의 눈가에 진 주름을 기억해냈다. 역시나 아는 얼굴이었다. 이름까지 아는 사이였다.

자연스럽게 발걸음을 돌려 골목길로 접어들었다. 그리고 재빨리 옆 블록을 향해 뛰어갔다. 나는 내가 일부러 빙판 위를 달려가고 있다는 사실을 깨달았다. 미끄러지지 않기 위해 애쓰는 게 아니라, 일부러 미끄러져가며 속도를 얻기 위해서였다. 그게 가능한 건, 내 운동신경이 상상도 못 할 만큼 효율적인 방식으로 재조직되고 있기 때문이었다. 악마가 내 몸을 장악하고 있다는 증거이기도 했다.

골목을 빠져나와 다음 블록으로 접어들 무렵, 나는 이미 정상적인 달리기 속도로는 절대 도달할 수 없는, 거의 말도 안 되는 속도로 사람들 옆을 지나쳐가고 있었다. 하지만 그 사실을 눈치챈 사람은 아무도 없었다. 워낙 인적이 드문 길이기도 했지만, 그 몇 안 되는 사람들의 시야마저 닿지 않는 곳, 시선의 사각지대를 골라가며 달려가고 있기 때문이었다.

물론 어떻게 그럴 수 있는지는 알 수 없었다. 그냥 원래부터 그렇게 하는 법을 알고 있었던 것 같다는 느낌밖에는.

제자리에 멈춰 서서 큰길 쪽을 바라보았다. 요원 하나가 은수를 등에 업고 사람들 사이를 걸어 나오고 있었다. 그리고 그의 발걸음이 향하는 곳은, 정확히 내가 몸을 숨기고 있는 골목 쪽이었다.

나는 수상해 보이지 않도록 골목길 한가운데로 나가서 마주 오는 그를 향해 똑바로 걸어갔다. 열 걸음, 일곱 걸음, 다섯 걸음, 세 걸음. 다른 사람들이 전부 골목길을 빠져나간 순간. 그의 얼굴에 무언가가 떠올랐다. 놀라움, 그리고 약간의 당혹감.

빠른 발걸음으로 그에게 바짝 다가갔다. 그가 몸을 돌려 은수를 방패 삼아 내 공격을 막아내려고 했다. 나는 칼자루를 쥐지 않은 맨손으로 그의 왼쪽 얼굴을 향해 주먹을 뻗었다. 은수가 바닥에 내동댕이쳐졌다. 한순간 주먹이 펴졌다가 다시 오므라든 찰나, 나는 그의 귀에 꽂혀 있던 통신장비를 잡아챘다. 손톱에 살점이 걸렸다. 그의 귀 언저리에서 피가 새 나왔다.

그는 고통을 드러내지 않은 채 곧바로 호흡을 가다듬고 내 쪽으로 달려들었다. 그 호흡을 읽었다. 숨소리에 귀를 기울였다. 내쉬고, 또 내쉬고. 숨을 내뱉는다기보다는, 내뻗는 주먹을 따라 끊어지듯 어쩔 수 없이 새 나오는 듯한 호흡. 그 소리에 다시 시간이 느려졌다. 내 안의 악마가 다시 한 번 눈을 뜨는 모양이었다.

내딛는 발의 모양, 어깨의 각도, 그의 시선이 향한 곳. 그 모든 것이 한눈에 들어왔다. 그와 동시에 그의 다음 동작이 그려졌다. 나는 왼발에 힘을 싣고 재빨리 허리를 틀면서 오른손 주먹을 크게 휘둘렀다. 내 주먹이 그의 복부를 파고들었다. 두터운 외투에 충격이 일부 흡수됐지만 그의 호흡을 빼앗기에는 충분한 일격이었다.

비틀거리는 그를 향해 세 걸음 더 다가갔다. 내 손에는 어느새 칼이 들려 있었다. 호흡을 잃은 채 내 얼굴을 향해 날아오는 상대의 주먹. 휘두르면 휘두를수록 다음 동작을 위한 호흡을 빼앗고 마는 동작.

마침내 속도가 느려졌다. 더 이상 맹렬하지 않은 주먹이었다. 날아오는 그의 손목 위를 내 칼날이 가볍게 스쳐 지나갔다. 그의 손이 아주 살짝 멈칫하는 게 느껴졌다. 아무도 느끼지 못할 만큼 작은 떨림. 하지만 내 눈만은 그냥 지나쳐갈 수 없을, 겁을 집어먹은 먹잇감의 첫 번째 떨림.

이거 재밌는데.

내 안의 누군가가 그렇게 말했다. 피 냄새에 환호하는, 내 안의 누군가. 육체의 고통과 신경세포들의 작은 경련을 놓치지 않는, 영혼을 먹고 자라는 냉혹한 존재.

다시 시간이 무한히 느려졌다. 그의 동작이 느려져서 그런 게 아니었다. 내 감각이 다시 활짝 열렸다. 시간과 시간 사이, 순간과 순간 사이, 찰나와 찰나, 그 촘촘한 경계를 육안으로 알아볼 만큼 예민한 감각이었다.

그리고 그 촘촘한 시간의 페이지 사이에서 책갈피처럼 끼워져 있는 악마를 발견했다. 스르르 넘어가는 책장 사이에서 지면 하나를 가득 채운 삽화를 발견하듯. 얼굴 없는 악마. 자세히 보려고 애를 쓰면 쓸수록 흐릿한 윤곽으로 변해버리는 얼굴.

숨이 밭아진 적이 다급한 마음에 서투른 동작으로 달려들었다. 칼날이 날아가 그의 옆얼굴을 겨누었다. 그가 고개를 틀어 칼날을 피했다. 그리고 그 순간, 갑자기 시간이 느려지더니 검은 손이 나타나 내 칼날을 움켜쥐었다. 시간의 페이지 사이에 끼워져 있던 손. 그 손이, 내 손에 들린 칼날을 옆으로 살짝 비틀었다. 그리고 바람이 불어 책장을 넘기듯 시간이 다시 빠른 속도로 흘러갔다. 그 속도 그대로 칼날이 날아가 그의 목에 가볍지 않은 상처를 남겼다.

피가 뿜어져 나오는 순간, 다시 시간이 멈췄다. 시간의 페이지 사이에 끼워져 있던 악마가 숨겨두었던 옆얼굴을 슬쩍 내밀었다. 그리고 그 악마의 손이 다시 내 칼날을 움켜쥐더니 재빠른 동작으로 그 칼날을 내 적의 양어깨에 찔러 넣었다.

그건 분명히 내가 한 일이 아니었다. 그렇게 빠르게 움직일 수 있는 사람은 이 세상에 없으니까. 내 몸을 다스리는 건 이미 내가 아니었다. 나는 이미 반쯤은 악마였다.

내 상대가 당황스러운 얼굴로 나를 바라보았다. 나는 서서히 그에게로 다가가 외투 아래쪽으로 칼날을 들이밀었다. 나는 내가 무슨 짓을 하고 있는지 알 수가 없었다.

조금 전에 들었던 목소리가 다시 한 번 내 머릿속에 울려 퍼졌다.

거봐. 내가 뭐랬어. 할 수 있댔잖아.

그래. 나도 뭐랬어. 깨울 수 있대도.

이 인간, 진짜 재밌는데. 분명히 즐기고 있어.

맞아, 맞아. 이 인간은 다른 인간들과는 다른데.

맞아. 저건 딱 우리가 원하던 거잖아.

환청이 들렸다. 나는 오른손으로 내 상대의 외투 속을 헤집고 들어가 왼쪽 갈비뼈 사이에 칼끝을 고정시켰다. 아는 얼굴. 그의 표정이 일그러지는 모습이 보였다.

내 안에서 끔찍한 비명이 들려왔다. 환희에 찬 비명 소리. 진심으로 즐거워하는 듯한 날카로운 외침.

두 팔을 움직이지 못하는 적. 내가 아는 얼굴. 두 아이의 아빠. 두 여자의 연인. 사랑받지 못한 아들. 친절하지 않았던 친구. 그래도 늘 모두의 신뢰를 받아온 동료. 이런저런 기억들이 떠올랐다. 아는 사람의 심장에 칼날을 찔러 넣는 건 모르는 누군가를 제거할 때와는 좀 다른 느낌이었다. 기억을 지우는 느낌. 지워도 되는 기억인지 순간적으로 몸을 움츠리게 되는.

그러나 곧 칼자루에 다시 힘이 들어갔다. 칼끝이 몸속으로 살짝 파고들었다. 눈이 마주쳤다. 그의 얼굴을 빤히 들여다보았다. 표정을 읽었다. 대답하지는 않았다. 빨리 끝내. 그가 말했다. 나는 그러지 않았다.

천천히, 아주 천천히. 살기를 잃은 몸. 무장해제 당한 영혼. 맨살로 죽음에 직면한 생명. 그 생명이 고이고이 간직하고 있던 길고 가느다란 마지막 떨림. 그 떨림을 고스란히 담아내고 있는, 일그러져버린 그의 얼굴. 그 떨림이 아주 길게 이어졌다. 길게, 길게, 너무나도 길게.

'이건 살인이 아니야.'

그러자 누군가가 대답했다.

누가 살인이래?

'이건 너무 심하잖아. 이렇게까지 할 필요가 어디 있어.'

그래. 재미있는 인간. 그럴 필요는 없지.

맞아맞아. 하지만 잘했어. 세 번째 악마를 깨웠어.

그래그래. 잘했어. 세 번째 악마.

시. 언. 둑. 세 악마가 깨어났다.

"환각이 보일 거야."

은수의 말이 생각났다.

"환청이 들릴 거야."

다시 은수의 말이 떠올랐다.

무슨 소리야? 이건 환청이 아니야. 보라고. 보이잖아.

세 악마 중 하나가 그렇게 말했다.

내가 하는 일이 아니었다. 내 안의 누군가가, 새로 침입한 누군가가, 혹은 원래 내 안에 있었지만 모습을 드러내지 않고 오래오래 잠들어 있던 누군가가 하는 일이었다.

나는 마침내 칼자루를 꽉 움켜쥐었다. 칼날이 그의 심장으로 파고들었다. 삶과 죽음의 가느다란 경계. 마지막 떨림이 칼끝으로 전해져왔다.

그의 몸이 내 발밑에 축 늘어졌다. 그러자 그 생명을 제물 삼아 신경계가 한 단계 더 활성화되었다. 눈이 밝아졌다. 갑자기 등 뒤쪽이 훤히 보였다. 깜짝 놀라 뒤통수를 더듬었지만, 다행히 눈이 새로 나 있지는 않았다.

'쉴 틈이 없구나.'

골목 맞은편 끝, 새로 생긴 시야에 누군가가 모습을 드러냈다. 또 다른 요원. 얼굴이 익숙하지 않은 신참요원이었다. 고개를 숙이고 천천히 그쪽으로 다가가다가, 그가 나에게 살의를 보이자마자 달려들어 주먹을 뻗었다. 날아오는 칼날을 피해 허리를 숙이는데, 골목 한쪽에 쓰러져 있던 은수가 다시 정신을 차렸다.

은수에게 말했다. 목소리를 내지 않은 채 눈으로 말을 건넸다.

"이런 거였구나."

"그런 거였어."

"이런 식으로 악마를 깨우는 거였군. 마취도 하지 않고, 전부 생생하게 느껴지는 상태에서."

"마취를 할 수가 없지. 그 느낌 자체를 주 재료로 삼아서 진행되는 과정이니까."

"그런데 이거 말이야, 어디까지가 환각이야?"

"그건 나도 잘 몰라. 네가 지금 정확히 뭘 보고 느끼는지 알 수가 없으니까."

플젠의 은신처, 은수를 감금했던 곳. 그날 은수에게서 본 애절한 눈빛을 떠올렸다.

나를 설득시켰던 바로 그 눈빛. '정말로 그럴 거야? 그러지 마' 하고 속삭이던 눈.

하지만 정말 제대로 본 게 맞을까. 그 눈빛에 또 한 번 속은 건 아닐까.

그래도 어쩔 수 없었다. 나에게는 선택의 여지가 별로 없었다. 아무 일도 하지 않거나 위험을 무릅쓰고 은수를 믿어보거나. 아무 일도 하지 않는 건 말 그대로 아무 의미도 없었다. 그러려고 휴가를 포기한 게 아니었다.

어쩌면 그 누구의 선택도 아니었을지 모른다. 은수나 나나, 언제 어디서 무슨 선택을 해왔든 결국은 여기로 굴러떨어지게 되어 있었는지도 모른다. 아예 세상이 이렇게 기울어져버렸으니 빠져나갈 구멍 따위를 기대하는 쪽이 오히려 더 어리석은 일일 수도 있었다.

칼을 쥔 손이 내 얼굴을 향해 날아들었다. 손목을 비틀어 칼을 떨어뜨린 다음 명치 깊숙이 주먹을 찔러 넣었다. 맨주먹이 마치 칼날이라도 된 듯, 장기를 뚫을 기세로 깊고 무겁게.

70도쯤 세상이 기울어져 있었다. 길가를 오가는 사람들. 거의 옆으로 선 벽에 용케도 붙어 서 있는 사람들. 그런 생각이 들었다.

'내가 아니면 안 되는구나. 이 기술. 생명을 빼앗는 순간에만 깨어나는 감각이라면, 지금의 은수는 실험 대상을 찾기가 쉽지 않겠지.

그러니 은수는 은수대로 선택의 여지가 별로 없었던 거야. 그런데 조은수. 진짜 그게 다야? 아직도 뭔가 숨기는 게 있는 것 같은데.'

내 적이 허리를 숙였다. 고통으로 저절로 움츠러든 모양이었다. 그의 팔목을 붙들고 어깨 밑으로 파고들어 등으로 살짝 그의 몸체를 띄워 올렸다. 그리고 팔을 강하게 앞으로 잡아당기자 그의 몸이 허공으로 날아올랐다. 창문을 깨고 건물 안으로 날아 들어가는 그의 몸.

뭐하는 거야? 죽였어야지. 왜 망설여? 마지막까지 깔끔하게 처리해야지.

다시 속삭이는 소리가 들려왔다. 아쉬움 가득한 목소리였다. 창문 안으로 따라 들어가려는데 은수가 나를 불러 세웠다.

"이건 내가 처리할게. 저쪽에 한 사람 더 있어. 그쪽을 맡아."

은수가 총을 꺼내 들고 건물 입구로 들어가는 모습이 보였다. 그 모습이 마치 누군가의 충직한 심부름꾼처럼 낯설어 보였다. 조은수를 저렇게 부려먹을 수 있다니.

누군가가 은수를 감시하고 있다면 그건 아무래도 그 다섯 악마일 것 같았다. 내 신경망을 장악해 들어오는 악마. 내 감각기관뿐만 아니라, 조은수가 만든 정보종합체계까지도 감각기관으로 사용하게 될 악마. 그 둘을 연결하고 한 몸처럼 지배할 인격체. 마음을 갖고 있고, 스스로 판단을 내릴 수 있으며, 비유나 상징이 아닌 구체적인 방식으로 이 세상에 존재할 수 있는, 그 누군가.

악마를 제작한다는 말은 바로 그 인격체를 일깨우는 일을 말하는 것 같았다. 자동으로, 혹은 반자동으로 작동하는 수많은 정보체계와 기계장치들에 영혼을 불어넣어 그 잠재력을 최대한으로 끌어올려줄 인격체. 직관적이고도 효율적인, 그리고 상상만 해도 벅찰 만큼 말도 안 되게 효율적인, 검은 인간들의 조직 전체를 대체할 새로운 연방의 수족. 아니 어쩌면 연방마저도 대체해버릴지 모를 그 무언가.

그런 악마가 존재한다면, 분명 조은수를 제일 먼저 경계할 게 틀림없었다. 악마의 약점을 가장 잘 아는 건 아무래도 악마를 창조한 사람일 테니까.

은수는 그래서 나에게 아무 말도 하지 못한 게 아닐까. 내가 무엇을 알아내야 하는지를. 그리고 어떻게 움직여야 하는지를. 힌트를 전혀 알려주지 않은 채 나 스스로 그 답을 찾아내기를 기다리는 방법밖에 없었던 게 아닐까. 그것도 그 다섯 악마가 지켜보는 가운데.

'하지만 어디까지가 내 악몽이고 어디서부터가 현실이지? 그걸 모르면 이 함정을 벗어날 수가 없잖아. 영영.'

시체를 치웠다. 눈에 띄지 않는 구석에 처박아둔 다음 눈을 대충 덮어 피를 가렸다. 그러자 네 번째 희생양이 될 사람이 골목으로 들어섰다. 나는 태연한 얼굴로 그를 바라보았다.

"오랜만이야."

"오랜만입니다. 덕분에 이런 데까지 다 와보고. 날씨는 이래도 맥주 맛은 좋습디다."

그가 손을 내밀었다. 나도 손을 내밀어 그와 악수를 했다.

"좋습디다? 요새도 존칭 같은 건 잘 못 갖다 붙이냐? 그게 그렇게 어려워?"

그는 북쪽 출신 요원이었다. 그러니 아마도 이런 추운 날씨에는 나보다 훨씬 익숙할 게 분명했다.

여유로운 표정. 전혀 힘이 들어가 있지 않은 손. 지원요청도 상황 보고도 하지 않는 걸 보면, 아무래도 그는 나를 만만하게 생각하는 모양이었다. 그가 그렇게 온화한 얼굴로 나를 바라보고 있는 건 그 골목길에 아직도 보는 눈이 여럿이나 남아 있기 때문이었다. 오로지 그뿐이었다.

그러나 그것도 잠시. 사람들이 대부분 골목을 빠져나가고, 일곱 살 쯤 되어 보이는 아이 하나만이 뒤뚱뒤뚱 눈길을 걸어가고 있었다. 그리고 골목이 끝나는 모퉁이 바로 뒤, 길 안쪽을 흘끗 돌아보며 아이를 기다리고 있는 젊은 여자 하나.

마침내 두 사람 모두 골목 저편으로 사라졌다. 창밖을 내다보는 사람조차 아무도 없었다. 시작 신호였다. 싸움이 시작된다는 신호. 어디선가 종소리가 들리는 것 같았다.

그가 먼저 총을 꺼내 들었다. 소음기가 달린 권총이었다. 재빨리 그쪽으로 달려들며 거리를 좁혔다. 그가 대충 내 쪽을 겨누더니 방아쇠를 당겼다. 굵은 눈보라를 헤치며 날아오는 총알. 총알이 보였다. 총알이 지나간 궤적을 따라, 밀려나거나 빨려 들어가는 눈송이들이 보였다. 첫 번째 총알은 내 옆을 지나쳐갔다. 정확히 나를 향해 날아온다면 피할 수 있을 만한 속도는 아니었다.

다시 두 번째 총알이 날아왔다. 이번에도 역시 총알이 보였다. 거리를 좁혀 들어갈수록 더 빠른 속도로 날아오는 총알. 날아오는 궤적과 겹치지 않도록 허리를 숙여 살짝 피했다. 아슬아슬한 거리. 흩어지는 눈송이들.

그때였다. 내가 두 번째 총알을 피했다고 생각한 순간, 그가 비로소 방아쇠를 당겼다. 그리고 두 번째 총알을 발사했다.

분명 두 번째였다. 세 번째로 발사된 총알이 아니었다. 그러니까 나는, 아직 쏘지도 않은 총알을 피해버린 셈이었다.

세 번째 총알이 날아올 때쯤에는, 나는 이미 그의 곁에 바짝 붙어 있었다. 그래서 세 번째 총알은 아예 내 근처까지 날아오지도 못했다. 전혀 다른 방향으로 뻗어 있는 그의 손. 그 손은 곧 내 쪽을 향해 돌아서게 되어 있었다. 총을 쥔 손이니까. 싸움에서 이길 수 있는 가장 확실한 방법을 제공해줄 손이니까.

옆으로 허리를 젖혀 네 번째 총알을 피한 다음, 두 손을 뻗어 그의 오른손을 맞이했다. 두 손이 서로 다른 방향에서 날아가 손목을 비틀자 그 손에 들려 있던 총이 아래로 흘러내렸다. 떨어지는 총을 왼발로 차낸 다음 소매를 끌어당겨 그를 바닥에 메다꽂았다.

다시 칼을 꺼냈다. 칼날에 밴 피가 얼어붙기까지 해서 날카로운 느낌은 별로 들지 않았다. 그 무뎌진 칼을 아래로 뻗었다. 그가 몸을 굴려 내 공격을 피했다. 칼날이 바닥을 때려 손바닥이 울렸다. 눈 위를 뒹굴던 그의 손에 다시 총이 들려 있었다. 아직 쏘지 않은 총알의 궤적이 눈앞을 지나쳐갔다. 세 개의 궤적.

그 궤적을 피해 몸을 날렸다. 자세를 낮추고 팔을 길게 뻗었다. 내가 있던 자리를 향해 총알이 날아갔다. 총알이 공기를 가르는 소리가 짧고 날카롭게 들려왔다.

바닥에 몸이 닿았다. 하지만 멈추지는 않았다. 눈길에 내 몸이 미끄러져갔다. 그의 총구가 내 이마에 닿을 때까지. 또 다른 총알이 발사되기 직전.

바로 그때, 내 왼손에 든 칼끝으로 끔찍한 것이 느껴졌다. 말랑말랑하고 부드러운 것. 이 느낌은 아마도, 혀!

비정상적으로 길게 느껴지는 팔. 입속으로 들어간 얼어붙은 칼날이 그의 움직임을 완전히 정지시켜버렸다. 나머지 한 손으로는, 총을 겨눈 그의 손목을 움켜쥔 채였다. 칼을 문 그의 입속이 끔찍한 고통에 기괴하게 일그러졌다.

'누가 더 빠를까.'

이삼 초를 그렇게 보냈다. 양쪽 다 온몸을 잔뜩 긴장시킨 채, 몸에서 힘을 전혀 빼지 않은 상태였다. 마침내 나를 먼저 없애버리는 편이 낫겠다고 판단한 그가 방아쇠를 쥔 손가락에 힘을 주는 순간 내 왼손이 그의 입속으로 조금 더 깊이 파고들었다. 손을 뻗은 게 아니라 팔 길이가 아까보다 더 길어진 기분이었다.

그의 몸이 다시 굳어졌다. 살기가 휘발되듯 사라지는 게 느껴졌다. 서서히 손가락에서 힘이 빠지고, 곧이어 총마저 바닥으로 떨어졌다.

그러지 마, 제발. 그의 눈이 말했다.

끔찍해. 나도 이러고 싶지 않아.

하지만 나는 그만두지 않았다. 왼쪽 어깨를 쭉 뻗어 무뎌진 칼날을 깊숙이 찔러 넣었다. 경련이 일어났다. 뭐라 말할 수 없을 만큼 끔찍한 움직임이었다. 그 경련이 잦아들자 비로소 그 안에 묻혀 있던 마지막 떨림이 칼을 타고 내 손으로 전해져왔다. 목숨. 네 번째 제물, 삶과 죽음의 경계에 선 생명의 마지막 떨림이었다.

그렇게 네 번째 악마가 눈을 떴다. 시. 언. 둑. 봉. 악마의 이름 네 개를 깨웠다.

"너무 오래 갇혀 있었어. 어서 움직여. 저쪽으로 빠져나가."

은수가 다시 골목으로 걸어 나왔다. 나는 눈을 털고 자리에서 일어나 재빨리 어딘가로 달려갔다. 어디를 향하고 있는 걸까. 내 의식을 거치지 않고 이어지는 내 몸과 또 다른 인격체 사이의 대화. 몸이 알아서 움직이고 있었다.

한 번 더 눈이 밝아졌다. 세계가 머릿속으로 쏟아져 들어왔다. 눈이 시큰거렸다. 그러자 은수가 끼어들어서 그 정보들을 직접 걸러내 주었다.

"계획을 약간 수정해야겠는데. 곧장 광장 쪽으로 가려고."

은수가 말했다. 잠시 후에 내가 조심스럽게 물었다.

"그래. 그런데 이거, 잘돼가는 거 맞아?"

모습을 드러낸 건 은수뿐이었다. 장준용이 멀리서 은수를 엄호하고 있었고, 나는 모습을 숨긴 채 기습을 노리고 잠복해 있었다. 나는 광장 쪽으로 좁혀 들어오는 검은 조직의 현장요원들을 발견했다. 세 명이었다.

먹잇감을 노리듯 포위 계획을 세웠다. 북쪽에서부터 하나씩. 큰 원을 그리며 광장 바깥쪽으로 돌아갔다. 인적이 드문 곳. 내가 따로 찾아낼 필요도 없이 그들이 먼저 그런 곳을 찾아내 그 안에 몸을 숨겼다. 뻔히 보고 있어도 잘 보이지 않을 기묘한 사각지대. 이곳 사람들의 일상을 방해하지 않고 우리만의 싸움을 이어가도 좋은 곳.

다시 칼날이 피를 머금었다. 북쪽에서부터 하나씩 반시계방향으로. 그렇게 희생자를 세 명 더 늘렸다. 저항이 없지 않았지만 내가 더 빨랐다. 한 번 공격을 받을 때마다 두세 번씩 뻗어 나가 반격을 가하는 손.

무표정하게, 혹은 자신만만한 표정으로 나에게 달려들었던 연방의 검은 요원들이 금세 당황한 표정으로 한걸음 뒤로 물러서며 괴물이라도 본 듯한 얼굴로 내 눈을 흘끗 쳐다보곤 했다. 나는 내가 어떤 표정을 짓고 있는지 알 수가 없었다. 다만 희생자들의 눈에 비친 내 얼굴이 꽤나 충격적인 모습이었으리라는 것만 짐작할 따름이었다. 절망과 공포로 무섭게 일그러진 얼굴들. 칼날이 그 얼굴들을 피로 물들였다. 피를 머금을수록 조금씩 무뎌져가는 칼끝.

이따금씩 시간이 느려지곤 했다. 거의 흐르지 않는 것처럼 느리게 보이는 시간들. 읽던 책을 펼쳐두고 외출해버렸을 때처럼, 누군가가 다시 돌아와 다음 페이지를 넘겨주기 전까지는 꼼짝도 하지 않고 그대로 멈춰 있을 것만 같은 세계. 그러다 그 누군가가 페이지를 넘기는 순간 거짓말처럼 다시 스르륵 흘러가는 시간. 그렇게 아무렇지도 않게 멈춰버린 시간의 틈에서, 내 안에 갇혀 있지 않은 다른 악마들을 보았다. 가끔씩 현장 근처를 어슬렁거리곤 하던 바로 그 악마들이었다.

인간의 영역이 아닌 임무들. 원래 그 영역에 살고 있던 평범한 악마들. 때로는 옷깃을 스치거나 눈이 마주쳐도 그저 길 위를 오가는 다른 많은 사람들처럼 아무렇지도 않게 지나쳐갔던 악마들. 그들의 영역에서 일하는 평범한 존재로 받아들여진 느낌. 아주 오래전부터 느껴온 당혹스러운 소속감.

그 순간, 문득 그런 생각이 들었다. 은수는 다른 사람을 구할 수가 없어서 나를 실험 대상으로 고른 게 아니었다. 어쩌면 그건 내가 나서지 않으면 절대 성공할 수 없는 실험이었을지도 모른다. 내가 남들보다 특별히 감도가 좋아서 우연히 악마들을 더 잘 깨우게 된 게 아니라, 아주 오래전부터 누군가에 의해, 이 실험에 적합하도록 천천히 배양되어왔다는 뜻이었다.

렌즈를 끼기 훨씬 전부터, 아니 렌즈에 관한 소문조차 듣지 못했던 때부터 이미 나는 현장에서 종종 악마와 마주치곤 했다. 악마의 환각을 보기 시작한 것이다. 아주 오래전부터. 그때부터 지금까지 나를 알고 있던 사람이라고는 조직을 통틀어 오로지 조은수 한 사람밖에 찾을 수 없을 만큼 오랜 과거. 그러니까 그 말은 결국, 조은수가 나에게 악마를 심어두었다는 말이었다.

달려가는 속도 그대로 잠깐 고개를 돌려 150미터 밖에 있는 은수를 돌아보았다. 은수 역시 내 쪽을 바라보고 있었다. 꽤 먼 거리였지만, 눈썹 한 올까지 선명하게 보이는 은수의 얼굴. 건물 사이로 언뜻 비치는 은수의 창백한 얼굴.

'그래.'

은수가 고개를 끄덕였다. 다음 골목으로 접어들자 은수도 시야에서 사라져버렸다. 하지만 그와 함께 은수의 생각이 눈을 통해 내 머릿속으로 직접 전해져왔다.

'아주 오래전부터.'

그런데 도대체 얼마나 오래된 걸까. 내가 물었다.

"그보다 도대체 왜 그런 거야? 왜 나를 이런 곳으로 끌어들인 거야?"

굳이 대답을 듣지 않아도 알 것 같았다. 끌어들인 게 아니라 같이 있어주기를 바랐던 것이다. 어떤 무서운 일이 벌어질지 그때는 상상조차 못 했겠지만, 그녀는 그럴수록 누가 함께 해줬으면 좋겠다는 생각이 들었을 것이다.

그게 미안했던 걸까. 그래서 그 말을 할 수 없었던 걸까.

너는 그 일에 대해 묻지 않기로 했다. 묻지 않고도 다 알 수 있었다. 대신 다른 걸 물었다. 일일이 확인하지 않으면 알 수 없는 사소한 것들을.

"그러니까 이건 임상실험인 거지? 완성된 기술을 나한테 응용하는 게 아니라 지금 여기서 완성시켜야 하는 거지? 마지막 가공을 거치는 작업장이 따로 있는 게 아니고 현장에서 직접 완성해야 하는 거였어. 그렇지?"

은수가 다시 한 번 고개를 끄덕였다.

"성공해야 빠져나갈 수 있는 걸 테고. 그런데 실패하면? 결국 성공하지 못하면?"

달아난 요원들의 최후가 떠올랐다. 나도 그렇게 버려지는 걸까.

마지막 순간에 최창수가 은수를 풀어준 이유를 알 것 같았다. 최종 목적은 조금 달랐을지 몰라도 최소한 중간 목표만큼은 두 사람 다 거의 다를 게 없었기 때문이다. 이 실험을 마무리하는 것.

최창수가 노리는 건 아마도 장무권의 전략무기일 것이다. 어쩌면 이 기괴한 네트워크 어딘가에 최창수가 침투할 수 있는 경로가 마련되어 있을지도 모른다. 은수가 그 경로를 차단하고 있겠지만, 그렇게 되게 내버려두지는 않겠지만, 그 은수조차도 자칫 잘못하면 정말로 뚫려버릴지도 모른다는 불안한 생각을 떨쳐버리지 못하고 있는 눈치였다.

'그런데 은수의 최종 목표는 뭘까? 결국 뭘 얻어내려는 거지?'

눈밭 위를 달렸다. 눈 위에 찍힌 내 발자국에서 희미하게 피 냄새가 배어나왔다. 사냥이 계속됐다. 조직의 현장요원들은 포위망 안에 갇혀 있다는 사실조차 알지 못한 채 한 사람씩 한 사람씩 전상을 이탈했다. 영원히 돌아올 수 없는 머나먼 후방으로.

 그러는 사이 마음 안쪽을 향해 눈 하나가 더 생겨났다. 그 눈을 통해 나는 내 안에서 꿈틀대는 무언가를 가만히 바라보았다. 피를 먹고 자라는 악마. 내 몸을 통해 생명의 마지막 떨림을 느낄 때마다 조금씩 조금씩 자라나는 악마. 나는 악마를 배양하는 숙주가 되어 있었다. 그렇게 자라난 악마가 이미 내 존재의 상당 부분을 장악하고 있었다.

 정확히 말하면, 누군가에게 나를 빼앗긴 것은 아니었다. 내 일부를 빼앗긴 게 아니라, 어차피 내가 완전히 장악하지 못하고 있던 나의 숨겨진 부분을 누군가가 보다 효율적으로 점령해준 것뿐이었다. 내가 아는 나는 거의 그대로였다. 다만 나 자신도 모르고 있던 나의 영역이 누군가에 의해 새로 발견되었을 뿐. 그런데 그 부분이 그렇게 넓을 줄은 나도 몰랐다. 내 의식이 평생을 장악해온 부분보다 훨씬 더 깊고 넓고 거대한 나. 그리고 그 깊고 거대한 나는 시간을 거슬러 공간을 초월해 결국 자연의 영역으로까지 이어져 있었다. 대자연의 일부, 우주의 질서를 그대로 간직한 나.

 그것은 발명이 아니라 발견이었다. 없던 악마를 만들어내는 과정이 아니라 이미 오래전부터 잠재해 있던 악마를 일깨우는 과정이었다. 내 안에 잠재해 있던 악마가 아니라, 나라는 개념이 발생하기 훨씬 전, 생명의 보다 근원적인 부분에 잠재해 있던 악마를 불러내는 일. 중추신경계 어딘가에 남겨진 기억이 아니라 유전자 안에 새겨진 기억들.

 다른 사람의 생명을 빼앗는 순간 내 몸을 통해 전해지는 생명체의 마지막 떨림이 그 기억을 일깨우는 가장 중요한 단서였다. 내 안에 있는 악마들이 나에게 열광하는 건, 내 감각기관을 통해 전해지는 죽음의 감각이 다른 실험 대상자들의 몸을 통해 전해지던 감각보다 훨씬 더 맑고 순수하다는 이유에서였다.

그렇게 이식형 콘택트렌즈는 악마라는 이름의 새 인격체와, 인간의 의식만으로는 완전히 장악하지 못하고 있던 인간 내부의 무한한 우주와, 인간의 경계 바깥에 놓인 세상을 떠돌던 수많은 정보들을 집적해놓은 거의 우주만큼 방대한 정보종합체계를, 하나의 신경조직망 안에 재배열하고 있었다. 숙주를 죽이지 않고 적절한 속도로 그 거대한 인격체의 신경조직망을 재구축해내는 일. 그 어마어마한 속도를 제어하는 기술. 그게 바로 조은수의 몫이었다. 내 환영 속에서는 그 재배열 단계가 깨어난 악마의 숫자로 환산되어 나타났다. 네 개의 이름을 가진 악마. 악마의 이름은 모두 다섯. 그 말은 곧 지금이 5단계 중 4단계라는 뜻이었다.

다섯 번째 악마는 깨어나지 않고 있었다. 그사이 희생자를 둘이나 더 했는데도 마찬가지였다. 피 냄새가 짙어졌다. 좀처럼 섞이지 않는 여러 사람의 피 냄새. 그래도 다섯 번째 악마는 소식이 없었다.

검은 조직의 반응이 그보다 더 빨랐다. 상황을 파악하기에는 꽤 짧은 시간이었는데도 현장요원이 아홉이나 사라져버리자 포위망이 한순간 움츠러드는 모습이 보였다.

"재정비하고 있어. 이제 시간이 많지 않아. 여기 포위망도 그렇고, 네트워크 쪽으로도 뚫고 들어올 거야."

은수가 말했다.

"어떻게 하라고? 마지막 열쇠가 뭐야? 열 명을 채우면 돼? 아니면 백 명?"

"그런 게 아니야."

"그럼?"

"한 명이야."

"그게 누군데?"

아무런 대답도 들려오지 않았다.

'뭘까. 은수가 두려워하는 건. 그리고 그 눈을 피해서 결국 얻어내려는 건.'

없어.

내 안에 있던 누군가가 그렇게 말했다. 봉이라는 이름의 네 번째 악마였다. 혹은 그런 이름으로 묶을 수 있는, 내안에 잠재해 있던 수많은 악마성의 한 단면인지도 몰랐다.

뭔가를 얻어내도 그걸 쓸 시간이 없거든. 그 인간은 이제 얼마 안 남았어. 그런데 인간들은 무언가를 소유하려면 시간이 들어. 잡아먹든 사용하든 아니면 그냥 바라만 보든. 아무튼 시간을 들여서 상호작용을 하지 않으면 아무것도 소유하거나 소모할 수 없어. 대체로 소중한 것일수록 더 긴 시간이 들지. 이 정도 노력을 들이고 있다는 건 그만큼 중요한 걸 얻어내려 한다는 뜻으로 읽히겠지. 하지만 과연 그럴까. 저 인간한테 남은 시간을 봐. 길지 않아. 아주 짧은 시간만 들여서 소유할 수 있는 게 아니면 아무것도 원할 수 없는 상태야. 그러니까 저건 뭔가를 얻으려는 게 아니야.

은수를 바라보았다.

그래. 은수를 바라봐. 저건 소유하려는 게 아니라 버리려는 거야. 마지막 조건이 뭐랬지? 딱 한 명이야, 한 명. 그게 누굴까? 김은경일까. 아니면 너일까? 보이지 않아, 저기 앉아 있는 사람이?

광장으로 발걸음을 돌렸다.

그래. 광장으로 가. 기습은 끝났어. 저쪽도 대열을 정비했으니까. 이제 모습을 감춰도 소용없어. 숨을 데가 없거든. 물러날 거야? 여기서 이대로? 그럼 뭐가 되지? 장준용이 그 파리 비행기를 날려 보내서 은경이를 구해주고 너도 살려줄 것 같아? 다시 남은 휴가를 떠날 거야? 일곱 달이나 남은 그 휴가? 7개월이면 뭔가 근사한 걸 소유할 수 있을까? 그런데 너한테 진짜로 일곱 달이나 더 남아 있을까? 너도 알고 있잖아. 그 순간에 이미 세상이 기울어지기 시작했다는 거. 지금도 기울고 있는 게 보이지 않아? 이건 몇 도지. 83도쯤? 모두가 거의 벽에 붙어 있지 않아? 세계가 전부 옆으로 삐딱하게 서 있잖아. 그런데 그걸 알고 있는 건 너밖에 없어. 이런 데를 빠져나갈 수 있을까? 선택의 여지라는 게 남아 있을까? 무슨 선택을 하든 결국 저 아래로 달려가게 돼 있었다는 거, 휴가를 반납한 바로 그날부터, 아니 그보다 훨씬 전에 은경이를 따라나서기로 한 바로 그날부터, 세상이 기울어가고 있었다는 거 잘 알고 있잖아.

기울어진 세상이 쿵 하고 흔들렸다. 탈탈 털어내듯 흔들리는 세계. 아래쪽으로 살짝 미끄러져 내려갔다. 발걸음이 다시 광장 쪽으로 향했다.

피할 수 없어. 선택할 수도 없고. 저 아래에 있는 걸 만나게 될 때까지.

'그게 뭐지?'

세상을 기울인 다섯 번째 악마!

그 목소리가 그렇게 대답했다.

나는 광장을 가로질러 은수에게로 다가갔다. 손을 뻗으면 닿을 만큼 가까이 다가서자 바람 소리처럼 희미한 목소리로 은수가 말했다.

"다섯 번째 악마를 깨워야 해. 그런데 그 단계에는 안전장치가 있어. 그걸 해제해야 돼."

"안전장치? 그게 뭔데?"

은수에게 물었다.

"악마의 숨통을 끊어야지, 보통 인간이 아니라. 그게 마지막 희생양이야."

그리고 그때, 소리 없이 총알이 날아와 은수가 서 있는 곳 바로 옆을 스쳐 지나갔다. 은수가 황급히 몸을 움직여 광장에 세워져 있는 가판대 뒤로 숨었다. 저격수였다. 나는 재빨리 방향을 바꿔 몸을 숨긴 채 총알이 날아온 쪽으로 달려갔다.

붉은색 대문. 5층 두 번째 창. 위치를 확인했다. 그쪽으로 달려가면서 은수에게 물었다.

"널 노린 거지? 계획을 바꾼 건가?"

"아마도. 시간이 얼마 없을 것 같아. 그 전에 어서 끝내야 돼."

"어떻게 하면 되는데?"

계단을 뛰어 올라갔다. 어두침침한 계단. 순식간에 오를 수 있는 계단이었지만, 한편으로는 영원처럼 길게 느껴지는 계단이었다. 왼쪽으로 뱅글뱅글 돌아가는 길. 마음 깊숙한 곳을 향해 파고 들어가는 코르크 따개 같은.

가까이에 있는 벽을 타고 발소리가 요란하게 들려왔다. 공간 전체를 채우는 나의 흔적. 서서히 악마로 변해가는, 그다지 마주하고 싶지 않은 내 존재의 잔상.

악마가 숨겨져 있었다. 내 안 깊숙한 곳에. 최근 일은 아니었다. 내가 생각하는 것보다 훨씬 더 오래된 일이었다. 이백만 년, 혹은 일억 육천만 년 전쯤.

악마가 사람들 속으로 모습을 감추고 사람들이 세상을 활보하게 된 시절에, 연방이 생기고 검은 사람들이 나타났다. 그리고 그보다 조금 앞서 전략무기개발계획이라는 음모가 있었다. 사람들 안에 숨겨져 있는 악마를 일깨우는 계획. 단순한 정보들을 단순하지 않은 것으로 만드는 기술. 평범한 기계를, 심지어 평범한 인간을 평범하지 않은 무기로 만드는 기술. 인간은 원래 평범하지 않으니까.

그러다 누군가가 뜻밖의 악마를 발견했다. 사람 안에 담아둘 수 없는 거대한 악마. 무대 위에서만 발현되지만 언제까지나 인간이라는 좁은 무대 안에만 머물 수는 없는, 무대를 거부하는 무대 밖의 악마. 세상을 기울여버린 거대한 네트워크. 은수의 디코이, 수백 개의 디코이 저격 프로그램. 첩보위성들, 그리고 이식형 콘택트렌즈. 그렇게 세상 밖으로 튀어나온 랑폐의 악마.

정보가 쏟아져 들어왔다. 은수가 흘려주는 대로. 악마의 다른 측면. 내 안에 뿌리를 내린 채 내 신경을 인간 이상으로 활성화시키는 악마의 내향적 측면이 아닌, 연방의 정보종합체계를 장악하고 있는 거대한 악마의 적극적인 외면이 조은수의 통제에 따라 나에게로 빠르게 흘러들어왔다.

나는 마침내 은수가 하는 말을 제대로 알아들을 수 있었다. 은수와 직접 연결되어 있었으니까. 말들이 밀려왔다. 은수의 진심. 은수가 하고 싶은 말.

장무권의 진짜 전략무기는, 바로 악마였다. 핵잠수함 한 대와 잠수함발사탄도미사일, 그리고 핵탄두 한 개를 팔아서 만들어낸 물건.

'그럼 그 초소형비행체들은?'

은수가 대답했다

'그건 그냥 도구에 지나지 않지. 세상을 기울일 수 있는데 그런 게 뭐가 아쉽겠어? 세상을 전부 무기로 사용할 수 있는데. 세상에 있는 무기는 전부 다. 심지어 무기가 아닌 것들도 전부.'

그 순간 흘러들어온 또 하나의 비밀.

기밀문서였다. 덜그럭거리는 느낌이 나는, 표면이 유난히 껄끄러운 정보. 이상하게 생긴 암호들이 머릿속을 뚫고 지나갔다. 암호를 삼킨 뇌가 기괴하게 뒤틀렸다. 은수가 끼어들어 그 혼란을 바로잡았다. 그러자 잠시 후에 문서가 보였다.

문서를 훑었다. 의미 없는 정보들이 빠른 속도로 지나쳐갔다. 하지만 의미 있는 정보란 어떤 정보일까. 그런 게 나타나면 알아볼 수나 있는 걸까. 다시 은수가 끼어들었다. 스쳐 지나간 정보들이 다시 눈앞에 나타났다. 속도가 느려졌다. 글자 몇 개가 도드라져 보이기 시작했다. 지도를 확대하듯 그쪽으로 다가갔다. 그러자 글자들이 점점 커졌다.

그 글자들 위에 사뿐히 내려앉았다. 문서 전체에서 가장 중요한 부분. 전략무기개발네트워크의 최종 책임자. 연방권력서열 3위의 실력자 장무권의 뒤를 이어받은 진짜 후계자. 그 이름.

그 사람의 이름이 머릿속을 가득 채웠다. 그 사람의 얼굴. 그 사람의 실루엣. 발소리 하나까지 너무나 익숙한 느낌. 조은수라는 이름의 아련한 추억.

조은수. 후계자 조은수!

계단 끝에 다다랐다. 5층 복도로 접어드는 통로. 방문이 닫혀 있지 않은 방이 있었다. 발소리를 죽인 채 그쪽으로 미끄러져 들어갔다. 품에서 칼이 빠져나왔다. 칼 손잡이를 힘껏 움켜쥐고 창밖으로 고개를 내밀고 있는 저격수를 향해 성큼 다가갔다.

은수를 노리고 있다! 은수의 목숨을 빼앗으려 하고 있다! 저 총으로.

분노가 치밀어 올랐다. 손끝이 하얘졌다. 그 하얀 손에 검은 칼날이 들려 있었다. 무뎌질 대로 무뎌져 돌도끼처럼 둔해진 칼끝. 그 칼끝으로 저격수의 목을 그었다. 어째서 이런 손으로 사람을 벨 수 있는 거지?

다시 시간이 느려졌다. 악마들의 시간이 머릿속을 지배했다.

후계자 조은수. 선명하게 씌어 있는 조은수라는 이름에서 작은 파문이 번져갔다. 그럴 수가. 어떻게 그런 일이 있을 수가. 또 다른 메아리가 머릿속을 가득 채웠다. 그랬구나. 그래서 그랬던 거구나. 서로 어울리지 않을 것 같은 어지러운 소리들. 당황, 그리고 때늦은 깨달음. 아무래도 그건 내 목소리 같았다.

그래서 고문을 당했구나. 그래도 끝까지 비밀을 지켰구나. 그래서 다시 내 곁으로 돌아오고, 나를 데리고 결국 여기까지 왔구나. 은경이에게로.

피로가 밀려왔다. 무릎이 살짝 꺾였다. 어떻게 그걸 다 감당하고 있었을까. 저 깡마른 어깨로. 저 쇠약해진 몸으로.

마음을 가라앉히고 은수에게 물었다.

"장준용은 그 사실을 알고 있는 거야?"

"아니, 몰라. 아무도 몰라. 몰라야 하는 상황이었어. 조직이 여러 갈래로 나뉘었거든. 서로가 서로를 몰랐어. 후계자로 지명은 됐지만 추대되지는 못했어. 어차피 나도 여기저기를 떠도는 신세였으니까."

"그럼 그게 무슨 의미야. 아무도 너를 지지해주지 않는데. 장준용을 봐. 완전히 적이라도 되는 것처럼 굴었잖아."

"내부의 적이니까. 하지만 의미는 있어. 제일 중요한 누군가가 한시적으로나마 내 지배를 받고 있거든."

"누구?"

"악마. 내가 직접 다섯 개의 이름을 붙여준, 바로 그 악마. 아직 깨어나지 않은, 아직은 네 안에 잠들어 있는 그 아이."

그 아이.

계단을 내려갔다. 은수에게로 달려갔다. 세상이 완전히 90도로 기울어졌다. 눈발이 수평으로 떨어지고 있었다. 은수와 연결되어 있던 두 개의 위성이 봄날의 올로모우츠를 눈앞에 펼쳐 보였다. 눈이 하나도 덮이지 않은 매끈한 도로. 온기를 잔뜩 머금은 나뭇잎의 광채.

저런 온기를 언제 마지막으로 느껴봤을까. 저렇게 똑바로 놓인 대지를 언제 마지막으로 밟아봤던가. 아니, 평생 한 번이나 그래본 적이 있었을까. 부드러운 오후의 태양빛을 받아 선명하게 빛나는 옛 시청의 천문시계. 경사지지 않은 세계. 가고 싶은 곳 어느 방향으로 발을 디디든 그냥 그쪽이 길이 되는 세상.

계단을 내려가 붉은 문을 열고 광장으로 나섰다. 눈 내리는 광장. 구름 사이를 겨우겨우 뚫고 나온 희미한 햇살이 온통 눈으로 덮인 올로모우츠 광장의 흰색에 반사되어 내 눈을 태워버릴 듯 환하게 빛났다. 나는 그 빛을 뚫고 광장 한가운데, 은수가 몸을 숨기고 있는 곳으로 달려갔다. 검은색으로 변한 은수. 정면으로 바라봐도 눈이 시리지 않은 유일한 존재, 조은수의 실루엣.

그 앞에 다가섰다. 은수의 목소리가 들려왔다. 생각으로 전해지는 말이 아니라, 성대를 울려서 공기를 통해 전해지는 진짜 조은수의 목소리였다.

"나 없이는 아무도 봉인을 못 풀어. 그런데 또 내가 살아 있으면 악마가 못 깨어나게 해놨어."

"그럼?"

"한순간에 바꿔버려야지. 내 상태를."

나는 속으로 그 말을 되짚었다. 삶에서 죽음으로 바꾸라는 거겠지. 한순간에.

다시 은수가 말했다.

"지배해. 다섯 개의 이름을 가진 악마를. 그리고 그걸로 은경이를 구해."

나는 은수의 두 눈을 말없이 바라보았다. 금방 감겨버릴 것처럼 힘없는 눈빛이었다. 그렇게 한번 감겨버리고 나면 다시는 떠지지 않을 것 같은 눈.

'결국 이걸 부탁하려던 거였구나. 그래서 선뜻 말을 못 했구나. 하지만 나더러 그걸 하라고? 이제 겨우 진짜 네가 누군지 알게 됐는데, 그래서 드디어 의심을 버리고 완전히 너를 신뢰할 수 있게 됐는데. 어쩌면, 너를 진심으로 받아들일 수 있게 됐는데. 지금 당장 여기서 그 일을 해야 한다고?'

조심스러운 목소리로 은수에게 물었다.

"그런데 그 아이, 정말로 네가 지배하고 있던 건 맞아?"

세상을 기울인 악마 251

"아니, 사실은 나도 버거워. 놓아버리고 싶어. 날아가버리게."

힘없는 목소리. 절망 가득한 흐느낌. 조은수의 입에서 나오는 말이라고는 도저히 상상조차 할 수 없는, 연약한 영혼의 너무나도 평범한 한마디. 평범한 조은수를 만났다. 하필이면 너무나도 춥고 낯선 곳이었다.

호흡이 멈췄다. 거의 숨을 쉴 수가 없었다. 시선을 아래로 떨어뜨렸다. 은수의 손에 총이 들려 있었다.

그 총을 집어 들어 은수의 이마를 겨누었다. 망설이지 않았다. 은수의 생각이 머릿속으로 밀려들어왔다.

'그래. 지금이야. 지금 빠져나가야 해. 더 깊이 빨려 들어가기 전에 바로 그렇게. 너라면 할 수 있을 줄 알았어. 다른 사람은 몰라도 너라면 꼭.'

생각들이 폭죽처럼 터져 나왔다. 무대 위의 은경이, 꺼져가는 은수, 7개월 남은 내 여생, 그리고 연방영재학교 시절의 어느 여름날. 특별히 기억할 건 하나도 없는, 그냥 별 걱정 없이 평화로운 것만으로도 족했던 오후.

'사실은 그때 이미 이 모든 게 시작됐던 건지도 몰라. 세상이 조금씩 기울고 있었던 거라고. 그런데 우리, 어쩌다 이렇게 하나같이 다 처량한 신세가 됐을까.'

은수의 두 눈을 말없이 바라보았다. 은수가 미소를 지으며 나지막이 속삭였다.

"끝으로 하나만. 그 악마의 이름, 내가 직접 지어준 마지막 악마의 이름은……."

방아쇠를 당겼다. 시간이 멈췄다.

얼마 동안이나 멈춰 있었던 걸까. 그걸 측정할 시간마저도 모두 멈춰 있어서, 얼마나 긴 시간이었는지 도무지 감을 잡을 수 없었다.
"추. 추야."

그 말을 방아쇠 삼아 다시 시간이 흘렀다. 강렬한 반동이 느껴졌다. 총알이 총구를 빠져나갔다. 주위에 있던 사람들이 깜짝 놀라 우리 쪽을 돌아보았다.
조은수를 통해서만 열 수 있는 봉인. 오로지 조은수의 목숨이 끊어지는 순간에만. 그 봉인을 향해 총알이 날아갔다. 이미 돌이킬 수 없는 순간이었다.

두 눈을 통해 직접 이어져 있는 은수에게, 입과 귀를 통하지 않고 마음으로 말했다.
"결국 악마였군요."
"네, 악마였습니다."
"악마가 된 이 마음은 감사히 받아두겠습니다."
"네. 부디 그래주세요."
"사랑했습니다. 그렇게 말해주고 싶었습니다."
"나도요. 영원히 잊지 않겠습니다."
총성이 광장을 가득 채웠다. 쏟아지던 눈송이마저 잠시 멈칫하던 순간. 은수의 마지막 떨림이 공기를 통해 전해지던 순간.
온 마음을 다해 은수에게 말했다.

내 안에 깃든 악마가 당신 안에 깃든 악마에게.
"안녕."

천사의 취향

　　　　　　　　　　악마를 만났다. 얼굴을 또렷하게 알아볼 수는 없었다. 두 눈의 초점이 맞춰지는 자리마다 무언가 흐릿한 것이 나타나 시야를 가렸다.

　초점 주변으로 언뜻언뜻 악마의 얼굴이 보였다. 별로 두렵지도 낯설지도 않은 얼굴. 악마는 어떤 표정을 짓고 있었을까. 석상처럼 무표정한 얼굴이 아니었을까.

　비현실적인 얼굴이었다. 윤곽을 알아보기 어려운 형상이었다. 날카로운 칼날을 밟고 빙판 위를 걷듯, 시선이 피사체의 표면에 내려앉지 못하고 자꾸만 미끄러지기를 반복하고 있었다. 그러자 그 표면에 흠집이 생겼다. 시선과 피사체 사이, 바로 그 경계면에. 칼날에 긁힌 얼음처럼 날카로운 상처였다. 그 작은 상처들이 어지럽게 겹쳐지더니 시야 한가운데에 잔상이 맺혔다. 눈을 감아도 여전히 남아 있는 흔적. 유리에 난 상처처럼 날카로운 빛을 반사해내는 잔상.

　어차피 악마는 우리가 아는 차원에 놓여 있는 존재가 아니었다. 그러니 눈으로 직접 봐야만 존재를 확인할 수 있는 것도 아니었다. 악마의 숨소리가 들렸다. 날개 소리였는지도 모른다. 다섯 개의 이름을 가진 악마. 그의 존재가 느껴졌다.

시선 끝에 맺힌 잔상이 시야 전체로 퍼져나갔다. 시선이 내려앉을 곳이 하나둘 사라져버렸다. 마침내 그 어디에도 시선을 둘 수 없게 될 때까지.

"남은 자."

그가 말했다. 익숙한 목소리였다. 감정이 전혀 실리지 않은 낮고 무거운 목소리. 달아난 현장요원들의 시신을 통해 말하던, 죽음 너머에서부터 전해져오던 목소리.

그 자리에 털썩 주저앉았다. 최창수의 포위망이 좁혀 들어오고 있었다. 하지만 그런 건 중요하지 않았다. 문제는 다른 포위망이었다. 악마의 틈새를 비집고 들어와 전략무기네트워크 전체를 기웃거리고 있는 방대한 규모의 가상 인격체. 아니, 인격이라고 하기에는 너무도 메마른, 감정이라고는 느껴지지 않는 거대한 취향 덩어리. 조은수의 디코였다. 최창수에게 조종당하는 가짜 조은수.

"저건 어쩔 거지?"

악마가 나에게 물었다. 나는 온몸이 점점 굳어져갔다. 너무 거대한 악마를 내 안에 담고 있었기 때문이다. 은수에게서 나에게로 옮겨온 악마. 게다가 그 악마는 조금 전과 비교해도 훨씬 더 크기가 커져 있었다.

나는 악마의 마음속을 들여다보았다. 그 안에 거대한 바다가 펼쳐져 있었다. 그 바다 위에 온 정신을 집중했다. 그러자 수면 위에 거품이 일더니 육중한 물체가 파도를 가르며 모습을 드러냈다.

"딱 좋은 미끼군. 그걸 던져주려고? 좋은 생각이야."

악마가 말했다. 악마의 마음속에 흡족수함이 떠올랐다. 악마가 한 일이 아니라 내가 한 일이었다. 검은 조직의 시선을 돌리기 위한 미끼. 조은수의 디코이가 그쪽으로 고개를 돌렸다. 역시 걸려들지 않을 수 없는 미끼인 모양이었다.

잠시 후 조은수의 디코이가 온 바다를 찾아 헤매기 시작했다. 악마의 마음속이 아닌, 실제 지구 표면을 덮고 있는 모든 바다 위를. 핵잠수함의 위치를 알아내기 위해서였다. 악마의 마음속에 핵잠수함이 떠 있다면 실제 바다 어딘가에도 핵잠수함이 떠 있을 가능성이 있었다. 적어도 조은수의 디코이는 그렇게 믿고 있었다.

물론 잠수함의 위치는 쉽게 드러나지 않았다. 어차피 존재하지 않는 잠수함이었으니까.

악마의 마음으로 비집고 들어온 연방의 취향 덩어리가 조은수의 모습을 하고는, 악마의 마음속에 떠 있는 가상의 잠수함 갑판 위에 올라섰다.

'시간문제야. 언제까지 숨길 수 있을 것 같아?'

그렇게 말하는 듯 자신 있는 표정이었다.

나는 하늘 위 어딘가에 온 신경을 집중했다. 그쪽에 주의를 기울이라는 의미였다. 조은수의 디코이에게 보내는 메시지. 그러자 조은수의 디코이가 고개를 들더니 구름을 뚫고 하늘 위를 올려다보았다. 천체망원경만큼 정교한 그 눈에 첩보위성 하나가 모습을 드러냈다.

악마가 우리 모두에게 그 첩보위성의 시야를 공개했다. 무슨 일을 하고 있는지, 어디를 노려보고 있는지. 서대한 지도가 마음속에 펼쳐졌다. 위성의 시야였다. 그 지도 한곳에 점 하나가 찍혀 있었다. 붉은색 원을 두른 채 깜빡이는 점. 악마의 시선이 그 위에 내려앉았다. 그러자 그곳의 풍경이 수천 배로 도드라졌다. 눈동자가 커지듯 극적인 광경이었다.

익숙한 윤곽. 밤하늘의 별처럼 밝게 빛나는 불빛들. 모두가 아는 곳. 연방 수도의 야경이었다.

악마가 직접 핵잠수함에 장착된 탄도미사일의 안전장치를 만지작거렸다. 디코이 핵잠수함. 핵잠수함의 취향. 가짜 항로들. 가짜 명령 신호들. 최근 며칠간의 행적이 담긴 가짜 항해일지. 믿든 안 믿든 일단 대비할 수밖에 없는, 사라진 핵잠수함의 고독한 항로.

은경이의 머리 위에 핵우산이 씌워졌다. 은경이의 신변에 문제가 생기는 즉시 연방수도를 목표로 핵무기를 발사하겠다는 협박. 연방의 검은 대리인들이 모두 한 발 뒤로 물러섰다.

안전해졌다. 비로소 은경이의 위태로운 몸을 안전한 곳으로 옮겨 놓을 수 있게 됐다.

눈 쌓인 올로모우츠의 광장 한가운데. 내 몸이 의식을 잃고 힘없이 무너져 내렸다. 그 순간, 내 몸을 매개로 작용하던 지구 중력의 굴레를 모두 떨쳐버린 내 마음이 악마의 마음속으로 완전히 빨려 들어갔다.

꿈결에 잠깐, 흘려버린 내 몸을 누군가가 주워 가는 느낌이 들었다. 거칠게 다루는 태도를 보니 아무래도 장준용은 아닌 것 같았다.

꿈을 꿨다. 어쩌면 꿈이 아니라 그것만이 유일한 현실이었을지도 모른다. 악마의 마음속. 조은수의 계획에 따라 세상 곳곳에 펼쳐져 있던 감각기관들. 그 방대한 정보수집망. 그것을 통해 전해지는 재해석된 세계. 악마는 그 감각기관 자체가 아니라 재해석과 관련된 곳 어딘가에 자리를 잡고 있었다. 영혼이라고 불러도 좋고, 마음이라고 불러도 좋을 그 어딘가.

나에게 그 공간은 거의 꿈에 가까웠다. 평소 때라면 무의식의 검열에 의해 모두 차단됐을 꿈. 그렇게 생생하게 느껴볼 수도 없고, 혹시 느꼈더라도 절대 기억해내지 못할 악몽.

은수가 만들어준 내 디코이가 떠올랐다. 가짜 나. 진짜 나의 행적을 숨기기 위해, 가짜로 내 인생을 살아가던 또 다른 나. 언젠가 우연히 그 디코이의 행적을 본 적이 있다. 그 순간 내가 느꼈던 감정이 사람의 모양을 하고 내 눈앞에 나타났다. 나를 쏙 빼닮은 가짜 나.

그 사람은, 은수가 만들어준 내 디코이는, 진짜 나보다 훨씬 더 훌륭한 사람이었다. 조금 더 지적이고, 조금 더 여유로우며, 신분 상승에 대한 조바심이나 영원히 따라잡지 못할 대상에 대한 열등감도 없이, 그 무엇에도 쫓기지 않고 항상 꼿꼿했다. 우연히 그 디코이의 활동 내역을 보게 된 순간, 나는 그게 다름 아닌 은수가 생각하는 나라는 걸 깨달았다. 은수의 눈에 비친 나. 물론 현재의 내가 아닌, 미래의 나. 이미 그런 사람이 돼 있다기보다는, 언젠가 그런 사람이 되어주었으면 하는 은수의 바람이 무의식중에 그대로 투영된 모습. 진짜 나와 나를 바라보는 은수의 눈 사이 어딘가에 맺힌 표면의 잔상. 은수의 마음속에 담긴 나. 은수의 꿈속에 등장하는 내 모습.

그런 내 모습이 어쩐지 아름다웠다. 그래서 그 꿈은 악몽이 아니었다. 어쩌면 그 꿈은 그 순간에 내가 꿀 수 있는 모든 꿈 중에서 가장 평화롭고 아름다운 꿈이었을지도 모른다. 평화로운 꿈. 그래서 오래도록 깨지 않고 이어지는 꿈.

그것은 천사의 취향이었다. 사랑하는 누군가의 눈에 담긴 나의 삶. 비록 그 사람이 나를 악마의 영역으로 끌어들였다 해도.

눈을 떴다. 다시 현실이었다. 수직으로 완전히 기울어진 세상. 그 벽에 붙어사는 인간들의 삶. 그 삶 속에 놓여 있는 조그만 무대. 그 무대 안에 담겨 있는 또 한 겹의 무대. 무대 안의 무대, 무대를 둘러싼 무대. 삶과 죽음의 아슬아슬한 경계, 그곳을 향해 무한히 수렴해가는 은경이의 무대.

무대 앞에 펼쳐진 객석. 객석 안에 감춰져 있는, 조명이 들지 않는 조그만 무대. 내가 앉은 자리. 내 옆에 앉아 있는 또 다른 누군가.

"이제야 정신이 드십니까?"

목소리가 들려왔다. 쇳소리가 섞여 있는 낮은 목소리. 최창수였다.

"힘든 겁니까, 그거? 하루 꼬박 정신이 돌아오지 않더군요. 그래서 좀 애를 먹었습니다. 아무래도 그쪽은 상대하기 힘드니까요. 아시죠, 그쪽 인격? 뭐라고 부르시는지 모르겠지만."

"악마."

"악마. 뭐, 좋으실 대로. 아무튼 대화가 잘 안 통하는 친구더군요. 그래서 여기로 모셔왔습니다. 정신이 다시 돌아오지 않을까 해서요. 아, 강제로 데리고 온 건 아니고, 그 악마라는 친구도 걷는 것 정도는 곧잘 하더라고요. 계단은 잘 못 오르는 것 같지만."

속삭이는 소리에 금세 정신이 맑아졌다. 두통이 약간 남아 있었지만 자신이 어떤 상황에 처해 있는지 판단하기 곤란할 정도는 아니었다.

다시 그가 말했다.

"그러게 보이는 대로 솔직하게 말씀해주시기만 하면 저를 다시 만날 일 같은 것도 없을 거라고 이야기했을 텐데요. 뭐, 그거야 다 사정이 있었겠지만. 아무튼 덕분에 서로 일이 커졌습니다."

전날 광장에서 있었던 일을 떠올렸다. 현장요원이 그렇게 많이 당했으니 현장책임자인 최창수는 직접적으로나 간접적으로나 아마 타격을 꽤 받을 것이다. 연방의 노인네들이 그런 일을 가만히 두고 볼 리는 없으니까. 얼마나 지나야 체코까지 불똥이 튈까. 하루, 혹은 이틀?

눈을 들어 무대를 바라보았다. 침대 위에 은경이가 놓여 있었다. 그 모습을 가만히 바라보고 있자니, 어쩌면 은경이에게는 하루 중 제일 마음 편한 순간이 바로 저 시간일지도 모르겠다는 생각이 들었다.

그렇다고 은경이의 자세가 편안해 보이는 것은 아니었다. 여전히 은경이는 빛을 내고 있었지만, 그 무대 위에 놓여 있는 한 은경이는 어디까지나 사람이 아니었다. 다만 죽음이라는 이름의 사물일 뿐이었다.

은경이가 연기하는 죽음을 에워싸고 침묵이 무겁게 내려앉는 것이 느껴졌다. 시간을 빼앗긴 공간. 소리를 전할 공기가 없어서가 아니라, 그 공기의 진동을 담아낼 시간 자체가 얼어붙어서 만들어진 절대적인 침묵이었다. 생명이 정지된 곳, 죽음만이 영원한 공간. 영원히 침묵하겠다는 선언. 그 선언을 도저히 믿을 수 없는 사람들. 조직의 검은 대리인. 은수의 디코이를 걷어낸 최창수.

"이제는 솔직히 말씀해주시겠습니까. 속일 필요 없이 그저 보이는 대로. 궁금해서 그럽니다. 진짜로 뭐가 보이십니까, 저 무대 위에?"

악마가 보였다. 랑페의 악마. 다섯 개의 이름을 가진 은수의 악마였다. 추라는 이름을 가진 마지막 악마.

"벌거벗은 시체 하나."

그렇게 대답했다. 그가 내 귀에 대고 속삭였다.

"이거 왜 이러십니까. 말장난할 단계는 한참 전에 지났지요. 이렇게 편안한 의자에 나란히 앉아 있다고 여기가 객석이라고 생각하시면 곤란합니다. 이제 무대는 저쪽이 아니고 이쪽입니다. 여기도 마찬가지라는 말입니다. 목숨을 걸라고요. 한 마디 한 마디에."

점점 정신이 맑아졌다. 객석 중간중간에 조직의 요원들이 앉아 있는 모습이 눈에 들어왔다. 객석에 셋, 무대 뒤에 하나, 공연장 문밖에 둘. 물론 내 안에 깃든 악마가 알려준 정보였다.

최창수가 말했다.

"뭐, 좋습니다. 알아서 하시죠. 하지만 지금 이 순간이 마지막 시간이라고 생각하시는 게 좋을 겁니다. 충분히 즐기시라는 말씀입니다. 곧 찾아낼 거거든요. 장무권이 빼돌린 잠수함. 더 놀라운 사실이 뭔지 아십니까. 그 잠수함이라는 게 존재하지 않을지도 모른다는 사실을 이쪽에서 이미 알고 있다는 겁니다."

나는 그를 흘깃 돌아보았다.

"확증이 없어서 그렇지, 그게 디코이일 수 있다는 걸 모르는 건 아니니까요. 뭔가가 있다는 걸 밝혀내는 쪽이, 없다는 걸 알아내는 것보다 쉽기는 하더라고요. 발견되는 순간 수색이 종료되니까. 그런데 없다는 걸 알아내려면 전체를 다 수색할 수밖에 없거든요. 그래서 어떻게 하기로 한 줄 아십니까. 대충 찾기로 했습니다."

"대충?"

"90퍼센트까지만 탐색할 생각입니다. 한 시간쯤 더 걸리겠지요. 그때까지 아무것도 발견되지 않으면 끝장입니다. 칼자루가 뒤집혔지요? 저도 좀 놀랐습니다. 위에서 그런 결단을 내릴 줄이야. 잘 아시겠지만 언방의 비공식 이사결정 구조라는 게 그렇게 효율적이지

천사의 취향　**263**

는 않으니까요. 아무튼 한 시간 뒤면 이 연극도 끝입니다. 김은경도, 요원님도, 전부. 그러니까 즐기시지요. 복잡하게 머리 굴릴 생각은 하지 말고 푹. 아, 편안하게 쉬시라고 이쪽에서도 준비는 꽤 철저하게 해놨습니다. 보고 있는 눈이 많을 테니 빠져나갈 생각은 안 하시는 게 좋을 겁니다. 우리도 그렇게 바보는 아니니까요. 무리하지 말고 그냥 쉬세요."

그는 시계를 슬쩍 들여다보더니, 감았는지 떴는지 알 수 없을 만큼 눈을 가늘게 뜨고는 고개를 살짝 아래로 향했다. 그러고는 아무 소리도 들려오지 않았다. 속삭이는 소리는 물론 숨소리조차도 들리지 않았다.

'하지만 당신 생각대로 되지는 않을 텐데.'

최창수는 아무래도 악마를 대수롭지 않게 생각하는 게 분명했다. 단지 장무권의 비밀무기에 접근하는 수단 정도로만 알고 있는 듯했다. 다시 말해 그 말은, 조은수 자체를 대수롭지 않게 생각하고 있다는 뜻이기도 했다.

'조은수의 디코이를 믿고 저러는 거겠지.'

그때였다. 은수가 숨겨둔 카드가 눈앞에 아른거렸다. 곡선이었다. 자연 상태에서는 존재하기 힘든 인위적인 곡선 몇 개가 어두운 공연장 안에 삼차원으로 펼쳐지고 있었다.

'장준용이 잠입했군.'

조종장치. 그 말을 떠올렸다. 그러자 그 말을 들은 악마가 무내를 떠나 객석 위로 날아올랐다. 조종장치가 되어주기 위해서였다. 조종장치 따위가 되기 위해 만들어진 건 아니지만 원한다면 언제든 그 정도는 되어줄 수 있는 충직한 대리인. 눈이 저릿했다. 내 안에 깃든 악마가 다섯 번째 악마 추에게 속삭였다. 손발이 되라고. 조종장치가 되라고.

그 순간. 객석 위를 떠돌던 여섯 대의 작은 비행기들이 움직임을 거두고 그 자리에 그대로 멈춰 섰다. 붙박이인 듯, 공간 위에 그대로 박혀버린 여섯 개의 점이 내 눈에 한없이 낯설게 느껴졌다.

"지배해. 다섯 개의 이름을 가진 악마를."

은수의 말이 떠올랐다. 내 지배를 받는 은수의 악마가 그 여섯 대의 비행기를 내 신경망에 직접 연결해주었다. TX-Hz 독소주입기. 비행기들이 자신을 소개했다. 일련번호들, 그리고 현재 상태를 나타내는 몇 개의 지표들이 빨려들 듯 내 머릿속으로 날아 들어왔다.

공격준비 완료. 명령 대기 중.

어디선가 집결을 알리는 나팔 소리가 들려왔다. 나는 그 나팔 소리에 맞춰 은수에게서 넘겨받은 깃발을 들어 올렸다. 그리고 객석 곳곳에 앉아 있는 최창수의 현장요원들을 향해, 그 여섯 대의 비행기를 날려 보냈다.

공격!

비행기들이 날아가 검은 사람들의 혈관에 침을 꽂아 넣었다. 작지만 치명적인 공격. 눈치조차 챌 수 없는, 가장 확실한 일격. 죽음 여섯 개가 올로모우츠로 배달되었다. 악마가 그 모습을 흡족하게 바라보았다.

작은 카메라를 장착한 초소형비행체들이 그 광경을 낱낱이 기록하고 있었다. 장준용을 비롯한 전략무기개발네트워크 쪽 현장요원들의 메시지가 눈으로 훤히 보이는 듯했다.

"조종장치가 완성되었습니다. 주은수는 제거되고 말았지만, 다행히 조은수의 기술은 무사히 전달된 것 같습니다."

수신인은 세계 곳곳에 퍼져 있는, 이름을 알 수 없는 장무권의 오랜 지지자들이었다.

'한 대가 모자라는군. 최창수는 좀 더 살려둘 생각인가.'

그리고 그게 끝이 아니었다. 수도를 공격하기 전에 김은경을 구출할 것. 은수와 내가 장준용에게 내건 조건 하나가 달성되자 다음 집결 나팔 소리가 세상 저편, 지평선 너머 어딘가에서 희미하게 울려퍼졌다.

악마의 눈을 빌려 그쪽을 돌아보았다. 위성이며 감시 카메라, 그 외에 감지할 수 있는 모든 종류의 전파신호까지. 활용 가능한 온갖 정보들이 머릿속으로 밀려들어왔다. 악마는 정보들의 다발이었다. 또한 악마는 마음이기도 했다. 천 개의 눈을 가진 마음. 조금씩 조금씩, 세상 곳곳에 분산되어 있는 악마의 거대한 신경계가 한꺼번에 그쪽으로 마음을 쏟자, 연방의 정보감시망이 요란한 경보를 울려대며 일제히 잠에서 깨어나기 시작했다. 그러나 그들은 정확히 어디가 어떻게 공격받고 있는지 파악할 수가 없었다.

나는 원래 계획보다 많은 70대의 초소형비행체 편대를 이끌고, 삼엄한 경계망이 펼쳐져 있는 연방대의원 전용 숙소로 조용히 잠입해 들어갔다. 그리고 동시에 그 70대 모두를 조종해서, 누가 봐도 아무렇지도 않게 보고 지나쳐버릴 자연스러운 선을 그리며, 원래보다 두 배 이상 늘어난 표적들을 향해 날아갔다.

그리고 공격.

잠들어 있던 70명의 표적들이 저항 한 번 못하고 잠들어 있던 모습 그대로 좀 더 깊은 잠에 빠져들었다. 70개의 죽음이 수도로 배달되었다. 악마가 그 모습을 꼼꼼하게 기록한 다음, 다시 전략무기개발 네트워크 전체에 그 소식을 전했다.

그리고 무사 귀환. 한 대도 빠짐없이. 모두 나 혼자서 한 일이었다. 인간 조종사가 투입됐다면 기술 인력까지 포함해서 적어도 270명 정도가 필요한 일이었다. 그게 악마의 효과였다. 아니, 악마가 할 수 있는 수많은 일 중 가장 간단한 축에 드는 일이었다.

'아침이 되면 연방은 원인조차 알 수 없는 이상한 질병으로 안보 전략 라인 전체가 거의 완전히 무너져버린 것을 보고는 깜짝 놀라겠지. 하지만 그 70명은 뭘까. 원래는 서른 명이었는데. 나머지 마흔 명은 어디서 왔지? 검토했던 명단 전체로 표적을 확대한 건가? 누가 결정한 거지? 그냥 아무 생각 없이 따라 해도 되는 걸까?'

숨소리가 들려왔다. 공연장에 있던 연방의 현장요원 중 유일하게 공격을 받지 않은 한 사람, 최창수가 다시 숨을 들이쉬는 소리였다.

그의 전화기로 경계경보가 전해졌다. 그쪽을 흘끗 바라보기만 해도, 전해지는 정보가 그대로 눈에 들어왔다. 그 경계경보에는 내용이 없었다. 구체적으로 무슨 일이 벌어지고 있는지는 아직 알 수 없지만 아무튼 경계를 강화하라는 내용이 다였다.

'이제는 더 대비할 것도 없을 텐데. 이미 모든 것을 다 잃어버렸을 테니.'

최창수가 다시 인기척을 감췄다. 다른 요원들의 상태는 확인하지 않은 모양이었다.

나는 그를 가만히 내버려뒀다. 당분간은 무슨 일이 일어났는지 알리고 싶지 않았다. 오랜만에, 실로 오랜만에, 편안한 마음으로 객석의 고요를 즐기고 싶었다.

다시 휴가였다. 평범한 일상이었다. 어디선가 검은 사람들이 불쑥 나타나 그 잔잔한 시간의 흐름을 방해하지 않기로 약속한 기간. 등을 이리저리 움직여 의자의 쿠션을 더듬었다. 차갑고 딱딱한 일상의 외골격 위에 아주 얇게 단 한 겹으로 깔려 있는 최소한의 안락함. 내가 어떤 사람이든 어떤 일을 겪었든 상관없이 그 순간 그 자리에 있다는 이유만으로, 다른 사람들과 똑같이 나에게도 미처 금지되지 않은 이 소박한 휴식.

나는 편안한 자세로 의자에 앉아 무대 위의 은경이를 가만히 바라보았다.

'이제 곧 이 겨울도 지나가겠지. 은경이를 덮고 있는 두터운 어둠도 저 무대가 끝나면 전부 사라질 거야. 이제 모든 게 다 제자리로 돌아갈 거야. 숨어 있을 필요도 없고 침묵할 필요도 없고 스스로 죽었다고 선언할 필요도 없이.'

잠시 후면 전략무기개발네트워크의 최고의결기구가 핵심부품 대량생산을 재개할 것이다. 그다음은 장준용이 이야기한 수순에 따라, 은경이가 은수를 대신해 후계자로 추대될 것이다. 은수를 받아들일 수 없었던 사람들도 은경이에 대해서는 특별히 반대를 표명하지 않을 게 분명했다. 은경이는 은수가 아니니까. 그리고 저렇게 반짝반짝 빛나는 은경이라면 누가 봐도 충분히 그럴 만한 자격이 있어 보일 테니까.

다섯 겹의 주머니 속에 든 송곳 같은 은경이.

그런데 바로 그 순간이었다. 그 생각을 떠올린 바로 그 순간. 문득 이상한 생각이 머릿속을 관통해 지나쳐갔다.

송곳. 다섯 겹의 주머니 속에 든 송곳.

기억을 더듬었다. 그 말을 누구한테서 들었더라. 주머니 속에 든 송곳이라는 말이야 별로 특별할 것도 없지만, 그 '다섯 겹'이라는 말은, 누가 했더라.

나는 하루 전보다 훨씬 넓어진 내 머릿속을 샅샅이 뒤져 맨 처음 그 말을 들은 순간을 되살려냈다. 그 기억의 원본. 정확히 "다섯 겹의 주머니 속에 든 송곳"이라는 말을 들었던 순간. 원본을 재생했다. 은수의 목소리였다. 은수가 나에게 해준 말이었다. 은경이에 대해 이야기하면서 한 말이었다.

다섯 겹. 은경이. 다섯 악마. 다섯 개의 이름. 은수가 직접 지어준 악마들의 이름. 목숨이 끊어지기 직전, 은수가 마지막으로 건넨 한 마디. 다섯 번째 악마의 이름.

악마의 기억을 헤집었다. 은수에게만 접근이 허락된 기억들. 그 기억을 더듬었다. 은수가 걸어둔 마지막 봉인을 푼 사람. 그 자격으로, 나에게도 역시 그 기억에 대한 접근 권한이 주어져 있었다.

무엇을 질문해야 할까. 잠깐 망설였으나 오래 지나지 않아 실마리가 나타났다. 말로 표현할 수 없는 직관적인 힌트가. 그 실마리에 정신을 집중하자 질문 하나가 머릿속에 떠올랐다.

'혹시 이 연구 프로젝트, 그 마지막 악마에서부터 시작된 계획인가? 즉, 다섯 번째 악마가 다른 모든 악마의 원형인가?'

'그렇다.'

악마가 대답했다. 내가 생각한 대로였다. 나중에 깨어난 악마가 보다 먼저 만들어선 악마였다. 악마를 새로 만들어낸 게 아니라 아주 오래전부터 인간의 마음속에 자리 잡고 있던 악마를 연방의 공간으로 불러낸 거라면, 악마의 다섯 측면을 모두 일깨워 완전한 상태에 도달하게 된 순간, 즉 마지막 악마를 불러내는 순간, 결국 그 악마의 가장 순수한 형태를, 악마의 원형을 만나게 되는 거니까.

'그렇다.'

다시 한 번 악마가 대답했다. 그럴 것 같았다. 가장 순수한 형태의 악마가 당연히 가장 큰 잠재력을 갖고 있는 구조였다. 깨우기는 제일 힘들겠지만 그만큼 근원적인 힘의 원천이겠지. 인간 정신력의 최대치에 도달하려면 결국 그 정도 경지에 이르러야 했을 테니까.

나는 마치 목소리를 가다듬듯 정신을 가다듬고 악마에게 물었다.

'추. 그게 다섯 번째 악마의 이름인가?'

'그렇다.'

악마가 대답했다.

낭중지추囊中之錐. 은경이의 처지. 주머니 속에 든 송곳. 다섯 겹의 악마. 다섯 겹의 주머니. 마지막 순간에 은수가 한 말. 악마의 마지막 이름. 추.

낭중지추. 다섯 겹의 주머니 속에 든 악마. 악마의 원형.

마지막까지 은수가 감추려 했던 것. 그러면서도 그 눈빛을 통해 간절히 말하고자 했던 한마디. 악마가 알아서는 안 되는 것. 하지만 악마와 하나가 된 나에게만은 반드시 전달해야 했던 이야기.

은경이였다. 은경이가 바로 악마의 원형이었다. 세상을 기울인 다섯 번째 악마.

정확히 말하면 악마의 원형이 은경이가 아니라, 누군가가 악마의 원형에다 은경이의 이름을 각인해놓았을 것이다. 깨어나자마자 은경이를 따라가도록. 그래서 은경이가 마음만 먹으면 언제든 소유권을 주장할 수 있도록.

먹이사슬을 떠올렸다. 은경이가 움직이면 내가 움직이고, 내가 움직이면 은수가 움직인다. 만약 은경이가 은수를 움직여 무슨 일인가를 도모하려 한다면, 우선은 나를 미끼로 던져야 한다. 그리고 나를 미끼로 던지려면,

'스스로를 던져야 했겠지.'

악마가 끼어들었다.

고개를 들어 무대 위의 악마를 바라보았다. 이제 더는 초점이 흐려지지 않았다. 악마의 얼굴이, 시체를 연기하는 은경이의 모습을 가만히 내려다보고 있던 악마의 얼굴이, 너무나 선명하게 내 눈에 들어왔다. 그것은 다름 아닌 은경이의 얼굴이었다.

'설마. 어째서 이런 일이. 그동안 무슨 일이 있었던 거야. 그 침묵은 뭐야? 그 완전한 죽음은? 그게 전부 다 연기였던 거야? 정말로?'

그리고 그때였다. 예민해질 대로 예민해진 내 시야에 은경이가 입술을 실룩거리는 모습이 포착됐다. 죽은 듯 전혀 미동도 하지 않던 은경이가, 숨도 쉬지 않는다고 느껴질 만큼 거의 완벽하게 죽음을 연기하고 있던 은경이가, 처음으로 입술을 움직여 무슨 말인가를 하고 있었다.

악마가 허리를 숙여 은경이의 입 근처에 귀를 갖다 댔다. 나도 무대 한쪽 벽에 붙어 있던 도청용 초소형비행체를 움직여 은경이가 누워 있는 곳 근처에 내려앉게 했다. 날개 소리가 나지 않도록. 조그만 소리 하나라도 놓치지 않도록.

소리가 들려왔다. 속삭이는 소리였다. 먼 곳을 스쳐가는 바람 소리처럼 들릴 듯 말 듯 멀게 느껴지는 소리.

"바보들."

그 소리에 심장이 덜컥 멎어버렸다.

"바보들."

다시 한 번 그 소리가 이어졌다.

"바보들. 바보들. 바보들. 바보들. 바보들. 바보들……."

그 말이 머릿속에 울려 퍼졌다.

바보. 바보. 바보. 바보. 바보. 바보.

'뭐가 바보라는 거지?'

악마에게 물었다. 악마가 대답했다.

'누가 봉인을 풀든 결국 주인이 정해져 있을 거라는 얘기지. 맨 처음 이 프로젝트가 시작됐을 때 이미 수신인이 정해져 있었거든. 백지수표가 아니라는 말이야. 봉인을 푼 사람이 지배하는 게 아니라, 무조건 지배자가 지배한다는 뜻이지. 물론 그 지배자는 당연히…….'

바보.

은경이가 체코로 온 이유를 알 것 같았다. 은경이를 따라 조직이 움직이고, 조직이 나를 은경이에게로 안내한다. 내가 은경이를 위해 휴가를 반납하고, 은수가 나를 위해 모습을 드러낸다. 그 은수가 악마를 깨운다. 나를 위해, 목숨을 걸고. 하지만 그 악마는 결국…….

그 은수를 잡기 위해 장준용까지 떴으니, 결국 모든 카드들이 테이블 위로 나온 셈이었다. 은경이는 결국 장무권의 후계자 자리를 차지하고, 그걸로도 모자라서 악마라는 이름의 전략무기에 전술무기

이프까지 모두 장악한 셈이었다. 은수를 제물로 바쳐서. 그리고 나를 이용해서. 그럼 나는 이제 어떻게 되는 걸까.

악마가 나를 향해 미소를 떠올렸다. 온기 같은 건 별로 느껴지지 않는 미소였다.

그때 문득, 일단 악마를 내 안에 담아두었으니 어쨌든 지금 당장 나를 어떻게 하지는 못할 거라는 생각이 머릿속을 스쳐 지나갔다. 그러나 바로 다음 순간, 어쩌면 내 역할은 거기까지일지도 모른다는 깨달음이 이어졌다. 불을 지핀 다음 조용히 사라지는 역할. 내 안에 악마를 담아둔 게 아니라 그저 잠들어 있던 악마를 깨우는 게 내 역할일 뿐이라면, 그리고 만약 내 눈에 있는 것과 똑같은 렌즈가 은경이의 눈에도 들어 있다면, 은경이의 얼굴을 한 악마는 과연 누구를 선택할까. 나일까, 아니면 은경이일까.

궁지에 몰렸다. 수직으로 기운 채 가만히 멈춰 있던 세상이 다시 서서히 기울기 시작했다. 그보다 더 절망적일 수 없다고 생각했던 상황이 조금 더 당황스러운 상황으로 변해갔다.

'세상을 기울일 만큼 무시무시한 악마가, 설마 두 명의 지배자를 용인하지는 않겠지.'

그렇게 세상이 뒤집히고 있었다. 내 휴가도 이미 거의 끝나가고 있었다.

추錐

쿠션을 떠날 시간. 수직을 넘어, 거꾸로 뒤집힌 세상을 향해 계속해서 기울어만 가는 올로모우츠의 밤.

자리에서 일어나 객석 뒤쪽으로 걸어 나갔다. 최창수가 당황한 듯 고개를 들더니 대답을 할 리 없는 부하 요원들에게 무언가 부지런히 손짓을 해댔다. 그러다 결국 아무 반응도 보이지 않는 부하들을 대신해 자신이 직접 나를 따라나섰다. 나는 걸음을 멈추고 뒤를 돌아보았다. 그러자 그가 품에서 총을 꺼내더니 총구를 내 눈앞에 갖다 대며 이렇게 속삭였다.

"무슨 짓을 한 거야? 어디를 빠져나가려고?"

반말이었다. 당황한 목소리. 조금 전의 여유는 전혀 느껴지지 않았다.

"당신 적은 내가 아니라는데."

그에게 말했다. 그의 눈에서 망설임이 느껴졌다. 그리고 내 적도 당신이 아니지. 그런데 왜 이자를 살려둔 걸까. 나를 제지하라고? 그럴 수 없으리라는 건 알고 있을 텐데. 그럼 혹시, 이 상황을 지켜보라고 남겨둔 거야? 온 신경을 체코에 집중시켜놓은 사이에 수도가 무방비 상태로 뚫려버리는 상황을 두 눈으로 직접 확인하라고? 그걸 연출한 거야?

나는 은경이를 돌아보았다. 이런 게 은경이 스타일인가? 아니었다. 내 기억이 맞다면 은경이는 그런 부류의 사람이 아니었다. 그것은 오히려 최창수의 스타일에 가까웠다. 프라하 역 앞 광장, 가짜 소음기, 북반구 전체를 담당하는 현장책임자치고는 깔끔하지 않은 연출, 임무 자체보다는 다른 누군가에게 보여주는 데에 적합한, 다분히 정치적이고 연극적인 계산.

"당신한테 그대로 되갚아주려는 모양인데. 앉아서 좀 더 공연을 지켜보는 게 낫겠어."

내 말에 그가 인상을 찌푸렸다. 무슨 영문인지 전혀 알 수 없다는 표정이었다.

은경이한테 도대체 무슨 짓을 한 거야? 은수한테 한 짓은 묻고 싶지도 않아. 얼마나 끔찍하고 무섭게 굴었으면 다른 사람도 아닌 은경이가, 저 김은경이, 당신 하나를 콕 집어서 마침내 보복공격을 성공시키는 순간을 직접 목격하게 하는 거냐고.

문득 그런 생각이 들었다. 갑자기 늘어난 마흔 명의 표적. 그 추가 명단을 작성한 것은 다름 아닌 은경이 본인이 아니었을까.

다시 최창수의 얼굴을 돌아보았다. 가만히 그 얼굴을 바라보고 있자니, 새삼 은경이에 대한 연민이 느껴졌다. 이를 갈고 있었구나. 죽음의 골짜기에 벌거벗은 채로 누워서 언제 들이닥칠지 모를 사나운 포식자의 이빨을 기다리는 마음으로. 그렇게 이를 갈고 있었구나. 그러나 만에 하나, 가능성은 적겠지만 그래도 만에 하나, 그 기나긴 죽음의 시간을 무사히 넘길 수만 있다면, 반드시 이렇게 되갚아주리라 하고 마음속으로 다짐하면서, 그 긴 시간은 정말로 죽은 듯이 견

녀냈겠구나.

최창수에게 말했다.

"나를 상대할 때가 아닐 거야. 당신 상대는 저쪽이거든. 그런데 저 사람, 당신 생각처럼 만만하지는 않을 거야. 뭐가 보이냐고 물었지? 본 대로 말해달라고. 뭐가 보이냐면, 악마가 보여. 원래 악마는 저쪽 편이 아닌 줄 알았는데, 지금은 그렇게 됐어. 상대하기 힘들 거야. 벌써 한발 늦었고."

"늦어?"

그리고 그 순간, 어디선가 작은 점 하나가 날아오더니 그의 눈앞, 거의 20센티미터쯤 되는 곳에서 날개를 가늘게 떨며 그대로 멈춰 섰다. 육안으로도 알아볼 수 있을 만큼 가까운 거리. 누가 봐도 자연물로는 보이지 않는, 정교한 기계장치임이 분명한 작은 점 하나.

그의 얼굴에 그가 하는 생각이 그대로 떠올랐다.

'저건 그냥 점 하나 크기잖아. 전략무기라는 게 결국 저거였어? 여기에 매복해 있던 다른 요원들을 해치운 것도 저거였을까? 방금 내려진 경계경보도? 하지만 저 작은 점 하나에 그걸 다 밀어 넣다니. 그리고 저런 게 도대체 몇 개나 있는 걸까?'

"그게 다가 아니야. 아무튼 당신 적은 내가 아니라 저쪽이야. 상대하기가 쉽지는 않겠지만."

그 말을 남기고 다시 문 쪽으로 돌아섰다. 그는 더 이상 내 뒤를 쫓지 않았다.

'아무튼 확실한 건, 당신한테도 오늘이 마지막 날이라는 거겠지.'

그 무렵 연방은 약 반 시간 전부터, 빗발치듯 사방에서 쏟아져 들어오는 위험경보에 기능이 거의 마비될 지경이었다. 테러경보에 공습경보, 미사일 공격, 전면전 징후, 지진경보에 핵폭발경보, 각종 기상특보에 주식시장 교란까지. 상상할 수 있는 모든 위협 요소들이 거의 동시에 전방위적으로 연방의 영토를 위협하자, 연방은 일순간 대처 능력을 완전히 상실한 것처럼 보였다.

물론 미리 준비된 절차에 따라 긴급 상황에 대비한 여러 조치들이 일일이 명령을 기다리지 않고 기계적으로 착착 작동하게 되어 있었지만, 그런 절차들은 기껏해야 한 번에 한두 가지 상황이 동시에 발생하는 것을 전제로 구성되어 있었기 때문에, 모든 사람이 동시에 대여섯 가지 역할을 수행해야 하는 상황이 발생하자 우선순위를 정하지 못하고 결국은 어딘가가 꼬이고 말았다.

그게 바로 악마의 위력이었다. 악마가 만들어낸 가상의 위협, 가상의 경보들이 연방의 인지체계를 엉터리로 만든 결과였다.

그러나 연방은 그대로 무너지지 않았다. 약 15분 만에 연방최고회의로부터 권한을 위임받은 긴급명령체계가 작동하면서, 닥쳐오는 위협들에 대한 우선순위가 매겨지고 포기해야 할 것과 반드시 확인해야 할 일들이 순서대로 정해졌다. 우선 상공을 날고 있던 초계기 두 대가 국경 근처에서 육안으로 상황을 파악하는 것을 시작으로, 5분 대기조에 15분 대기조까지 모두 열다섯 대의 전투기가 영공을 훑고 지나가자 대부분의 경보들이 허위라는 사실이 밝혀졌다. 그리고 마침내 연방은 사태를 파악할 수 있게 되었다. 실제로 닥쳐오는 위협은 어디에도 없었다. 그사이 연방대의원대회 숙소가 이미 습격을 당했다는 사실을 제외하면.

그 순간 악마가 서서히 정체를 드러냈다. 어차피 악마는 지구 전역에 흩어져 있는 정보망을 기반으로 하는 존재였으므로 정확히 어느 지점에서 악마가 출현했는지는 알 수 없었다. 그래도 연방은 그게 악마라는 사실 정도는 알 수 있었다. 결국 그 악마도 연방이 생산한 전략무기이기 때문이었다.

연방이 악마에 대응하기 위해 마련해둔 안전장치들이 거의 자동반응에 가깝게 작동하기 시작했다. 그 안전장치들은 주로 악마의 신경망에 해당하는 정보종합체계를 폭파하는 방식으로 작동했다. 그러나 그 순간 연방은 악마가 꺼내든 무기에 잠시 주춤하고 말았다.

연방과 연방의 동맹국들이 뻔히 지켜보는 가운데, 전 세계 열두 개 국가에 배치되어 있던 서른일곱 개의 핵탄두가 통제를 상실한 채 공격목표를 수정해 연방의 주요 도시들을 겨냥하고 있었던 것이다. 특히나 연방을 당황하게 만든 것은 바로 이 대목이었다. 이번에는 가짜가 아니라는 것. 거짓 위험경보나 디코이 핵잠수함이 아닌 진짜 핵무기들이 연방 구석구석을 실제로 노리고 있다는 사실이었다.

그리고 그와 함께 이런 메시지가 전달됐다.

〈지금 즉시 모든 방해조치를 중단하고 무조건 항복할 것. 두 번째 경고는 하지 않겠음.〉

그 말에 연방이 그대로 우뚝 멈춰 섰다. 손에 든 무기를 미처 내려놓지도 못한 채, 더는 아무 판단도 내리지 못하고 그대로 멈춰 섰다. 악마가 유유히 그 주위를 맴돌았다.

그리고 그게 다가 아니었다. 이상한 경보가 다시 한 번 연방을 뒤흔들었다. 연방은 고개를 들어 위를 올려다보았다. 정체를 알 수 없는 어떤 비행물체가 연방을 향해 마하 40에 육박하는 빠른 속도로 날아오고 있다는 소식 때문이었다.

연방은 잔뜩 긴장했다. 자신을 겨누고 있던 서른일곱 개의 총구 중 하나가, 핵탄두를 실은 탄도미사일 하나가 실수로 발사된 건 아닐까. 하지만 그 물체는 핵미사일이라고 하기에는 속도가 너무 빨랐다. 지구 주위를 떠돌던 무기도 아닌 듯했다. 인공위성의 지구중력 탈출속도를 그대로 간직하고 있다고 계산하더라도 역시나 속도가 너무 빨랐기 때문이다. 어디서부터 날아왔는지 추적이 전혀 불가능한 가운데, 곧장 연방을 향해 날아오는 물체.

대피명령이 떨어졌다. 하지만 시간이 충분하지 않았다. 겨우 2분. 이미 벙커나 대피소 안에 들어가 있는 사람이 아니라면 누구라도 몸을 숨길 만한 곳을 찾기 어려운 시간이었다.

크기가 얼마나 큰 물체일까. 질량은? 대량살상무기를 탑재하고 있는 건 아닐까. 아니, 어쩌면 이것 역시 가짜가 아닐까. 하지만 만에 하나 가짜가 아니라면. 연방의 정보망이 닿지 않는 궤도 위 어딘가, 어느 국가가 비밀리에 만들어 배치해놓은, 정체조차 알 수 없는 치명적인 전략무기가 연방을 향해 전력질주를 하고 있는 게 맞다면.

1분 30초 뒤, 비상근무 중인 연방전략 라인 전체에 충격에 대비하라는 명령이 떨어졌다. 아직 한창 깊은 잠에 빠져 있을 대부분의 민간인들에 대한 조치는 아무것도 내려지지 않았다. 어차피 피할 수 있는 방법은 없었다. 그러니 명령을 전달받은 쪽이라고 해서 크게 달라질 것이 없었다. 어떤 식으로 충격에 대비하라는 건지 알 수 없었기 때문이다. 그저 기도나 해두라는 뜻인지도 몰랐다.

순간, 연방 전역의 작전통신망이 거짓말처럼 일제히 숙연해졌다. 정말로 기도를 하고 있기라도 한 것처럼.

15초,

10초,

5초,

3초,

2초,

1초,

그리고 0초.

미확인 비행물체가 연방 수도를 강타했다. 마하 40 이상. 대기권을 지나는 동안에도 속도가 전혀 느려지지 않은 상태였다. 그 물체는 그대로 연방을 관통해 지구 중심을 향해 날아갔다. 그리고 잠시 후에 지구 반대편에서 다시 모습을 드러내더니 우주 저편으로 멀어져 갔다. 여전히 그 속도를 그대로 유지한 채였다.

가짜였다. 이번에도 가짜 공격이었다. 연방이 안도의 한숨을 내쉬었다. 그러나 그 한숨이 채 끝나기도 전에 연방은 자신들이 어떤 상황에 처해 있는지를 알게 되었다. 연방은 악마에게 이미 모든 허점을 다 드러내 보인 것이나 다름없었다. 이제 악마에 대응할 수 있는 방법은 어디에도 없었다. 대응하려는 의지마저 완전히 꺾여버린 순간이었다. 그제야 연방은 손에 든 무기들을 조심스럽게 바닥에 내려놓았다.

 무장해제. 역사상 가장 짧은 시간에 승패가 결정지어진 국가 규모의 섬멸전이었다. 곧 그 결정적 승리의 효과가 빠른 속도로 세상 곳곳에 퍼져나갔다. 연방은 그렇게 완전히 무릎을 꿇었다. 그 광경을 지켜본 사람이라면 어느 누구든 비슷한 감정을 느낄 수밖에 없었다.

 그리고 그 소식은 나에게도 곧바로 전해졌다. 또한 앞서 일어난 일들도 모두 그 순간에 한꺼번에 나에게 전달되었다. 악마가 흘려주는 순서대로였다. 그 말은 내가 이미 악마에 대한 통제권을 상실했다는 뜻이었다. 나는 일개 시청자에 불과했다. 단지 남들보다 훨씬 성능 좋은 매체를 장착하고 있는 시청자. 그곳은 이미 내 무대가 아니었다. 나에게 주어진 역할이 단 하나도 남아 있지 않다는 뜻이었다. 아무래도 퇴장해야 할 시간이 온 것 같았다.
 나는 그대로 공연장을 빠져나와 계단을 통해 1층으로 내려갔다. 낯선 요원 세 사람이 내 앞을 가로막았다. 얼굴이 익숙하지 않은 걸 보면 최창수의 부하는 아닌 듯했다. 계단 바로 아래에 세 사람을 때려눕히고, 황망한 마음으로 문 앞에 섰다.
 '이제 어디로 가지? 도망칠 차례인가?'
 시끄러운 소리에 뒤를 돌아보았다. 서른 개가 넘는 검은 점들이 서서히 내 쪽으로 다가오고 있었다. FB-f. 전략무기개발네트워크의 주력 공격기였다.
 날파리 떼처럼 어지러운 궤적. 자연계 어디에서나 볼 수 있을 듯한 자연스럽고도 복잡한 패턴. 악마였다. 그런 게 바로 악마의 핵심이었다. 악마는 인위적이지 않았다. 아니, 자연 그 자체였다. 인간들이 만들어놓은 온갖 종류의 정보망을 통합해 언젠가는 인간세계 전체를 마음대로 주무를 수 있게 될지도 모르지만, 그 작동 방식만큼은 인간들의 문명과는 전혀 다른 방식이었다. 그렇다고 기계적인 느낌이 나는 것도 아니었다.

악마는, 진짜 악마의 순수한 취향은, 그냥 자연 상태 그 자체에 가까웠다. 지금은 아직 시작일 뿐이지만, 악마가 인간들과 손을 잡고 일을 꾸미려는 것도 결국 그런 동기에서 비롯된 일인지도 모른다. 인간의 문명이 어떤 식으로 뻗어나가든 그 모두를 자연으로 되돌리려는 의지. 혹은 그것 자체를 자연의 일부로 삼으려는 원대한 계획. 그 계획으로부터 자유로울 수 있는 사람이 있을까. 악마라는 건, 과연 통제나 지배가 가능한 존재이기나 한 걸까. 악마 스스로가 통제받기를 원하는 동안이 아니라면.

그런 생각에 잠겨 있는 사이 악마의 전투기 편대가 나를 향해 달려들었다. 나는 내가 할 수 있는 최대한으로 정신을 집중해서 그 비행기들에 대한 조종권을 장악하려고 노력했다. 하지만 역시 쉽지 않은 일이었다. 상대가 다름 아닌 악마였기 때문이다. 잠깐 동안 나에게 양도되었던 통제권이 악마에게 서서히 잠식되어갔고, 그럴수록 나는 점점 더 무기력해져만 갔다. 어쩌면 처음부터 아예 상대가 되지 않는 싸움이었을지도 모른다. 내가 동시에 조종할 수 있는 숫자라고 해봐야 일이백 대가 고작이었지만, 악마가 동시에 조종할 수 있는 비행기의 수는 거의 무한대에 가까웠으니까.

그때였다.

'문을 열어.'

내 안에서 낯익은 목소리가 들려왔다. 나는 생각할 겨를도 없이 곧장 문 쪽으로 돌아선 다음 출입문을 활짝 열어젖혔다. 그러자 매서운 겨울바람이 건물 안으로 쏟아져 들어왔다. 그리고 그 매서운 바람이 악마의 조그만 전투기 편대를 순식간에 뿔뿔이 흩어놓았다. 대열이 와해되어버린 악마의 기사단.

그러나 그것도 잠시였다. 다시 어디선가 집결을 알리는 나팔 소리가 들려왔다. 그 소리에 맞춰 작은 비행기들이 맹렬한 기세로 날개를 퍼덕였다. 그리고 그 기세 그대로 몰아치는 겨울바람을 거스르며 나를 향해 곧장 달려드는 것이었다.

나는 튀어나가듯 문밖으로 뛰쳐나간 다음 재빨리 출입문을 닫아버렸다. 초소형공격기 몇 대가 출입문을 공격하자 작은 폭발이 일어나 문을 날려버렸다. 그 충격에 내 몸 또한 허공을 날아가 몇 미터 밖 길바닥에 내동댕이쳐졌다.

'일어나. 어서 달려. 그러고 있을 시간이 없어!'

다시 누군가가 그렇게 외쳤다. 어떤 감각기관도 거치지 않고 머릿속으로 직접 전해지는 목소리. 은수였다. 살아 있는 은수가 아니라 내 기억 속에 묻혀 있는 은수의 흔적이었다.

나는 그 목소리가 시키는 대로 자리에서 벌떡 일어나 큰길 쪽으로 달려갔다. 초소형비행체들을 떼놓기 위해서가 아니라 인간 요원들의 추적을 따돌리기 위해서였다.

은수가 떠올랐다. 은수는 왜 그랬을까. 악마의 원형이 은경이라는 걸 알고 있었으면서. 수취인이 정해져 있는 물건이라는 걸 분명히 알았을 거면서. 나에게 그 사실을 전하기 위해 마지막 순간까지 그렇게 애썼으면서. 그런데 이렇게 될 줄은 몰랐던 걸까. 다른 해결 방법이 있으리라고 생각한 걸까. 일단 악마를 깨우고 나면 뭔가 빠져나갈 틈새가 보일 거라고?

 설마.

 그럴 리가 없었다. 은수는, 특급 정보분석가 조은수는, 절대로 그렇게 허술한 사람이 아니었다.

 '뭔가 방법이 있을 거야. 통할지 안 통할지 모르는 그런 방법이 아니라, 확실히 활용할 수 있는 수단이 분명 어딘가에 마련되어 있을 거야.'

 '그래.'

 다시 은수의 목소리가 그렇게 대답했다. 그런데 이번에는 뭔가가 달랐다. 그냥 내 머릿속에만 들어 있는 기억이 아닌 것 같았다. 정확히 위치를 알 수 없는 현실세계 어딘가, 내 기억이나 악마의 정보망과는 완전히 분리된 어딘가에 분명 물리적인 형태의 저장장치를 두고 있는 구체적인 기억인 것 같았다.

 그 목소리는 기억장치였다. 내 머릿속에서 재생되도록 설정된 은수의 마지막 메시지. 그 메시지를 담은 기억장치.

 은수에게 물었다. 은수의 마지막 기억을 담고 있는 그 기계에게 물었다.

 '그런 거야?'

 '그래. 바로 이런 순간에 깨어나게 해놨어.'

 '이런 순간에?'

 '응. 마지막 순간에. 그리고 악마의 손에서 벗어난 순간에. 아주 잠깐이겠지만.'

 '전부 은경이가 한 일이야? 너는 알고 있었어?'

 '그래. 알고 있었어. 전부 김은경이 꾸민 일이라고는 할 수 없지만

결과적으로 김은경을 위한 일이었어.'

'언제부터 시작된 거야? 얼마나 오래된 계획이지?'

'그건 나도 몰라. 하지만 나를 장무권의 후계자로 지목한 건 어쩌면 김은경 생각이었는지도 몰라. 적어도 그 순간까지는 거슬러 올라가야지. 그보다 더 전으로 거슬러 올라가면 인과관계를 따지기가 쉽지는 않아.'

'악마는? 이걸 전략무기로 만들기로 한 건? 하필 그 원형이 은경이인 건?'

'그래, 그것도 김은경이 주도한 거겠지. 이 프로젝트 자체가 사실은 김은경의 소유물이었던 것 같아. 내가 개입하기 훨씬 전부터 시작된 프로젝트거든. 그 전에 무슨 일이 있었는지는 나도 잘 모르겠지만 그때부터 이미 악마의 소유주가 각인되어 있었어. 다른 기술은 미완성이었는데도 그것만은 분명했던 걸 보면, 그것 자체가 권력 상속을 위한 프로젝트였던 거야. 그런 식으로 권력을 상속받을 계획이었던 거지.'

'그럼 나는 이제 어떻게 하면 되는 거지? 넌 지금 그걸 알려주려고 온 거야?'

'그래. 그러려고 지금 너한테 접속한 거야. 잘 들어, 달리면서. 마지막 기회야. 모든 걸 되돌릴 수 있는 건 아니지만 적어도 한 가지는 확실히 처리할 수 있어.'

'그게 뭔데?'

'악마의 심장. 그게 어디에 있는지 알고 있어. 아니, 정확히 어딘지는 몰라. 아무튼 그런 게 있다는 건 알고 있어.'

'내가 만들었으니까. 그런데 그걸 어떻게 한다는 거야?'

추(錐)   285

'멈추게 할 수 있어.'

'어떻게? 위치를 모른다면서.'

'대충은 알아. 인공위성이야. 작은 우주정거장이라고 불러도 될 만큼 큰 구조물이야. 거기에 숨겨놨어. 하늘 위에. 거기에 저 악마의 심장에 해당하는 부분이 있어. 우리 정보망과 인간의 내면 사이, 그 둘을 잇는 핵심 연결고리야. 그 둘 사이에서 어떤 속도로 어떤 방식으로 정보가 흘러가야 한쪽이 다른 한쪽을 파괴하지 않을지, 그게 이 기술의 핵심이거든. 그 실험 데이터가 거기에 있어. 사본 없는 유일한 원본으로.'

'그걸 왜 굳이 만든 거야?'

'자신이 없었거든. 장무권도, 다른 입안자들도. 이게 완성되고 난 뒤에도 정말로 자기들이 계획한 대로 악마를 연방의 통제 하에 둘 수 있을지 자신이 없었어. 그래서 굳이 약점을 만들어둔 거야. 마지막 순간에 이용할 수 있도록.'

'그 말은?'

'그걸 멈추면 악마를 돌려보낼 수 있다는 거지.'

'돌려보내?'

'죽일 방법은 없으니까. 다만 이쪽 문명세계로 넘어오지 못하게 할 수는 있을 거야. 적어도 지금 당장은. 너와의 연결은 확실하게 끊을 수 있어. 우리가 생성한 데이터는 제로로 돌릴 수 있다는 뜻이야. 추가실험이 이어진다면 또 모르겠지만 원천기술은 내가 가진 채였으니까, 쉽지는 않을 거야.'

'그걸 어떻게 멈추지? 위치를 모른다며.'

'응. 완성되고 나서 공전궤도를 바꿔버렸거든. 게다가 디코이 몇 개를 같이 띄워놨고. 그러니까 정확한 위치는 아무도 몰라. 핵잠수함보다도 안전하다고 볼 수 있지. 추적도 잘 안 되고, 밤하늘에다 묻어버린 거나 다름없으니까.'

'그런데?'

'위치를 몰라도 돼. 멈출 수 있어. 전략무기개발네트워크, 그중에서도 장준용이 속해 있는 바로 그 조직. 거기에서 그걸 궤도 위에 올려놓기 전에 이상한 낌새를 챈 모양이었거든. 일단 돈이 꽤 많이 흘러들어갔으니까. 그래서 뭔가를 그 안에 심어놓은 모양이더라고. 그런데 아무리 찾아도 뭔지를 모르겠는 거야. 그래서 그냥 내버려뒀어. 영원히 발사를 늦출 수는 없었으니까. 그런데 그걸 찾아냈어.'

'언제?'

'언제? 내가 죽고 나서. 다섯 번째 악마가 깨어난 뒤에. 내가 찾은 게 아니라 악마가 찾아냈어. 다른 많은 일들을 해냈던 것과 똑같은 방식으로.'

덤덤한 목소리였다. 나는 잠시 숨을 고른 후 다시 질문을 던졌다.

'그게 뭐였어?'

'G0-p. 초소형비행체야.'

익숙한 이름이었다. 처음 본 순간에도 역시 뭔가 특이하다는 생각을 했기 때문일 것이다. 나는 기억을 더듬어 그 문건을 찾아냈다. 며칠 전 플젠에서 장준용이 보여준 「초소형비행체 계보」라는 문건이었다. 그 안에 잔뜩 늘어서 있는 수십 종류의 비행기들. 그 짧지 않은 목록의 맨 마지막 줄. 외따로 떨어져 있는 특이한 이름 하나.

무중력침투기 G0(지제로) 계열의 유일한 기체. G0-p라는 이름의 관성비행시험기.

'그 안에 잠복해 있어. 그 비행기 한 대가. 그걸 깨울 수 있어. 다섯 번째 악마의 능력으로.'

은수가 말했다. 나는 보이지도 않는 은수의 기억을 향해 혼자서 말없이 고개를 끄덕였다.

'지금 바로 하면 되는 거야?'

'그래. 시간이 많지 않아. 악마의 능력으로 찾아낸 거고 또 그 능력을 가지고 조종을 해야 되는데, 통제권이 악마에게 완전히 넘어가면 어떻게 손써볼 방법이 없으니까. 그러니까 딱 지금밖에 없어.'

'알았어. 그런데 그거 관성비행시험기라며. 구조가 다른 거 아닌가? 조종할 수는 있는 거지?'

'조종은 할 수 있어. 그런데 좀 어려워. 중력이 제로니까. 알지? 지상에서 활동하도록 설계된 다른 기체들과는 좀 다를 거야. 그것만 신경 쓰면 돼.'

'알 것 같아.'

'그럼 시작한다. 바로.'

'그래.'

그렇게 비행기를 이륙시켰다. 중력이 한 방향으로 당겨주지 않아서 다른 기체들과는 비행 개념 자체가 다른 비행이였다. 한 번만 날갯짓을 해도 계속 그 방향으로 날아가게 되는 공간. 그렇다고 공기 저항을 무시할 만큼 크지도 않은 기체. 그만큼 실험이 많이 필요했겠지만, 그 계열의 기체로는 아직은 유일한 프로토 타입. 지금껏 아무도 가보지 않은 길. 어떤 면에서는 나와 꼭 닮은 운명.

그 운명에, 다시 악마가 끼어들었다. 악마의 심장이 담겨 있는 인공위성. 그리고 그 인공위성과 함께 궤도로 쏘아 올려진 네 개의 디코이 위성들. 은수의 마지막 카드가 작동하기 시작하자 진짜와 가짜를 포함한 그 다섯 개의 위성들이 반짝이는 별처럼 구름을 뚫고 내 시야에 또렷하게 자리 잡았다. 그리고 악마가 끼어든 것도 바로 그때였다. 디코이의 숫자가 급격히 늘어났다. 열 개, 스무 개, 마흔 개, 여든 개, 백육십, 삼백이십, 끝을 모르고 늘어나는 별들.

악마가 뭔가 눈치챈 것 같다는 사실을 깨달았을 무렵에는 이미 삼천 개가 넘는 별들이 머리 위를 가득 채우고 있었다. 물론 그중 진짜는 단 하나뿐이었다. 어디를 노려야 할지 도무지 알 수가 없는 표적. 그렇다고 그 많은 디코이들을 다 없앨 수도 없었다. 아무리 유능한 디코이 저격수라 해도, 조은수가 아직까지 살아 있다고 해도, 별들이 늘어나는 속도를 따라잡을 수는 없을 것 같았다.

그러는 동안에도 별들은 점점 더 많아지고 있었다. 헤아릴 수 없을 만큼 빠른 속도였다. 그리고 그 광경은 어이없게도, 너무나 찬란하고 아름다웠다. 나는 그만 기가 질리고 말았다. 그 어마어마한 디코이들의 위용 앞에 마침내 발걸음이 느려진 순간.

'문제없어.'

은수의 속삭임이 들려왔다.

'그래. 맞아. 문제없어.'

다시 마음을 가다듬었다. 은수의 말이 맞았다. 목표가 정확히 어디에 있는지는 알 수 없었지만, 나는 내 비행기가 그 위성 안 어디쯤에 잠복해 있는지를 알고 있었다. 그러니 은수가 전달해준 공간 구조를 따라 목적지까지 무사히 도착하기만 하면 그만이었다.

그러지 별들이 조금 더 밝아졌다. 나는 그게 무엇을 의미하는지 알 것 같았다. 악마가 만들어낸 인공위성의 디코이, 별들이 생겨난 곳 하나하나마다 또 다른 별들이 하나씩 생겨났다. G0-p. 은수의 마지막 송곳. 무중력침투기 G0-p들이 악마가 만들어낸 모든 디코이 위성 하나하나마다 자리를 잡고 있다는 신호였다. 똑같은 자리, 똑같은 대기 자세로, 내 명령을 기다리고 있는 푸른색 점들.

다시 발걸음이 빨라졌다.

'이제, 날아가.'

날아갔다. 아주 천천히. 조금씩 조금씩 날개를 움직였다. 수천수만 대의 초소형비행체들이 똑같은 궤적을 그리며 악마의 심장을 향해 날아갔다. 그 순간에도 악마가 만들어낸 위성 디코이들은 거의 태양을 집어삼킬 듯한 기세로 폭발적으로 늘어갔다. 아니, 그건 이미 폭발이나 다름없었다. 디코이들은 이제 어두운 우주공간에 박힌 눈부신 점들로 보이지도 않았다. 무수한 빛줄기들로 아예 우주 전체가 거대한 백색白色으로 보였다.

그 별들 하나하나 속에서는 최고의 디코이 저격수 조은수의 마지막 무기가 날카로운 창끝을 드리운 채로 서서히 진격 속도를 높여가고 있었다. 그리고 나는 그 수천 개의 창을 든 기사단 모두를 혼자 힘으로 한꺼번에 조종하고 있었다. 거의 우주 전체를 조종하는 기분이었다.

단 한 대일 뿐이지만, 동시에 우주 전체이기도 한 하얀 점. 그렇다. 그것은 한 점에 불과했다. 아무리 많이 보여도, 아무리 밝아 보여도, 결국은 단 하나로 귀결되는 삶.

'그런데 왜 그랬어?'

은수에게 물었다.

'이렇게까지 힘들어질 거, 왜 악마를 깨운 거야? 그냥 처음부터 안 깨우면 좋았잖아. 그랬으면 희생도 더 적었을 텐데.'

그러자 은수가 대답했다. 이번에는 온전히 내 기억 속의 은수였다.

'네가 위험했으니까. 내가 그냥 손을 놓고 있었으면 아마 너를 구해낼 수 없었을 테니까.'

은수라면 분명 그렇게 말했겠지. 어쩌면 생명이 다하기 전에, 자기가 만든 괴물을 끝장내야겠다고 생각했을지도 모르고. 이프의 조종권이 악마에게 완전히 넘어가기 전에는 이 비행기, G0의 정체도 정확히는 알 수 없었을 테니.

또다시 눈이 쏟아지고 있었다. 눈이란 건 도대체 얼마나 많은 걸까. 얼마나 내려야 바닥이 드러나는 걸까.

세상이 135도나 기울어 있던 밤. 내가 알지 못하는 머리 위 어딘가에서, 내가 조종하는 관성비행시험기 한 대가 중력이 상쇄되어버린 무대 위를 외로이 날아갔다. 몸집을 최대한 줄이기 위해 눈조차 달지 않은 작은 비행기. 범선이 항법에 의존해 망망대해를 가르듯, 맨 처음 출발한 지점과 날아간 거리 그리고 방향만으로 자신의 현재 좌표를 파악해야만 하는, 세계와 나 사이의 고독한 싸움.

거기가 나의 마지막 주머니였다. 그리고 그 작은 비행기 한 대는 나에게도 역시 마지막 남은 단 하나의 창날 같은 것이었다. 은경이를 위한 깃발을 내려놓고, 마침내 거머쥔 나 자신을 위한 창.

그 창을 앞으로 겨누고 악마의 심장을 향해 망설임 없이 날아갔다. 통로를 지나 모퉁이를 돌고, 익숙하지 않은 무중력 공간의 방향을 따져가며 다시 조심스럽게 날개를 퍼덕이다. 처음부터 위아래 따위는 존재하지 않는 공간. 세상이 위아래로 뒤집힌다 해도 어차피 지금보다 더 나쁠 것도 없는 곳. 추락하지도, 포기하지도 않고, 조금씩 조금씩 공간을 저어 간다.

그리고 마침내 목적지.

'여기가 맞겠지? 이게 유일한 카드인데.'

은수에게 묻는다. 은수가 담담한 표정으로 고개를 끄덕인다.

'잘 될 거야. 나만 믿어.'

나지막이 속삭이는 은수의 목소리. 어떻게 해야 나를 위로할 수 있는지를 정확히 알던 사람. 그 사람 없이 세상을 살아간다는 건 어떤 일일까. 늘 해오던 것과 비슷할까.

비행기가 날갯짓을 완전히 멈추고 악마의 심장에 사뿐히 내려앉았다. 머릿속에 커다란 버튼이 떠올랐다. 상상 속의 버튼. 그러나 틀림없이 작동하는 진짜 폭파 스위치.

'날려버려.'

은수가 말했다.

"날려버리자."

나도 그렇게 속삭였다.

안녕, 조은수. 그리고 안녕, 은경이도.

은경이에게도 그건 마지막 카드였겠지. 지난 몇 달간 은경이가 연기했던 그 죽음이, 돌아서서 낄낄거릴 수 있을 만큼 즐거운 일은 아니었을 테니까. 그곳은 정말로 삶과 죽음의 경계였을 거고, 그 앞에서 버틴 몇 달의 시간도 내내 팔짱만 끼고 바라보다가 이제야 비로소 은경이의 편이 되어주겠지.

그러니 은경이의 안전은 이제 걱정할 필요가 없을 것이다. 아니 세상에 은경이보다 더 안전한 사람은 이제 별로 없을 것이다. 지금 당장 나에게 중요한 건 그저 그뿐이었다. 그 뒤에는 어떤 일이 벌어질지, 연방이 어떻게 되고 은경이는 또 어떻게 될지, 생각하면 생각할수록 복잡한 일이었지만 그런 건 애초에 내 임무가 아니었다. 나의 임무는 그보다 훨씬 단순했다. 은경이가 무사히 삶으로 돌아서게 만드는 것. 그래서 은경이가 다시 한 번, 아니, 어쩌면 태어나서 처음으로, 자유롭게 자기 삶을 꾸려갈 수 있게 해주는 것. 그 출발선을 그어주는 일. 그뿐이었다.

나는 깔끔하게 내 임무를 완수해냈다. 그 누구도 그 일이 쉬웠다고는 말할 수 없을 것이다. 은경이를 위해 다시 검게 변해야 했고 은경이로 인해 다시 하얘지기까지 했다. 그리고 그 하얀색이야말로 나에게는 어쩌면 벼랑 끝이었을지도 모른다. 언제 굴러떨어져도 전혀 이상하지 않은.

그 하얀 무게를 어깨에 짊어진 채로, 나는 마침내 은경이의 벼랑 끝에 다다라 있었다. 내가 내민 손을 잡고 일어선 은경이. 그걸로 충분했다. 더는 아무것도 바랄 게 없었다.

'하지만 이건 아무래도 좀 더 잠들어 있는 편이 낫겠어. 너한테 악마는 너무 위험해. 아니, 우리 모두 다에게. 언젠가 연방을 통째로 틀어쥐게 되더라도 부디 스스로 악마가 되지만은 않기를.'

마음속으로 손을 뻗었다. 거대한 하얀 손이 머릿속을 헤집고 들어갔다. 커다란 버튼 위. 손가락을 뻗었다. 그리고 조금의 망설임도 없이 그 커다란 폭파 스위치를 꾹 눌렀다.

폭발이 일어났다.

사람들의 눈에는 보이지 않는 곳. 폭발음이 전해지기에는 너무나 먼 곳. 우주 전체를 뒤덮을 만큼 거대한 폭발. 하지만 사실은 저 넓은 우주에서 단 한 지점, 흔적조차 찾을 수 없을 만큼 작고 사소한 곳에서 일어난 미세한 폭발.

폭발 현장을 직접 확인할 수는 없었다. 나에게는 이미 그럴 만한 힘이 없었기 때문이다. 하지만 그 순간 나는 악마가 내 몸에서 빠져나가는 것을 느낄 수 있었다. 아마도 세상 어느 곳에서든 마찬가지였을 것이다. 표적을 정확히 제거했다는 뜻이었다. 악마의 심장을. 세상을 기울인 다섯 번째 악마와 이 세상 사이의 연결고리를.

하늘을 뒤덮은 별들이 일제히 사라져버렸다. 형광등이 꺼지듯 한순간에 탁.

내 생애 가장 아슬아슬했던 임무. 왼쪽 눈이 심하게 시큰거렸다. 눈을 쥐어짜는 듯 끔찍한 순간이었다. 그리고 어쩌면 그건, 악마의 마지막 비명이었을지도 모른다.

폭발이 온 세상을 훑고 지나갔지만, 뒤집힌 세상은 원래대로 돌아오지 않았다. 전장의 안개가 다시 사방에 내려앉았고, 가까운 곳에서는 은신처를 찾을 수 있을 것 같지가 않았다.

나는 쉬지 않고 그대로 그 길을 달려, 마침내 세상 밖으로 뛰쳐나갔다. 연방의 손이 닿지 않는 한적한 곳으로.

이제 은수의 목소리는 들리지 않았다. 대신 길거리의 악마들도 전혀 눈에 띄지 않았다.

그렇게 다시 휴가가 시작됐다.
그리고 나는 비로소 행복해졌다.

작가의 말
겨울을 빚어 만든 나라, 체코

이 글을 쓰려고 일부러 체코까지 날아간 건 아니었습니다. 솔직히 말하면 여행 계획이 너무 늦게 잡혔고, 남은 유럽행 비행기표가 프라하행 정도밖에 눈에 띄지 않았으며, 무엇보다 크리스마스를 유럽에서 보낸다는 게 꽤나 낭만적으로 보였기 때문이었습니다. 그래서 체코 여행을 계획하게 되었지요. 게다가 체코 하면 보헤미아 아니겠어요. 그게 정확히 어디에 붙어 있는지 아는 사람은 많지 않지만, 보헤미안 룩이라는 게 뭔지는 다들 알고 있으니까요. 그 보헤미아라는 동네가 다름 아닌 이 체코의 서쪽 절반이니까, 잘은 몰라도 가보면 뭔가가 있겠지. 뭔가 고급스럽고 자유로우면서도 고풍스러운 무언가가. 그런 생각으로 체코로 여행을 떠났습니다. 아무 생각 없이. 그리고 불의의 일격을 당했습니다.

첫 일격은 밤이었습니다. 비행기가 프라하에 도착한 게 겨우 오후 4시 반쯤이었는데, 그때 이미 그곳은 날이 저물어 있더군요. 그때서야 가이드북을 뒤져 위도를 찾아봤습니다. 북위 50도. 겨울 낮이 도저히 길 수 없는 지구의 벗겨진 이마 어디쯤. 그래도 아직은 여유가 있었습니다. 겨우 여행 첫날이었으니까요. 비행기가 공항 유도로를 따라 달려가는 동안 길옆으로 치워둔 눈을 보며 정말 새하얀 화이트

크리스마스를 상상해봅니다.

'이건 뭔가 기억에 남는 여행이 될 거야.'

그렇게 버스를 타고 프라하 시내로 들어갔습니다. 그리고 버스에서 내리자마자 그 구역의 실질적인 지배자와 마주쳤습니다. 겨울입니다. 살을 에는 강풍 같은 건 불어오지 않아서 그냥 눈으로만 보기에는 평화로워 보이기까지 하는 광경. 그러나 외투 같은 건 아예 신경도 안 쓴다는 듯 뼛속 깊숙이, 존재의 가장 내밀한 곳으로 직접 파고드는 그 압도적인 한기. 그것은 일종의 대량살상무기였습니다. 땅 위에 있는 거의 모든 생명체에게 피할 수 없을 만큼 광범위하고도 치명적인 위협으로 작용할 진짜 자연산 대량살상무기.

큰일이라는 생각이 들었습니다. 날씨가 이렇게 춥다니. 그래서 얼른 누군가에게 물었습니다. "날씨가 보통 이런가요? 아니면 오늘이 특히 더 추운 날인가요?" 대수롭지 않다는 듯, "글쎄요, 오늘은 좀 춥죠?" 하는 답이 돌아옵니다. 하지만 그건 사실 거짓말이었습니다. 특별히 더 추운 날이 아니라 원래 그런 날씨였거든요.

그래도 그대로 머물러 있을 수는 없었습니다. 짧은 낮을 이용해서라도 부지런히 발걸음을 옮깁니다. 우선 원래 계획대로, 보헤미아를 뺀 체코의 나머지 반쪽, 모라비아로 향합니다. 모라비아 와인이 맛있다는 소문 때문이었습니다. 모라비아 와인과 옛날 요새. 그 두 가지가 이 여행의 원래 목표였거든요. 그리고 사실 그 둘은 그게 그거이기도 합니다. 와이너리 같은 건 원래 옛날 요새 건물에 딸려 있는 법이라니까요. 그런데 그 둘이 다 문을 닫은 게 아니겠어요. 물론 그 구역의 지배자 겨울 때문이었습니다. 겨울에는 아예 문을 열지 않는다고, 슬로바키아만 해도 그 정도는 아닌데 체코는 전국이 다 똑같다고, 겨울 시즌에는 요새를 구경할 수 없다고. 그런데 그 조치가 과해 보이지 않았습니다. 오히려 그런 생각이 들었죠. '추워 죽겠는데 관광은 무슨 관광.'

그냥 올로모우츠 시내 구시가로 산책을 나섭니다. 동유럽의 크리스마스 분위기를 즐기기 위해. 하지만 크리스마스라고 해서 별로 나을 것도 없습니다. 그 무렵이 되면 도시의 광장마다 크리스마스 장터가 서고 많은 인파가 모여서 떠들썩한 그림을 만들어내지만, 떠들썩해 보인다고 해서 춥지 않은 건 아니었거든요. 훈훈해 보이는 장터라고 해서 접시에 담아온 바비큐가 금세 냉장고 안처럼 싸늘하게 식어버리지 않는 것도 아니고요.

사실 있을 게 없는 건 아니었습니다. 광장도 있고 오래된 건물들도 그대로 있고 크리스마스 장터도 있고 인파도 있고 따뜻한 와인을 파는 노점도 많고. 그런데 전혀 기대하지 않았던 게 하나 더 있었던 것이 문제였습니다. 바로 겨울입니다. 그것도 아주 거대한 겨울. 긴 수식도 필요 없이 그냥 북극이 아주 가까이에 다가와 있다는 느낌. 그 순간 이런 생각이 뇌리를 스치고 지나갔습니다.

'아, 망했다!'

그리고 슬그머니 이 글이, 이 이야기가 고개를 들기 시작했습니다. 화려하고 압도적인 광경을 묘사하는 데에는 그저 몇 마디 감탄사면 충분한 경우가 많지만, 삭막하고 황량한 곳의 인상을 담아내기 위해서는 오히려 그 황량함을 채워줄 신비한 이야기가 필요한 경우가 종종 있거든요. 그 숨겨진 이야기를 발굴해내기 위해, 우선 무의식 한 구석에서 무방비 상태로 쉬고 있던 내 소설의 단골 주인공 은경이를 불러냈습니다.

"고생 좀 해줘야겠다. 괜찮겠어?"

"또? 왜 나는 등장할 때마다 고생만 하는 거야?"

"고생 안 하는 여주인공이 무슨 매력이 있냐?"

"그렇긴 한데, 배경이 그다지 영감이 떠오를 만한 곳처럼은 안 보여서. 혹시 실패한 여행 만회하려고 갑자기 만들어낸 이야기는 아닌지 궁금해서 물어봤지. 아니겠지만, 혹시나……."

"아니, 저 검은색과 흰색의 대비를 보면 뭔가 그림이 딱 떠오르지 않아? 낭만적이면서도 비극적인, 딱 동유럽스러운 무언가가."

그렇게 이야기가 떠올랐습니다. 겨울나라와 이상한 연극배우 은경이에 관한 이야기.

물론 은경이의 의심은 전혀 근거 없는 모함이었습니다. 사람도 아닌 일개 소설 속 등장인물이 영감에 대해 뭘 알겠습니까. 그리고 사실 그 여행은 생각보다 훨씬 괜찮았습니다. 일단 체코에는 세상에서 제일 맛있는 맥주가 어딜 가든 널려 있고, 여행 마지막 날 본 프라하의 봄과 벨벳 혁명의 중심지인 바츨라프 광장 근처 공산주의 박물관에서 접한 상큼한 유머감각 때문에 체코 전체에 대한 기억이 확 좋아졌거든요. 스스로 시대의 겨울을 몰아내고 마침내 봄을 강제집행해버린 사람들의 격이란.

체코는 봄입니다. 프라하의 봄. 가장 차가웠던 시대의 겨울 틈바구니에서 사람의 힘으로 녹여낸 짧고 찬란한 봄. 철의 장막 저편에서 벌어진 일이라 정확히 무슨 일이 벌어졌는지는 알 수 없지만 프라하 하면 딱 '봄'이 떠올라야 하잖아요. 요즘은 '연인'이 먼저 떠오르는 사람도 있겠지만, 아무튼 뭔가 낭만적인 이미지가 떠올라야 정상이겠죠.

그런데 그 봄은 매서운 겨울이 있어서 더 찬란하게 빛나 보이는 건지도 모르겠습니다. 그냥 듣기 좋으라고 하는 말이 아니라 정말로 그렇거든요. 프라하의 봄이 아련하게 들리는 건 그게 냉전이라는 서슬 퍼런 시대의 겨울을 뚫고 맞이한 계절이기 때문 아니겠습니까. 게다가 그해가 가기 전에 다시 소련의 무력침공으로 수포로 돌아가고 만 꿈이기도 하고요. 그리고 다시 한 번 일어난 자유화 운동, 벨벳 혁명은 바로 그 냉전을 종식시키는 신호탄이 됩니다. 결국 봄이 승리를 거둔 셈입니다.

그 모든 일이, 그토록 어마어마한 추위 속에서 일어난 일이라니까요. 역사책 같은 데는 자세히 기록이 안 돼 있겠지만, 겨울이 분명히 그곳에 있었다는 말입니다. 너무나 압도적이고 거대한 겨울이.

그 여행 내내 겨울은 분명히 거기에 있었고, 그때 보고 겪은 어떤 것보다 더 강렬한 인상을 남겼습니다. 제가 보고 온 건 결국 겨울이었거든요. 겨울을 빚어 만든 나라, 체코.

그래서 시간이 지나고 계절이 몇 번 바뀐 다음 다시 체코만큼 차가운 겨울이 한국에도 찾아오자, 그해 겨울 체코에서 떠올렸던 이야기의 씨앗이 다시 자라기 시작했습니다. 그때 봐둔 은경이의 무대가 다시 떠오르고, 은수의 디코이가, 최창수의 검은 실루엣이, 겨울을 뚫고 지나가는 고독한 서술자의 낮은 독백 소리가, 구름이 잔뜩 낀 연방의 암투가 서서히 기억 속의 체코를 채워갑니다. 단편을 넘어 중편이 되고 중편을 넘어 혼자서 책 한 권을 다 채울 만큼.

알록달록 동화 같은 따뜻한 계절의 체코를 보지 못한 아쉬움은 있지만, 체코의 겨울을 보고 온 게 후회되지는 않습니다. 그렇다고 일부러 겨울 체코를 방문해보라고 권하고 싶지는 않은데, 이야기를 들어보니 겨울 체코를 보고 온 사람들이 생각보다 많더라고요. 하지만 다른 사람들이 찍어온 여행 사진에 속지는 마세요. 사진으로 보는 것보다 훨씬 춥거든요. 그 사진들을 냉동 창고 안에 들고 들어가서 본다고 생각하시면 아마 이해가 빠를 겁니다. 체코의 겨울은 만만치 않거든요.

   그렇게 겨울을 담았습니다. 바로 그 체코산 겨울입니다.

2012년 초여름

37°33′N

배명훈

은닉

© 배명훈 2012

1판 1쇄 2012년 6월 25일
1판 2쇄 2012년 7월 20일

지은이 배명훈
펴낸이 김정순
책임편집 최지은
디자인 오필민
마케팅 김보미 임정진 전선경

펴낸곳 (주)북하우스 퍼블리셔스
출판등록 1997년 9월 23일 (제406-2003-055호)
주소 서울특별시 마포구 서교동 395-4 선진빌딩 6층
전자우편 editor@bookhouse.co.kr
홈페이지 www.bookhouse.co.kr
전화 02-3144-3123
팩스 02-3144-3121

ISBN 978-89-5605-597-8 (03810)

이 도서의 국립중앙도서관 출판시도서목록(CIP)은 e-CIP 홈페이지(http://www.nl.go.kr/ecip)에서
이용하실 수 있습니다. (CIP 제어번호 : CIP2012002695)